彗星狩り　下

笹本祐一

JN095697

４社の宇宙船が彗星を追いかける、民間初の長距離宇宙レースがいよいよ始まった。美紀らが乗る〝コンパクト・プシキャット〟は出遅れつつも、オペレーターのマリオやスウら地上クルーの立てた作戦で追い上げを開始する。このまま順調に運ぶかと思われたが、彗星の所有権を獲得したものに莫大な利益をもたらすレースは一筋縄ではいかなかった。1500万キロ以上はなれた地球からの航行妨害、突然襲いくる流星群など、各社の宇宙船にトラブルが続出し……。地上と宇宙で共闘して挑んだ、前代未聞のレースの行方とは。星雲賞受賞作シリーズ第２弾！

登場人物

■航空宇宙会社スペース・プランニング
羽山美紀《はやまみき》……パイロット
ジェニファー・V・ブラウン……社長
マリオ・フェルナンデス……オペレーター
ナニー・モレタニア……事務全般担当
ヴィクター……チーフメカニック
ウォーレン……サブメカニック
デューク・ドレッドノート……最古参のパイロット
ガルビオ・ガルベス……ベテランパイロット
チャーリー・チャン……パイロット

■その他
ガーニイ・ガーランド……航空宇宙会社オービタルコマンドの社長。通称大佐
スウ……カリフォルニア工科大学に研究室を持つ惑星間生物学者の少女。マリオの同級生
劉健《リユウケン》……総合商社カイロン物産勤務。ジェニファーの元夫

彗星狩り　下

星のパイロット２

笹　本　祐　一

創元ＳＦ文庫

GET THE COMET! :

THE ASTRO PILOT #2

by

Yuichi Sasamoto

1998, 2013

目次

彗星狩り　下

星のパイロット2

第三段《サード・ステージ》

1　ポイント・ゼロ／発進

「太陽電池パネル、太陽方向に固定して船体停止。船体姿勢最終調整終了。出力最大まで四〇秒」

「プラズマエンジン全系統最終チェック終了。噴射開始三〇秒前よりプラズマ励起《れいき》シークエンスに入ります」

司令室の学生たちが、次々に目の前のチェックリストを読み上げていく。何度もリハーサルした手順通りに進行していく発進準備の状況を確認して、ベースキャンプ側の最高責任者であるヴィクターは、船外カメラで捉えられたコンパクト・プシキャットの映像に目をやった。

昨日までベースキャンプに固定されていた船体構造は、今切り離されてゆっくりと距離を取りつつある。主船体を兼ねる細長い推進剤タンクの両側いっぱいに拡げられたガリウム・

砒《ひ》素《そ》系の高効率太陽電池は太陽面に向けられ、膨大な電力を必要とするメインエンジンに供給するためのエネルギーをため込みつつあった。

「うまく動いてちょうだいよ。このタイミングを逃したら、次の噴射可能位置《ウィンドウ》に戻ってくるまで最低軌道一周分かかっちゃうんだから……」

「プラズマロケット、プラズマ励起シークエンス、入ります。コンピュータによるカウントダウン開始、機関部電圧上昇、推進剤加熱開始」

液体燃料を使う化学ロケットに比べると、推進剤を超高熱でプラズマ化して噴射するプラズマロケットは、はるかに複雑な始動過程が必要になる。

そのため始動シークエンスも、エンジンが運転を開始した後のコントロールも、コンピュータ制御で行われ、突発的な非常事態でも起こらない限り、人為的な操作は必要とされない。

「機関部及び推進剤予備加熱部、作動順調、現在のところ全系統異常なし」

同じデータは、衛星による中継回線を通してハードレイクのミッションコントロールセンターにも届けられていた。

コンパクト・プシキャットの発進前エンジンテストということもあって、ミッションディレクターのマリオ、メカニックのウォーレン、オブザーバーのスウだけでなく、モハビ技術研究所から出向してきた技術者が何人かコンソールに着いている。

「ここまでは大丈夫なんだ、ここまでは」

ディスプレイ上では順調に進んでいるように見える始動シークエンスを先読みしながら、マリオはつぶやいた。

「だけど、ここから先、コンピュータシミュレーションでは原因不明の停止が二度も起きている。おかげで、軌道上に上げてから、プラズマロケットにはまだ一度も火が入ってないんだ」

低軌道での超高速噴射機の使用には、かなり厳重な制限が課せられている。

混み合っている軌道で、通常の化学ロケット燃料の三〇倍を軽く超える速度で推進剤を噴射するため、充分に拡散しないうちに推進剤が他の飛翔体《ひしょうたい》に衝突すると、加速された微粒子が束《たば》になって貫通する可能性すらある。

プラズマロケットの場合、プラズマになるほどの超高熱状態にした水素原子を束にして発射するため、その破壊力は荷電粒子砲なみになるといわれている。噴射効率を上げるために収束したプラズマ粒子が、電圧の許す限り加速して発射されるから、真空中での射程距離は一〇〇〇キロを超す。

そのため、超高速噴射機関は、運転する時にその後方、つまり超高速の推進剤が噴射される方向に長距離、広範囲の安全空域を確保しなくてはならない。これを無視して全開噴射を行うと、軸線上にあるすべての衛星や宇宙船を撃墜してしまう可能性がある。

混雑著しい低軌道上で、安全空域を確保するのは至難《しなん》の業《わざ》である。しかも、電力供給に太陽エネルギーをつかうコンパクト・プシキャットの場合、周回時間の五分の二を占める地球の影、つまり夜側にいる時間はプラズマロケットの噴射ができない。

　軌道管制局だけでなく、北米防空司令部《NORAD》の軌道観測センターにまでアクセスして、低軌道上の飛行物体に関する手に入る限りのデータを揃えたマリオが、自前のコンピュータをフル回転させてやっと軌道上の安全空域を確保した。しかしそれは軌道二周回から三周回にほんの一回、わずか四分ほど隙間のようにあらわれるだけで、それを逃すとプシキャットの後方に他の衛星や宇宙船の軌道が交差してしまう。

　ちょっとでも時間がずれただけで、プシキャットの噴射領域に他の飛翔体が入ってくるから、望むと望まざるとにかかわらず、自分の噴射で他機を撃墜してしまう。

「低軌道からの離脱だけにでも、ブースター使った方がよかったんじゃないの？」

　異常なく進行していくプラズマロケットの始動シークエンスを見ながら、ディレクター席の横に陣取ったスウがつぶやいた。

「液酸／液水系でも、固体ブースターでも、化学ロケットなら噴射領域の安全確保なんてややこしいこと考えないで、いくらでも噴《ふ》かせるんでしょ」

「それで、高軌道に上げてからプラズマロケットがまともに作動しないのがわかりでもしたら、どうするつもりだ」

　マリオは、コンピュータによって高速で点検と手順が進行していくプラズマロケットの始動シークエンスから目を離さない。

「最低限、作動テストは低軌道で行わなきゃならない。今ならまだ、いくらでもフォローが効くんだ。それに、今さらブースターなんか用意してる時間はない」

『カウントゼロ、プラズマエンジン噴射開始します！』

メインエンジンの励起室に送り込まれた水素が、超高温のため原子と分子がばらばらになるプラズマとなり、加速されて噴射される。機関部の放射ノズルが淡い光を宿したかと思うと、プシキャットの尾部から破壊的な光芒《こうぼう》が噴射された。

「よし、行けた！」

「駄目だ！」

技研から出向してきている技術者が遮った。

「励起室の出力が安定しない！　出力低下。このままだと自動停止シークエンスが発動する！」

「なんだってえ⁉」

技術者の予言通り、まるで火が消えるように、機関部から放射される光が弱くなった。

ディスプレイ上に、予定外の出力低下を検知した制御システムが、自動停止シークエンスを発動したことを告げる。

「なんで！」

異常事項をディスプレイ上に呼び出しながら、マリオはヒステリックに声を上げた。

「シミュレーションで異常が見つかった制御プログラムのバグは、全部つぶせたんじゃないのか！」

船体構造の組み立てと並行して、コンピュータ内にまったく同じように組み立てられたプシキャットの仮想試験は、幾度となく行われている。データ回線、モニターシステム、作業報告などから本物同様に組み上げられた電子回路内のプシキャットで、あらかじめ作動試験などのリハーサルを行うことによって、事前に組み立てミスや構造欠陥が発見されたことも一度や二度ではない。

地上で試験運転をしたはずのモハビ技研ことアストロ・サイエンス・ラボラトリー製のプラズマロケット実用型エンジンの二号機は、プシキャットに架装される前から幾度となく電子回路内での試運転、及び点検を受けていた。

プラズマエンジンの運転開始不可能、予定外の出力低下やエンジン停止などは、その頃からの日常茶飯事で、モハビ技研では原因究明のために所員が組み立て現場以上のハードワークを強《し》いられている。

ポイント・ゼロとハードレイクを結ぶデータ回線は、モハビにも張り巡らされており、二号機エンジンが船体に取り付けられてからは、技術員がハードレイクに泊まり込みでの調整作業が続いていた。

今日の始動試験までに、制御ソフトは初期《ファースト》バージョンから暫定《セカンド》バージョンへの全面書き換えが行われており、細かい改変が多すぎるためにバージョンナンバーは固定のまま、すでに日付と時間の記入だけでプログラムの新旧を判断するようになっている。

「いや、おそらく今回のはプログラムエラーじゃない。プラズマ励起室への電気回路をチェックして、リークやショートがないかどうか確認してくれ」

「ハードレイクよりプシキャット、ポイント・ゼロ、噴射実験は一時停止してください」

平静な声で、スウが伝達した。

「今回の噴射実験は原因不明の出力低下により一時中止、関係各部署は所定のチェック作業を開始してください。プシキャットは現在位置で固定、次の噴射可能時間帯《ウインドウ》は追って連絡します」

「どうも、うまくいかねえな」

作業服のまま、ダイナソアA号機を改造した二席並列のコンパクト・プシキャットの操縦席についていたチャンが、安全ベルトのロックを解除した。

「しかたないわ」

機長席の美紀《みき》が、反動制御システムを逆噴射して、短時間のプラズマ噴射によって与えられた速度を相殺《そうさい》する。

「それにしても、時間も推進剤もないのに、こんなところで逆噴射までやって軌道を維持しなきゃならないなんて、ちょっともったいないわよね」

少しばかりポイント・ゼロとの距離は離れたものの、再び軌道上でプシキャットの現在位置が固定される。プシキャットから安全距離を取って離れていたエルメスプラスが、スムーズに機体を翻《ひるがえ》して接近してくる。

「これでエンジンさえまともに噴いてくれれば、すぐにでも地球軌道から離れられるのに」

「プラズマエンジンがまともに動いてくれなきゃ、飛び立てても彗星には届かないわ。でも、これだけ苦労してるのに」

コンピュータが、今日の日付になってからだけでももう何度目になるのかわからない自動故障診断を開始するのをディスプレイ上に見て、美紀はシートから立ち上がった。

「もし、同じように新型エンジンを積んだミーン・マシンがノントラブルでスタートしたら、ちょっと癪《しゃく》よね」

「ちょっとじゃねえよ。さあてと」

シートから離れたチャンは、置いてあるというよりは放り出してあるような電子機器のカオスと、未接続のコードやファイバーが爆撃された紡績工場のように散らばっている操縦席後方を見渡した。床や壁面に仮固定されているのはまだましな方で、ものによっては二本のベルトで空中に浮かべられて、それ以上の固定措置《そち》がとられていないものもある。

「最低一周分は時間があるんだろ、少しはここを片付けようぜ」

「なんか、昨日の夜からずっと片付けてるような気がするんだけど」

作業服の腰のベルトからハイドロスパナを取り出して、美紀は腕時計を見た。

「しかし、ヴィクターがからんでるミッションだってのに、この状況見たら泣くな」

手近にベルト三本で空中固定されている観測機器用のコンソールを指先で弾《はじ》いて、チャンは仮留めされているだけの留め金をはずした。

「片付けとか整理整頓って才能だと思うわ」

ミッション前の操縦席や貨物室がどれだけ混乱を極めていても、発進前にはまるで魔法でも使ったように、きれいに片付けて送り出すのがヴィクターの常だった。

今回、機材の積み込みという点では発進準備は完了しているが、超特急での突貫工事に邁《まい》進《しん》したため、船内の整理までは手がまわっていない。

美紀は、シートの後ろに差しておいたプリントアウトを拡げた。

操縦室内の機器配置図が何枚かに分けられて描き込まれている。この配置図通りに機器を設置し、機器の配線を行えば、操縦室内はきれいに片付いた上に宇宙船全体の制御まで滞《とどこお》りなく行えるようになるはずだった。

現在は制御系の配線が一部しか済んでいないから、コンパクト・プシキャットの機能をすべて発揮させるには、ポイント・ゼロ、あるいはハードレイクから遠隔操作する必要がある。

『ポイント・ゼロよりプシキャット』

司令室から通信が入った。首に掛けたままのワイヤレスヘッドセットで、美紀が通信にでる。

「はい、こちらプシキャットです」

『地上とも相談してみたんだけど、やっぱりプラズマロケット触らなきゃいけないみたいなの。もう一度エルメスプラスをランデブーさせるから、そっちは現状で待機しててくれる？』

「了解です。何かできることあります？」

『そうね。次の噴射実験までまだ時間があるから、それまでに食事済ませといてくれる？』

「……そう言や、食ってなかったっけ」

ヴィクターの声を聞いたチャンがつぶやいた。

「だって、他の人が仕事してるのに、こっちだけのうのうと食事なんか……」

『パイロットっていうのは、他の人と違うことをやる仕事なの。もし次の噴射実験が成功したら、そのまま発進することだってありうるんだから、時間があるうちに食事は済ませなさい』

「わかりました」

答えて、美紀は肩をすくめた。チャンに声をかける。

「聞こえた？」

「ああ。キャビンに行ってなんか取ってくるよ」

チャンは、操縦室の床を蹴って、天井の開けっ放しのハッチに飛び上がった。この上に、長距離航行用に申し訳程度の改装とできる限りの対宇宙線防御を施した、キャンパー改造の居住ブロックが接続されている。

本来四人が暮らすための標準規格の居住ブロックだが、こちらも長期宇宙飛行に備えて生鮮食料品やら予備部品やらを詰められるだけ詰め込んであるから、人間ひとりが隙間を縫って移動する程度の余裕しかない。

「とてもじゃないが、出港前の宇宙船には見えんな」

言ってから、チャンは軌道上で組み立てた長距離宇宙船の、しかも出港前の状況を見るのは初めてなのに気がついた。

「長期航行に出かける前の昔の潜水艦もこんな感じだったって、古い映画で見たことがあったっけ」

チャンは首を傾げた。

「あれ、確かあの映画だと、潜水艦は最後の最後に不吉なことになったような……ま、いいか、宇宙空間なら沈没するところもないはずだし」

「次の噴射実験は二時間後、でないと安全空域が確保できない」

ミッションコントロールセンターのスタッフ全員、軌道上のポイント・ゼロ、プシキャット、そしてランデブーして船外活動《EVA》中のエルメスプラスに対して、マリオが告げた。

「今の噴射試験のデータを検討した結果、プラズマ励起室内のセンサーがいくつか敏感に触れすぎているために、エンジンの安全装置の非常停止システムが過剰反応して、シャットダウンされたものと思われる。もう一つ可能性があるとすれば、プラズマ励起室内での供給電流に部位によって差がありすぎて、推進剤のプラズマ化が一様に行われていない――つまり場所によって、水素原子が原子のままだったりプラズマまで高熱化されてるってことだけど、これは曲がりなりにも計算通りの推力が確認されてるから考えにくい。で、この対策だけど……」

促《うなが》されて、マイクがマリオからモハビの技術者に移った。

「プラズマ励起室内のセンサーからのデータを、いくつか中継させてスキップさせます。結果として、プラズマロケットの制御システムは一部センサーなしの状態で稼動することになりますが、敏感すぎるセンサーのデータはこちらで修正したうえで流し込むことになりますので、異常事態が起きた場合には充分対応できるはずですが」

「励起室内の熱分布センサーを三分の二にするのか」

地上から送られてきた修正データを見たチャンが、軽くトーストしただけのドライフードをパックのジュースで流し込みながら言った。

「励起室内のモニターに死角ができるわけじゃないとはいえ、大丈夫なのかね」

「実用型の試験機だもの、このエンジン」

美紀は、宇宙服が二体取り付いているエンジン部の実写映像に目をやった。励起室内は推進剤をプラズマ状態にまで加熱した後だからまだしばらくは触れないが、今回の調整はエンジン本体にまで及ぶものではない。

「モニターと、データ取り用にセンサーは付けられるだけ付けてるって話じゃない。量産型なら、熱分布センサーも磁気センサーも、四分の一になる予定だって」

「システムからはずした分のセンサーのデータは、地上で処理してコントロールシステムに流し込む。とすると、もしその分のセンサーが異常なデータを感知しても無視される可能性があるってことだろ。もしエンジンが、暴走とか爆発とかしちまったら……」

「暴走することはあっても絶対に爆発しない、って、技研の人は豪語してたわよ」

「なんで断言できるんだ?」

「励起室は大砲の薬室みたいに頑丈に作ってあるんだって。プラズマってそう簡単に維持し続けられるものじゃないし、噴射方向には開いてるからそっちから噴き出すことはあっても、エンジンが内圧に耐えられなくなって爆発なんて、しようと思ってもできないんだって」

「そりゃ頼もしい」

チャンは、エンジン部周辺で続いている船外活動の実写映像を見た。

「どうりで、推力の割に重くなるはずだわな。これで、まともに噴いてくれるようになるんならオッケーなんだが」

「コンピュータ上の事前試験《リハーサル》では異常なしだ」

ミス・モレタニアの入れてくれたコーヒーを片端から空《から》にしながら、マリオは軌道上に伝えた。

「いくつか条件を変えてみたけど、今度こそ無事に噴いてくれると思う」

軌道上でプラズマエンジンの再調整と点検を行っている間、地上のミッションコントロールでは、モハビと合同でセッティングを変更したプラズマエンジンのシミュレーションが延々と繰り返されていた。

「ほんとだったら準備万端整えてこの段階を迎えたかったんだけど、次の発射ウィンドウは一月《ひとつき》に一度しかないビッグチャンスだ。この周回、このタイミングだけ、安全空域を二五分四三秒確保できる。だから、今回出力一〇〇パーセントの噴射に成功したら、プシキャットはそのまま飛び立たせる」

各方面から様々な反応が来るだけの間を置いて、マリオは続けた。

「噴射実験から、そのまま実用運転に入ることになるけど、これもコンピュータ上のリハーサルでは問題なしだ。噴射実験に成功したら、ダイナソアのメインエンジンをブースターに使って初期加速を開始する。噴射可能時間をすぎる頃には、充分に低軌道から離れているはずだから、そのあとはプラズマエンジンだけで予定の初期加速を続ける。予定より……」

マリオは、出発予定時刻にあわせてカウントダウン・タイマーをかけていたディスプレイ上の時計に目をやった。すでに、最初に設定した出発予定時刻は四時間ほど過ぎている。

「少し遅れてるけど、まだまだ取り返せる。プシキャットとポイント・ゼロは、出発前の最終点検をあわせて行ってくれ」

『ちっとも落ち着かねえなあ』

オープンになっている回線に、現場で船外作業の指揮を取っているデュークの声が聞こえてきた。

『せっかくくっつけたエンジンの実装テストも済まないうちに出港準備とは、いつもながらどたばたした最前線だぜ』

『ぼやいてる暇があったら、手を動かしてちょうだい』

ポイント・ゼロのヴィクターが応えた。

『エンジンまわりのチェックリスト、まだ半分以上残ってるんだから』

『へいへい。おら、やろーども、こいつを乗り切れば重労働はお終《しま》いだ、気合入れて仕上げるぞ！』

「ベンチャーハイテク産業の最前線の会話とは思えんな」

交信をモニターしていたチャンがつぶやいた。船外活動中のスペース・ウォーカー、ポイント・ゼロ、プシキャットとハードレイクとの交信は、いちいち秘話回線やレーザー通信など使っている余裕はないから、内外に筒抜けのはずである。

「こんないい加減な体制で宇宙船飛ばそうってのに、よく管制局が止めにこないもんだ」

「必要書類は紙と電子情報で、全部届け出済みなんだって」

美紀は機長席《コマンダー・シート》でダイナソア本体のエンジンチェックを行っている。

「少なくとも、標準時《グリニッジ・スタンダード》で日付が変わらないうちなら、どの安全基準にも飛行規約にも引っ掛からないだけの仕掛けはしてあるんだって」

「どんな手使ってるんだか」

チャンは自分の腕時計を見た。プシキャットのみならず、ポイント・ゼロは飛び立ったハードレイクと同じ、北米大陸西海岸夏時間で動いている。

「ちょっと待てよ、標準時で日付が変わるのって、うちの時間より早いぞ」

「七時間ほどね」

美紀はディスプレイから顔も上げない。

「そりゃまあ、あわてるわけか。しかし……」

チャンは、いくつか灯の入っていないディスプレイがある操縦席まわりを見回した。プシキャットのメインエンジンになるべきプラズマエンジンは、制御システムの情報を表示するディスプレイこそあるが、肝心のコントロール系は、未結線のため計器板の形があるだけでまだ稼動していない。

「メインエンジンのコントロールが自分でできない宇宙船で飛び出すはめになるとは思わなかったぜ」

「それだけは黙っておいたほうがいいらしいわ」

「さすがのマリオも、そこまでは管制局に手をまわせないか」

「無人のプローブだって推進機関持ってるんだもの。外からコントロールできるんだから大丈夫だとは思うんだけど、やっぱり有人宇宙船のメインエンジンが自分で制御できないってのはまずいらしいわ」

「なるほどね。こちらプシキャット、機体まわりのチェックは終了」

コンピュータによる自己診断にくわえ、重要箇所はさらにもう一度チェックをかけて、チャンは自分の受け持ち箇所のチェックを終了した。

「航法系、姿勢制御系、推進剤系、電気系、すべて異常なし」

「液体ロケットエンジン、飛行前チェック終了」

美紀が付け加えた。

「全系統異常なし。液体水素タンク残量九五パーセント、液体酸素七七パーセント。予備タンクはA、Bとも一〇〇パーセント、温度保持システム正常、内圧、液温異常なし。推進剤とエンジンに異常がなければ、あとはなにやっても大丈夫よ」

「プラズマロケットエンジンが動くようになってくれないことには、これ以上はできまへん」

『制御系にいくつかプログラムを追加する』

地上から、ここ二～三日でずいぶんと嗄《か》れてしまったマリオの声が聞こえてきた。乗組員《クルー》である美紀とチャンは曲がりなりにも睡眠を取っているが、地上で発進準備に追われるマリオの声が通信回線から三〇分以上途切れたことはない。

『現場でプログラムテストをしてみてくれ。合わせて、最終の発進リハーサルも行う』

「プシキャット了解。プログラム受信確認」

データ通信回線で、事故を防ぐために同じプログラムが時間差を置いて二度、ハードレイクから送られる。

プログラムの受信を確認した美紀は、フライトコンピュータにロードした。プラズマロケットの制御システムが、最新データに書き換えられていく。

「うわー、このデータ五分前にできたばっかりだ」

ディスプレイ上に流れたバージョン情報を見たチャンが声を上げた。

「作動テストして、すぐこっちに飛ばしてきたな。マリオの奴……」

チャンは、ミッションコントロールセンターの様子が映し出されているサブモニターに目をやった。ミッションディレクター席は空白のまま、マリオは車椅子でコンソールの間を駆けまわっている。

『カウントダウン一時間前から再スタートする』

カウントダウンは、きっちり発射予定時刻にあわせて行うものではない。あらかじめかなりの余裕を見込んでおき、必要な場所でカウントダウンを停止して再点検を行ったり、タイミングあわせを行ったりする。そのためのホールド時間もスケジュールには組み込まれている。

しかし、ハードレイクから伝えられてきたカウントダウン時間は、プラズマロケットの超高速噴射可能時間から逆算すると五分程度の余裕しかない。

「一分二〇秒後に、タイマースタートだ。全部署合同の発射前リハーサルは二分後に開始、こちらも一時間前スタートで、早送りして二〇分で発進までの手順を終了する」

発進前の予行演習は実際に機器を作動させるわけでなく、電子回路上のチェックのようなものだから、時計を早回しして超高速で手順をクリアーしていくこともできる。

プシキャットのプラズマロケット上でまだ船外活動が行われている状態のまま、今日の日付になってからでももう三回目になる発射前予行演習は、奇跡的に一切のハプニングなしに予定通りに終了した。最終予定発進時刻に二〇分を残して、実時間通りに進行していくカウントダウンシークエンスだけが残る。

「プラズマロケットの運転が安定してから、ダイナソアのメインエンジン始動か」

チャンが、いくつか土壇場《どたんば》になってから変更された手順を確認した。

「結局マリオの奴、プラズマロケット、信用してないのかな?」

通常の発進なら、二系統あるエンジンは同時にスタートさせるはずである。

「ここまで来てまだ使えるかどうかもわからないエンジンですもの、慎重第一主義になるのは当然だと思うわ。ダイナソアのメインエンジンが使えるのはわかってるんだし、同時に始動してプラズマロケットだけ噴かないってことになったら、戻ってくるのにまた時間かかるもの」

『ポイント・ゼロよりプシキャット』

ヴィクターの声が回線に入った。

『船外活動は終了、スペース・ウォーカーたちはエルメスプラスに収容してすぐにそちらから離れるわ。カウントゼロまでには安全距離をとれるはずよ』

「プシキャット、了解。つまり、これで次に誰かがプシキャットに触るときは、なんかの非常事態ってことですね」

『あら、乗組員だったら、すべての飛行スケジュールの終了後、くらいのことは言って欲しいわね』

「出発の挨拶は、せめて初期加速が始まってからにしますよ」

チャンは苦笑いしながら応えた。

「どうも最近、未来の自分の予定ってやつが信用できないから」

『ハードレイクよりプシキャット』

マリオが割り込んできた。

『無駄口叩いてる暇があったら、プシキャットはもう一度プラズマロケットまわりの点検、ポイント・ゼロはエルメスプラスに戻ったスペース・ウォーカーの作業記録をチェックしてくれ』

『わかったわ』

プラズマロケットの点検はチャンに任せて、美紀はディスプレイを切り換えて、ポイント・ゼロのデータ回線につないだ。エルメスプラスに戻ったデュークを中心とする船外作業隊の状況をチェックする。

デュークの生命維持システムの余裕、及び機動ユニットの作業余裕は、あいかわらず心配ない。サブに付いているソフィーも、機動ユニットの推進剤残量がやや少ないくらいで、まだしばらくの船外活動はこなせる。残る四体の学生たちの宇宙服は、機動ユニットの電力が心許《こころもと》なくなっており、推進剤である窒素ガスが補給限界に来ているものも二体ある。

「あと一回の船外活動は、少しきついわね」

もし、次もプラズマロケットの始動に失敗した場合の展開を予想して、美紀はつぶやいた。

機体容量の少ないエルメスプラスでは、機動ユニットの再充電／再充塡《じゆうてん》システムは一度に一基の機動ユニットのセットアップしかできないし、残りの機動ユニットや宇宙服はベースキャンプまで戻らないと再整備できない。その場合にかかる手間と時間を考えると、西海岸時間ならともかく、グリニッジ標準時では間違いなく日付が変わってしまう。

「これが最後のチャンスか」

美紀は、小さなモニターの中に映し出されているハードレイクのミッションコントロールの様子を見た。マリオの車椅子は、相変わらずコマネズミのようにコンソールの間を駆けまわっている。最後の噴射時間帯を逃すと、少なくとも今日中の発進がないことは地上《した》でも承知しているらしい。

「プラズマロケットまわり、チェック終了！」

チャンが景気よく声を上げた。

「全系統異常なし。これで正常に動かなかったら、メーカー修理に地上に送り返しちゃる！」

「飛行系、制御系、電子系、最終チェック終了」

美紀は、ディスプレイ上の表示を機械的に読み上げた。コンピュータによる自動発進シークエンスのカウントダウンの数字だけが着々と減っていく。

「プシキャット、姿勢変更」

美紀は、発進前手順に従って操縦システムに手を触れた。ダイナソアだけでなく、推進剤を含めた総重量が二〇〇トンを超すコンパクト・プシキャット全体を制御するように改装された操縦系が、入力に従って軌道上のプシキャットの姿勢を変更する。

それまで一面だけの加熱を防ぐようにゆっくりとしたロール運動をしていたプシキャットの回転が、反動制御システムの噴射によって停止する。渡り鳥の翼のように大きく拡げられた太陽電池パネル《ソーラーアレイ》が正確に太陽に正対する位置で静止し、大面積に張り付けられたガリウム・砒素系の太陽電池が、最大効率で太陽エネルギーを電力に変換する。

「変換効率正常、電圧上昇」

太陽電池のコントロールパネルで、美紀は太陽電池パネルが最大効率で太陽光線を受けていることを確認した。

プラズマロケットは船体の重心軸に一致して取り付けられており、噴射方向は固定されている。プラズマロケットに電力を供給する大面積の太陽電池パネルは推進剤タンクを流用した主船体の両側に取り付けられており、飛行姿勢によって取り付け角度を変更できるようになっている。ステッピングモーターによって精密な角度調整もできるが、パネルの面積が広すぎるからゆっくりとしか動かせない。

「飛行計画《フライト・プラン》最終チェック」

パイロット席のチャンが、ディスプレイ上にプシキャットの飛行計画を呼び出した。

出発時刻が変更になるたびに軌道も変更になり、周回時間の長い高軌道を横切ることになるから、他の飛翔物体に必要以上に接近しないように、飛行経路を確認しなければならない。

「まさか、途中で軌道変えなきゃならないような障害物はないでしょうね」

「宇宙科学研究所の電波天文台衛星をかすめることになる」

ディスプレイ上の自機の飛行予定軌道と、それに交差するいくつもの衛星軌道を確認して、チャンは五〇キロ以上の近距離に接近する飛翔体をリストアップした。周回軌道をまわる衛星と、遷《せん》移《い》軌道を移動していく宇宙船の両方がリストに出てくる。

「静止軌道上でも、放送衛星のそばを通るけど、気をつけなきゃならないほどの至近距離にいるのはそいつくらいか。それよりも気になるのは、こいつかね。発進直後に、距離は大したことはないんだけども、コマンチ砦のそばを通ることになるぜ」

「……カイロン物産の？」

コマンチ砦は、平均対地高度三五〇キロというポイント・ゼロより幾分高い軌道にある。微小重力を利用した工場と研究所、補給基地と宇宙船の建造もできる巨大なドックを備えた、最大級の軌道上複合体である。

「最接近時でも一〇〇キロ以上離れてるけどね、向こうからもこっちからも楽に見えるはずだ。……挨拶の準備はしといたほうがいいかな」

コマンチ砦では、彗星《すいせい》捕獲レース最後のエントリー艇《てい》になるはずのミーン・マシンの発進準備が進められている。イオンジェットをメインエンジンに使い、コンパクト・プシキャットを上回る最終到達速度をめざすことになるはずの大型船は、まだ作業ステーションに係留されてその姿を現していない。

「決まり文句でいいわよ。余計なこと考えてるほど余裕ないもの」

『発進一〇分前！』

『エルメスプラス、安全距離確保終了』

『プラズマロケット、予備運転に入ります』

プラズマ励起室を中心に、高出力電子機器の塊である機関部全体が予熱段階に入る。回路の最終点検と同時に電気が投入され、順次電圧を上げていく。

すべての回路の電圧と作動状況は、ハードレイクと、データが中継されているモハビ技研でチェックされ、異常のないことが確認されて次の段階に進む。

並行して、コンピュータによる自動発進シークエンスに入ったコンパクト・プシキャットの全船体が、発射前チェックを次々にクリアーしていく。この段階では、乗組員は目の前のディスプレイや計器類に表示されるデータを見守るしかない。

地上のミッションコントロール、軌道上の補給キャンプの両方で、オペレーターの声によってクリアーされたシークエンスが次々に読み上げられていく。今のところ、トラブルが出るのはプラズマロケットを採用した主推進機関に限られており、幾度となく繰り返されたチェックによっても、それ以外のところに不具合は出ていない。

「全系統異常なし」

美紀が、ディスプレイの表示を読み上げた。

「自動発射シークエンス、最終段階に入ります」

『太陽電池パネル出力最大、安定』

『プラズマ励起シークエンス、開始。励起室電圧上昇、推進剤投入開始』

限界まで張り詰めた緊張を伝えてくるような、ハードレイクのスウの声を聞きながら、美紀は手順通りの始動シークエンスをディスプレイ上に見ていた。

『機関部及び推進剤予備加熱部、作動順調。現在のところ全系統異常なし』

極低温の状態で推進タンクから流れ出した液体水素が、加熱室を通り抜けて気体の状態になり、励起室で一気に原子と分子が分離するプラズマにまで超高熱化される。

『推進剤プラズマ化、現在のところプラズマロケットは順調に作動中』

『最終カウントダウン開始します』

ポイント・ゼロの女学生が、一桁に入った数字の読み上げを開始した。

『一〇秒前』

『プラズマ励起室、連続生成に安定』

『九』

『プラズマ加速部に流入開始』

『八』

『加速部電圧上昇』

『七』

『加速部、設定電圧まで出力上昇』

『六』

プラズマロケットの噴射部が、励起室から加速部を経て溢《あふ》れ出すプラズマのために淡い光を宿す。

『予備加速シークエンス開始』

『五』

『プラズマ流入量上昇』

『四』

『加速部、正常に作動開始』

溢れた光が、見えない意思によって統一されたように束ねられた。

『三』

『噴射正常』

『二』

『出力最大まで上昇』

機関部からのプラズマ噴流が一瞬消えたように見えた。プラズマが超高速で噴射方向を統一されたために、光まで含めたエネルギーがすべて推進力に変換される。

『一』

『推力上昇、プシキャット動き出します！』

『ゼロ！』

『よし行け！』

マリオの声が全回線に飛んだ。

『止まるな、行っちまえ！　プシキャット、液体ロケットエンジン始動シークエンス開始！　ブースターごと飛び立て‼』

「プシキャット、液体ロケット始動シークエンス開始します」

美紀は、あらかじめ設定しておいたダイナソアの液体ロケットの始動シークエンスを作動させた。推進剤から液体酸素と液体水素がプリバーナーに送り込まれ、噴射前段階燃焼を開始する。

「液体ロケット始動、出力上昇」

前段階燃焼で高熱、高圧の燃焼を開始した液体燃料が猛烈な勢いでタービンを回転させ、主燃焼室に推進剤を送り込む。ノズル内で液体水素と液体酸素が爆燃反応を開始、船体を振動させながら噴射を開始する。

最大出力でも一〇〇キロほどのプラズマロケットの推進力では、プシキャットに加えられる加速力は二〇〇〇分の一Gにしかならない。今や船体構造の一部と化したダイナソアの、C号機と同形の二段燃焼ロケットによって七五トンの最大推力が与えられて、軌道上に浮いていたコンパクト・プシキャットは初めて目に見える加速を開始した。

細い推進剤タンクを船体構造の中心にしたプシキャットが、大きく開いた太陽電池パネルの構造限界に近い三分の一Gの推力を受けて動き出す。

『プラズマエンジン、励起室、推力、電力、すべて正常』

地上から聞こえるスウの声に、ほっとしたような溜め息が混じった。

『コンパクト・プシキャット、周回軌道を離脱。所定の軌道で初期加速シークエンスに入ります』

「しばらく頼む」

動き出したプシキャットの映像を見上げて、マリオはコンソールから離れた。

「どこ行くの？」

のろのろと車輪を滑らせはじめたマリオの後ろ姿に、スウが声をかけた。

「外の空気吸ってくる。この一〇〇時間、一歩もビルの外に出てないんだ。玄関にいるから」

コンクリートの上を乾いた熱い風が吹き抜けてくる。社長のコブラやモハビ技研のマーク入りの小型トラックが停まっている駐車場の向こうで陽炎《かげろう》に揺れている滑走路を見て、マリオは大きく両手を上げて伸びをした。関節のあちこちがめりめりと不吉な音をたてる。

「そりゃまあ、運動不足にもなるわなあ」

ふわあと大きくあくびをしながら、マリオは空を見上げた。カリフォルニア特有の抜けるような青空に、一筋の飛行機雲が細く伸びていく。

ゆっくり伸びていく飛行機雲の先端が、白昼に細く残った白い三日月に届いた。深い蒼に浮かぶ幻のような月のそばで、何かがかすかにきらめいた。

肉眼で見えるはずがないと知りつつ、マリオはそれがプシキャットのブースター噴射かもしれないと考えていた。

「マリオ？」

いつまでたっても戻ってこないミッションディレクターを探して、スウが空港ビルの通用口から顔を出した。

「ブースター加速シークエンス終わったわよ、どこにいるの？」

マリオの車椅子は、すぐ目の前にいた。

「マリオ？　どうしたの？」

反応がない。どうしたのかと思って冷房の効いた空港ビルから足を踏み出したスウは、容赦なく照りつける陽光の下で車椅子に座ったまま眠りこけているミッションディレクターを発見した。

劉健《リユウケン》は、そのメッセージをロサンゼルス国際空港に向かうフリーウェイの渋滞の中で聞いた。

「お先に出発します。彗星の傍で会いましょう、か」

右ハンドル、右シフトという変則的なコクピット配置のクラシックスポーツカー、フォードGT40で、劉健はイヤホンマイク越しの電話に出ていた。

『コマンチ砦のミーン・マシンにあてられたコンパクト・プシキャットからのメッセージは以上です』

電話の向こうの、年に何度も顔を合わせない秘書は、いつも通りの涼やかな声で告げた。

「ラスベガスで、うちの船の賭け率がどうなったかわかるかい？」

「コンパクト・プシキャットの出発と同時に、賭け率が二割、下がりました。プシキャットは、今現在も加速を続行中ですので、賭け率は時間とともにわずかずつですが低下しています」

「他の船の賭け率に変動は？」

『一番手のバズ・ワゴンの賭け率が五パーセントほど低くなりました。ただし、これは二番手のローリング・プレンティが着々と距離を詰めているためで、プシキャットの発進による影響は大きくないと考えられます』

「ともあれ、これで軌道上の役者が揃ったわけだな。ありがとう、ついでにもう一つ用事を頼めるかい？」

『なんでしょう？』

「スペース・プランニングの社長に、僕の名前で出発祝いのフラワー・リングを届けてくれ」

『かしこまりました。メッセージカードは付けますか？』

「ああ」

目の前の車が動き出したのにあわせて、劉健はクラッチを踏んでギアを入れた。

「無事な航海を祈る《ボン・ヴォヤージュ》ってタイプしといてくれ」

ダイナソアのメインロケットを使ったブースト加速は、燃料消費が激しすぎるためにほんの短時間しか行えない。五分間の全力噴射で、秒速にして四キロほどの速度を稼いで、地球の重力を振り切るのに充分な速度を得たプシキャットは、地表からほんの二〇〇キロほど離れたところで慣性飛行に毛が生えた程度の低加速飛行に入った。

「大丈夫か、おい」

プラズマロケットが安定して運転しているのを確認して、チャンは地上からの指示を待たずに船体の再チェックを開始した。推進剤の消費につれて加速が上がるのを防ぐために、出力はじわじわと落としたものの、船体構成の中でもっとも軽く、つまり脆《もろ》く作られている太陽電池パネルの構造がたわんだり歪《ゆが》んだりしていないかどうかが気になる。

「基底部、ワイヤーテンション、ともに異常なし。何とか保《も》ってくれたか」

「今回は、プラズマロケットも順調に噴いてくれてるみたい」

無重力状態での運転開始から、〇・三G以上には加速度を上げなかったとはいえ、荷重がかかったあと、これから先は低加速状態のままの運転が続くことになる。それまでうまく運転できた機械が、ほんのわずかなコンディションの違いで機嫌を損ねることを何度も経験している美紀は、プラズマロケットの運転状況を示すディスプレイから目を離さない。

『ハードレイクよりプシキャット、飛行は予定通りです』

スウの声が聞こえた。

『地上のモニターでは、プラズマロケットは順調に運転中です。予定ではあと四二時間二五分の運転で、最終到達速度を達成の予定』

「プシキャットよりハードレイクへ、ええと」

まだこれから長い飛行が残っている今の段階で、こんなことを言ってもいいのかどうか少し考えてから、美紀は口を開いた。

「ミッションコントロール、ベースキャンプ、エルメスプラスのクルーとスペース・ウォーカー、その他関連全部署に。コンパクト・プシキャットは彗星に向かって無事飛び立ちました。今までの協力を感謝します、ありがとう」

『どういたしましてって言いたいところなんだけど、ミッションディレクターからの指示を伝えるわ』

スウは楽しそうに笑った。

『プラズマエンジン運転終了まで気を抜かないように。出発作業終了のパーティーは加速が終了して、慣性飛行に入ってからだって』

「コンパクト・プシキャット、了解」

ミッションコントロールの全景が映っているモニターを見た美紀は、マリオがミッションディレクター席にいないのに気がついた。

「初期飛行プログラムの消化までは気を抜かないようにします。で、そのミッションディレクターどのはまだ生きてるの？」

『隣で寝息立ててるわ。せめて仮眠室に行けばいいのに、ちょっとでも異常事態が起きたらすぐ叩き起こせって』

「ぐっすり寝かせてあげて。どうせ、この段階で何か起きても、もう下に頼れるようなことはないもの」

『それが、そうでもないのよ。これから先、どこで何が起きても、少なくともプシキャットが月の軌道の内側にいるのなら、何とか対応できるだけの予定表が作ってあるわ』

「プシキャットの組み立てだけじゃなくて、そんなことまで……」

美紀は、驚いてプシキャットのこれからの飛行経路をチェックした。出発予定時刻が遅れたから、プシキャットはちょうど進路上に巡ってきた月の重力を利用したフライバイでわずかに加速を稼げるようになっている。

「なるほど、月軌道を抜けるまでなら非常事態が起きても、メインブースターで軌道を捻って月の孫衛星軌道に乗れば地球圏にとどまれるか」

ディスプレイ上に描き出された軌道を見て、チャンが言った。

「そうすると、ポイント・ゼロもまだ作業体制を解けないのか」

『エルメスプラスには戻ってもらって、みんなに休んでもらうけどね』

ヴィクターが交信に加わってきた。

『ここの撤収準備は、あなたたちが月より離れてから開始の予定になってるわ』

「お手数掛けますなあ」

『しばらくは、休んでればいいんだもの、楽なものよ。みんな、オーバーワークで疲労がたまってるはずだから、ゆっくりさせてもらうわ』

「了解。プラズマロケットの運転は順調、全系統異常なし」

同じデータはハードレイクだけでなく、ポイント・ゼロ、そしてエンジンメーカーのあるモハビにも届いているはずだが、チャンは口に出して確認した。目の前の傾斜角度のきつい風防に顔を上げる。

大気圏外飛行中は、防眩《ぼうげん》と宇宙線対策のために、フロントの特殊積層ガラスは金を蒸着したシールドが降ろされている。濃いグリーンのシールド越しに外を見ているようなものだから、地球の夜側にいるような星空は見えない。

「現在、対地表高度二五〇〇キロ。……まさか最初の高軌道が、こんな飛行になるなんてね」

「あたしの最初の飛行は、静止軌道だった」

美紀も、機長席《コマンダー・シート》から進路方向を見据えている。視界のすみに、半月がのんびりと浮いている。

「まあ、月の軌道を越えるのにあと三〇時間はかかるから、それまではまだ地球圏だけど」

「そこから先も、バズ・ワゴンとローリング・プレンティが飛んでるから、前人未到の空域ってわけじゃない。わかっちゃいるけど……」

飛行計画では、プシキャットは彗星への最接近寸前にバズ・ワゴンとローリング・プレンティを追い越してトップになるはずだった。ただし、それはプシキャットが飛び立ってからも他の参加各艇が飛行スケジュールを変更しない場合で、現実には、先陣争いは彗星に近づくほど推進剤と機体構造を切り詰めた厳しいサバイバルレースになるだろうと予測されていた。

「まあ、行けるとこまで行ってみようぜ」

まるでピクニックにでも行くような口調で、チャンが言った。

「とにかく、そこまでたどり着いていないことには、トップ争いにも参加できないんだからよ」

ヨーコ・エレノア彗星を目指す宇宙船は、初期加速によってその最終速度がほぼ決定する。最初に出発したバズ・ワゴンのみ、予備の推進剤タンクを先行させているから、回収に成功すれば加速・減速にある程度の自由を持てるが、二番手のローリング・プレンティ、三番手のコンパクト・プシキャットとも航行途中での補給予定はない。そのため、地球からでも観測できる加速終了時の到達速度で、それからの航行スケジュールをある程度の幅を持って予測できる。

地球軌道から液体ロケットをブースターに、プラズマロケットを主推進機関に使って発進したコンパクト・プシキャットは、発進後三三時間でなおプラズマロケットによる加速を続けながら月軌道を横切る。地球周回軌道を公転する月の重力でスウィング・バイしてわずかに加速、速度を上げながら外宇宙に向かう。

ただし、この時点での速度は初期加速によって得られた速度に地球の重力がブレーキをかけるから、低推力による加速を続けていても発進時の速度を大きく下回る。天体物理学的には、発進後の推進剤の消費で自重が八〇トン近くにまで落ちた宇宙船の推力一〇〇キログラムの噴射による加速は、地球の重力による減速にはるかに及ばない。

地球重力は、地球から離れれば離れるほど、距離の二乗に反比例して弱くなる。従って、ここから再加速を行えばかなり効率良く速度を得られるが、そのための推進剤の余裕はプシキャットにはない。また、手に入るプラズマロケットの推力は限られているから、推進剤を積んで重くなれば重くなっただけ、加速効率は悪くなる。

「現在速度、秒速五キロ。月の重力圏に入ってから多少は加速されてるけど、発進時にあれだけ加速したのに、これでもかってくらい速度喰われたな」

月の大気圏内に突入するような錯覚を覚えながら、チャンは言った。

傾斜角はきついが面積は広めにとられている正面の風防ガラス一杯に、クレーターだらけの赤茶けた月の表面が広がっている。ディスプレイに表示されているコンパクト・プシキャットの状況には異常は出ていない。

『ハードレイクよりプシキャットへ』

プシキャットが低加速飛行に移ってやっとゆっくり睡眠をとることができたマリオが、陽気な声で呼びかけてきた。

『調子はどう？』

「今のところ、異常なし」

機長席の美紀が、ディスプレイをざっとチェックして応えた。地球を離れること三六万キロ、通信のタイムラグは往復二秒を超え、そろそろ間が抜けはじめている。

「問題のプラズマロケットも、順調に運転してくれているわ。機関部、電気系統ともコンディション、グリーン」

『ハードレイク、了解。月の天気はどお？』

言われて、美紀はつい風防の外に目を走らせてしまった。頭の上にある月の表面を、うろ覚えの月面地図と重ねてみる。

「現在、嵐の大洋の上空。その隣の雨の海はきっと雨降りでしょ」

『それじゃあ、ムーン・ウォーカーに傘を忘れないように言っておこう。間もなくターニング・ポイント、これが最初の軌道変更になる。とは言っても、プログラムはすべて入力済みだからクルーの任務はディスプレイとメーターの監視しかないけど、しっかり見張っててくれ』

「了解」

月の公転を利用したスウィング・バイは、飛行の土壇場になってから追加されたプログラムである。当初の予定では、プシキャットの軌道は月から遠く離れたところを通過するはずだった。

月面をぎりぎりにかすめ、公転する月の重力に引っ張ってもらう形で軌道変更、さらにわずかとはいえ速度も稼げるプランは、発進寸前のミッションコントロールセンターでスウが弾き出した。正確な発進時刻が最後までわからなかったために、その後の軌道も特定できず、しかし、発射可能時間帯は事前に予測できるから、飛行する可能性のある軌道をいくつもシミュレートした成果である。

「最接近時、月面から三〇〇キロか」

ディスプレイ上に描き出された予定軌道と、プシキャットの現在位置を重ねあわせたチャンがつぶやいた。

プラズマロケットによる加速は現在もなお続行中で、スウィング・バイによる軌道変更中も電力供給を低下させるわけにはいかない。そのため、大きく拡げられた太陽電池は正確に太陽面に向けたまま、船体の姿勢だけを制御しながら変える必要がある。

現実には、軌道変更のための大きな力になるのは月の重力だから、進行方向に向けて少しでも速度を稼げるようにプラズマロケットの運転を続けながら、なおかつ変化していく宇宙船の姿勢に合わせて、太陽電池パネルの角度を二次元的に変化させなければならない。

すべてのコントロールはあらかじめハードレイクのコンピュータ内でシミュレートされ、修正を加えられた後、プシキャットに転送、しつこいほどのチェックと仮想飛行を繰り返したうえで飛行管理《フライト・マネジメント》システムに入力された。

船体の微妙な姿勢制御、及び太陽電池のゆっくりとした角度変更は、すべてコンピュータかの監視しかない。だから、操縦席の乗組員の仕事は、手動でのコントロールが必要になるかもしれない突発的な非常事態に備えて待機しながら、宇宙船が正確な飛行をしているかどうかの監視しかない。

「あ……」

窓の外に目を戻した美紀が声を上げた。

「なに？」

「ほら、月面上、海の上にあたしたちの影が落ちてる」

月の表面の中で、比較的クレーターの少ない穏やかな地形の場所は海、大洋などと呼ばれている。美紀の指差す方向を見たチャンは、過酷な直射太陽光が降り注ぐ真空の月の洋上を小さな影が飛んでいくのに気がついた。

「へえ、見えるもんだな……」

あっという間に嵐の大洋を横切った影は、起伏の激しいクレーター群の中に入って見分けがつかなくなった。

「おお、さすがに速い」

あまり意味のない数字だと理解しながら、チャンはプシキャットの現在速度をチェックした。地球の重力を振り切って余りある高速度は、月の衛星軌道に入るには速すぎる。

「さすが、外宇宙航行速度だけのことはある」

影だけではない。操縦室の外側に広がる月面そのものが、刻々とその風景を変えている。

地球から見た月の表から裏に回り込むように、プシキャットは全面に太陽光を浴びたままゆっくりと姿勢を変えていく。

「もうすぐ最接近点よ」

美紀は、月面上に接近するプシキャットの現在位置と姿勢を示すディスプレイから顔を上げない。軌道要素は船体重量と比べれば姿勢制御スラスターなみに低い推力のプラズマロケットと、あとは重力にしか影響されないから、ハプニングが起きるとすれば姿勢変更の過程である。月面の弱い重力に引かれながら、プシキャットは徐々にその機首を巡らせはじめた。

「しかし、まさか最初の月飛行が周回どころか通り過ぎるだけになるとは思わなかったぜ」

キャノピーの外、丸い地平線を見せる月の角度がゆっくりと変わりはじめる。

「美紀は？　確か、静止軌道より上に上がるのも初めてのはずだろ」

処女飛行をスペース・プランニングで行って以来、美紀はそのほとんどの宇宙飛行をハードレイクから飛び立っている。

「あたしは、月に行きたくて宇宙飛行士になったのよ」

美紀は、頭上を過ぎていく月を見上げるようにキャノピーに顔を向けた。月のあばた面が窓の外を流れていく。

「それより遠くへ行くなんて、考えてなかったわ」

「へえ？　おれは火星行きの有人宇宙船が出発した時に、うまく立ちまわれば潜り込めるんじゃないかと思ったりしたけど」

「そのころ、あたしはもう学校に通ってたもの」

「そりゃ、おれだって学生にはなってたけどね」

「月へ行かなきゃって思ったのは、もっと子供の頃。なんでそんなこと考えたのか覚えてないけど……」

美紀は、窓の外の月を見上げた。プシキャットの姿勢が変化するにつれ、地球に比べてはるかに小さい月の地平線がキャノピーにかかってくる。

「もう、通り過ぎちゃう」

「そりゃまあ、月ってのは地球の四分の一の直径しかないからねえ。月連絡軌道なんかよりもスピードは速いし、スウィング・バイって言っても、おまけ程度の加速と軌道変更しかできないし」

月では、現在、三つの有人基地しか稼動していない。静かの海のニール・アームストロング基地、複数の企業体によって共同運営されているコペルニクス・クレーターのセレニティ基地、そして、地球からの光と電波放射を避けるために月の裏側に建設されたライプニッツ・クレーターの観測基地アルファだけである。

今の時間はライプニッツ・クレーターは昼と夜との境目にあるから、気をつけてみれば基地の明かりが見えるはずだった。

「月を過ぎたのなら、見なきゃならないものがあるわ」

ベルトをはずしてシートから離れた美紀は、操縦室を見回した。

「なに？」

「ここからじゃ無理ね。ついてきて」

ハンドグリップで身体を引いて、天井のハッチに向かう。宇宙服での出入りのために開口部が大きく取られた気密ハッチは開け放たれたまま、その上に接続された居住ブロックに続いている。

通路にまで溢れ出した生鮮食料品や予備部品の山をくぐり抜けて、居住ブロック最後部に追加された観測室に入る。設計の初期段階にはなかったこのスペースは、スウがＪＰＬからごっそり観測機器を持ち込んできたことによって追加装備された。

こちらも、機材の設置とセットアップが後まわしにされたから、一部の光学観測機器以外は使える機材はない。ほとんどの観測機材は放り込まれて仮固定されているだけだから、飛行中に整理整頓しなければならない。

直径三メートルほどの円筒形の部屋は、その最後部に特殊積層ガラスの観測ドームを持っていた。

宇宙船の構造の一部として可能な限り強度を上げながら、観測のためにできるだけ透過率を上げる。場合によっては人体に有害な宇宙線や放射線も素通しにする観測ドームは、防眩処理も対放射線処理も施されていないから、通常は防護カバーをかぶせられ、外を見ることはできない。

太い鏡胴を持つ天体望遠鏡と支持架の間を器用にくぐり抜けて観測室に入った美紀は、モーターとコンソールの後ろに隠れたコントロールパネルに手を滑り込ませた。

「今なら、観測ドームを開けても大丈夫よね」

「そりゃまあ、宇宙船《ふね》のこっち側は影になってるから、いきなり直射日光とか、太陽放射線直撃、なんてことにはならないとは思うけど」

防護カバーに続いて、三重に備えられている各種電磁波、宇宙線、光線の防護シャッターを解除する。もとは軌道上天文台に使われるはずだったらしい観測ドームは、一切遮《さえぎ》るものなしに外の光景を素通しにした。

すぐ足もとから、コンパクト・プシキャットの主構造材である推進剤タンクが延びている。その先に取り付けられたプラズマロケットは今も全力噴射を続けているはずだが、宇宙空間では、その光は見えない。

「うわあ……」

プシキャットの後方に広がる空間の彼方に、巨大な月が浮かんでいた。

「これよ、見なきゃならない世界って」

観測ドームのそばから、美紀はチャンに振り向いた。

天文学的な精密さで磨き上げられたドームは、光学的な歪みや変色なしに、ほとんどありのままの風景を映し出す。クレーターの縁を一つずつなぞれそうな荒涼とした月のはるか彼方、手を伸ばしても届かないほど小さく、青い地球が浮かんで見える。

「宇宙飛行士でも、この風景を見た人はかなり少ないはずよ」

「……そうか」

ドーム型の天測窓から月を見上げたまま、チャンはつぶやいた。

「ここまで飛んでこないと、月の向こうに地球が見える、なんてことないもんなあ」

すぐ目の前に浮かぶ月は、半月だった。月の反射率は地球よりも低いが、それでも太陽に照らし出されている昼の面はまぶしく浮かび上がっている。

その向こう、ソフトボールほどの大きさで夜の部分が月に隠されている地球の青さは、暗黒の宇宙空間の中でそこだけが別天地であることを示していた。手前の月にも、奥の星空にも、光と影だけしか見えないのに、地球だけが鮮やかに色づいて輝いている。

その瞬間、世界はすべて静止しているように見えた。しかし、視界に見えるプラズマロケットの機関部をスケールにして注意深く観察していると、月も地球もほんのわずかずつ、だが、確実に小さくなっていくのがわかる。

「そういうことか……」

チャンがぽつりと言った。

「おれたち、ここから外に出ていくんだな」

美紀は、チャンに振り向いた。チャンは、自分が入ってきた通路――宇宙船の進行方向を見ていた。月と地球に向き直る。

「ホームシックになる奴の気分が、初めてわかったぜ」

美紀はくすっと笑った。

「まだ、やっと出発したばかりよ。先は長いわ」

「おまけに遠いときたもんだ。還るのは、早くても三カ月先か」

「大丈夫よ。月は小さいから星空に溶けちゃうけど、地球は目立つから見失うことはないわ」

「……そうなんだよな」

チャンはつまらなさそうにつぶやいた。

「民間宇宙船初の長距離飛行って言ったって、地球が見えるような範囲で、今からでも見えるところにちょいと手を伸ばしに行ってくるだけなんだよな」

「心配しなくても、距離感と広さを感じる機会はいくらでもあるわ。だって、これから先、ずっと飛びっぱなしなんだから」


月軌道を過ぎ、コンパクト・プシキャットは順調に飛行していた。航行途中の推進剤補給ができないプシキャットの航行計画は、自身の持っている機材と燃料に大きく制限される。

到達速度は、月の公転をスウィング・バイに使ったことにより当初の予定よりわずかだが速くなった。始動にさんざん手間どったプラズマロケットは順調に噴射を続け、実用試験は成功と言える運転実績と充分なデータを地球に送り続けている。

プラズマロケットエンジンの運転終了時で、コンパクト・プシキャットの予定到達速度は秒速四・一二キロ。これは最初に出発したバズ・ワゴンはもとより、次に出発したローリング・プレンティも上回る速度である。もっとも、先行する宇宙船を追い越せるだけの速度を最初に出せなければ、一番手をめざす彗星捕獲レースに参加する意義はない。

この時点で、世界各地で行われていたブック・メーカーによる彗星捕獲レースにおけるコンパクト・プシキャットの賭け率は暴落した。ただし、後続の宇宙船が先行よりも高速で飛行することは当初から予想されていたから、賭け率は他の宇宙船よりわずかに高めになったところで下げ止まった。

「なんだ、その程度か」

ハードレイクから送られてきた賭け率表を見て、チャンはつまらなさそうに言った。

「これだけのスピードなら、オッズが最低になってもおかしくないと思ってたのに」

『贅沢《ぜいたく》言っちゃいけない』

通信モニターにバー表示される往復三秒のタイムラグの後に、マリオの返事が返ってきた。

『やっとうちの宇宙船《ふね》の参加が認められたんだ。これで、賭け率最低になったら、つまらないってもんだよ。ところで』

通信モニターの中から、マリオは芝居がかった仕草で操縦室内を見回した。

『月軌道を越えたら操縦室内の整備にかかってもらう予定だったんだけど、全然片付いてないように見えるんだが……？』

「ふたりしか乗ってないのに、そうすぐさま片付けられるかあ！」

チャンは地球に叫び返した。

「これでも、通信システムは全部繋《つな》いだんだぞ！　だいたい、操船に必要なコントロールシステムだけしかマニュアルには載ってないのに、なんで見たこともないような観測システムだのコンピュータだの、使い古しのメディアプレイヤーやゲーム機まで混じってるんだ？操縦席でカウチポテトしながらフライトしてもいいってのかよ」

モニターに重ねられたタイムラグバーが減りはじめる。バーが消えると同時に、モニター内のマリオが応えた。

『長旅で暇《ひま》になるんじゃないかと思ってね。発進重量節約のために、ソフトは内部記憶に入っている分しかないけど、飽きたらすぐに新しいのをパック送信できる。これなら、操縦室で待機しながら暇潰《つぶ》しできるよ。中古の機材が多いのは、いざって時に宇宙船を軽くするために捨てても惜しくないのを選んだんだ』

「人の宇宙船を厄介払いに使うんじゃねえ」

『それと、観測システム一式は僕じゃなくて、スウの担当だから。ＪＰＬの下請けで観測の代行をするって契約らしいから、詳しいことは向こうに聞いてくれ』

「お心遣い、感謝するわ」

おおざっぱな作業手順をディスプレイ上に呼び出した美紀は溜め息をついた。

「航海中、本当に暇になる心配しなくて大丈夫そうね。で、向こうっていうのはパサディナ？　それともハードレイクのままでいいのかしら？」

『パサディナで済むように祈ってる』

モニターの中のマリオの顔は憮然《ぶぜん》としている。

『だいたい、向こうでもプシキャット相手の交信はできるはずなんだ。ここから中継するっていう手もあるけど、スウの奴、すっかりここに居着いちまってる』

「いいじゃない、なつかれて」

マリオの台詞《せりふ》が終わるのも待たず、美紀はぼそっとつぶやいた。回線は双方向通信のままだから、向こうが喋《しゃべ》っていてもこちらの声はお構いなしに届く。

『観測機器の接続が終わってからじゃないと調整もなにも仕事はないのにあのやろ——なんだって⁉』

「個人的な感想を述べただけよ、気にしないで。だけど、星の上から言わせてもらえるなら、地球のクルーは仲良くしてもらった方が楽なんだけどな」

それだけでは間がもたないような気がして、美紀は送信の最後にばちーんとウィンクをかましてみた。三秒後、マリオはモニターの中からずずっと退《ひ》いた。

『い、今なにをした⁉』

チャンは妙な顔をして機長席の美紀を見た。

「なんかやったの？」

「別に。失礼しちゃうわ。遠距離通信に慣れてないのよ、ごめんあそばせ」

『話すことがないんなら、これで切るよ。どうせデータ回線は繋ぎっぱなしだし、プシキャットが月軌道を抜けたから、ベースキャンプの撤収にかからなきゃならないんだ。必要があったらいつでも呼び出してくれ。次の定時連絡はなにもなければ六時間後』

モニターの中のマリオは腕時計に目をやった。

『その時には、往復のタイムラグがまた二分の一秒増えてるね。少しは、この通信スタイルにも慣れないといけないな』

それまでに、地球との距離は八万キロ以上も離れてしまう。今の速度では、通信に要するタイムラグは一日に往復二秒ずつ増えていく計算になる。

「アインシュタイン先生が一世紀以上前におっしゃった通り、宇宙で流れる時間は一定じゃないってことよ。こんなこと体感できるチャンスはそうないわ。それじゃ、また次の定時連絡に」

プラズマロケットが順調に運転を続けている限り、毎回の定時連絡はルーチンワークで、無駄話くらいしかすることはない。ハードレイクは、これからポイント・ゼロの撤収にかかるから、いろいろと忙しくなるはずである。

映像回線を切って、チャンは仮留めしていただけのシートベルトをはずした。

「ポイント・ゼロにひとこと言っといたほうがいいかしら?」

「これから撤収なんだろ。いくらヴィクターとデュークがいるからって、あそこが片付いたとは思えないから、余計な手間かけさせないほうがいいんじゃないのか?」

「そうかなあ」

言ってる目の前で、突然、直接通信の呼び出し音が鳴った。

「はいこちら、コンパクト・プシキャット」

『ポイント・ゼロよ。順調に飛んでるみたいね』

通信モニター上に、ヴィクターが現れた。遠距離通信だから、こちらのモニターにもタイムラグ表示のバーグラフが現れる。

「ああ、今連絡を取ろうかって言ってたところです。これから撤収だそうで」

『そうなのよ。のんびり長話してる暇ないから、用件だけね。これからプシキャットが通りすがるラグランジュ・ポイントに、ニュー・フロンティアが作りかけてた発電衛星があるの、知ってる？』

「話だけは」

美紀はうなずいた。タイムラグがあるから、効率的に交信しようと思ったらできる限りの情報を一度に伝える必要がある。

「ニュー・フロンティアがつぶれちゃってから、建設作業は止まったって聞きましたけど、それでもメインフレームはできあがってるそうですね」

ディスプレイ上のバータイマーが減りはじめる。ポイント・ゼロのコントロール・ルームであちこち見回していたヴィクターが手許のディスプレイに目を落とした。

『うちの学生たちがあなたたちの進路上を観測してて、発電衛星が前の時より大きくなってるのに気がついたのよ。あれは今はカイロン物産の管理下にあるはずだから、どうせろくなことにはなってないと思うんだけど、念のために通りすがりにチェック入れといてくれない？』

「それは構いませんが……」

美紀は、チャンと顔を見合わせた。

「観測ドームは全然整理してませんから、現状だと船外カメラとか、機載レーダーとか、その程度の観測しかできませんけど」

『威力偵察かけるわけじゃないんだから充分よ。余計な手間かけるけど、よろしくお願いね』

「わかりました」

「そうすると、ここ片付ける前に、通りすがりの覗《のぞ》きの準備をしていかなきゃならないわけだな」

チャンはアームレストに手をついた。

「おや?」

シートから浮き上がったチャンは、オーバーヘッドコンソールに手をついて通信モニターを覗き込んだ。受信を示すメッセージが点滅している。

「なんか受けてるぞ」

「混信じゃないの?」

こちらもシートから離れた美紀は、操縦席の後ろに飛んだ。

「月を過ぎたって言っても、まだラグランジュ・ポイントの内側よ。数は少ないけど、宇宙船は飛んでるわ」

「いや……」

チャンはキーボードを叩いた。

「通常のVHF通信だけど、うち宛だ。CCM-05ってこの宇宙船《ふね》の登録番号だろ?」

「どこから? 管制局?」

有人宇宙船が通常の交信に使うVHFなら、どこから通信が入ってもおかしくない。しかし、わざわざ名指しでメッセージを送ってくる相手をすぐには思いつけずに、美紀は聞いた。

「いや、個人名だ。スキッパー、ヒースロー、J・H?」

差出人の名前を読み上げて、チャンは美紀に目顔で聞いた。

「知ってる?」

「聞いたことあるわ、その名前は。それも、つい最近」

シートに手をかけて身体を止めたまま、美紀は首を傾げた。

「どこでだったっけ……」

「あれ……?」

キーボードを叩いて受信記録を呼び出したチャンは妙な声を出した。

「なによ」

「このメッセージ、進行方向からだ。地球と反対の方向から届いてる」

「ああ、思い出した!」

美紀は声を上げた。

「バズ・ワゴンの船長よ、ジョーンズ・H・ヒースロー!」

「バズ・ワゴンからの通信か⁉」

チャンは、メッセージの本文をディスプレイ上に呼び出した。

貴船の無事な出発を祝し、キャラバンへの合流を歓迎する。ファー・トラベラーズ・クラブへようこそ。

簡潔な文章を読んで、美紀とチャンは顔を見合わせた。

「ファー・トラベラーズ・クラブってなんだ？」

「そうか……地球より、バズ・ワゴンや、ローリング・プレンティのほうがあたしたちに近いのよ、時間的には。地球とのタイムラグはこれから大きくなる一方だけど、先行している宇宙船にはこれからどんどん近づいていくんだもの」

美紀は、シートに戻ってキーボードを叩きはじめた。

「なにすんの？」

「せっかくお祝いのメッセージを貰ったのよ。返信を送るのが礼儀ってもんでしょ」

「そりゃまあ、そうだろうけど……」

チャンもシートに降りてくる。

「いいのかい、こっちで勝手に先行しているライバルの宇宙船と連絡取っちゃったりして」

「軌道宇宙船同士の通常交信よ。ちょっとばかり交信距離は長いけど、地球でも傍受できるはずだし、何も心配する必要はないと思うわ。それより……」

美紀は、キーボードを叩く手を停めた。

「受け取りっぱなしでほっとくほうが、礼儀知らずってことになるんじゃない？　返信のメッセージ、どうする？」

「……まあいいか。ええと、航海中の船の決まり文句でよければ、貴船の航海の無事と安全を祈る、ってあたりが普通だけど、機長はそういうノーマルなのでいいわけ？」

「そうか……機長としては、それなりの文案考えなくちゃならないのね」

考え込んだ美紀の横で、チャンはキーボードを叩きはじめた。

「で、そのバズ・ワゴンとローリング・プレンティにはどういうクルーが乗ってるのかってえと、だ」

先行している宇宙船のデータは、公開されている限りプシキャットのメモリーにも記録されている。スウが持ち込んできたバズ・ワゴンの航行データや、マリオがどこからか拾ってきた怪しげな裏情報もファイルされているが、美紀もチャンも敵情に関する詳しい分析は地上に任せっきりで、データをろくにチェックしていない。

「バズ・ワゴンは六人乗り、船長はジョーンズ・H・ヒースロー。デュークなら知ってるんじゃないかな、クルーリストはこんな感じ」

チャンは、航行データを映し出していたディスプレイにバズ・ワゴンの乗組員リストを呼び出した。男性四人、女性二人の編成で、ベテランを揃えたらしく平均年齢は高い。

「知ってる人はいる？」

「名前だけなら、聞いたことがある人が何人もいるわ。ヒースロー船長は確か、二年前のノストロモ号遭難事件の時に陣頭指揮とってたし、オービタル・サイエンスのテストパイロットが二人も混じってる」

宇宙船の運行は、その九九パーセントが慣性飛行だから、旅客機なみに飛行時間を稼ぎやすい。しかし、テストパイロットは限られた時間の中で様々な運行形態を試し、加減速も姿勢制御も頻繁に行うから、その経験値は通常のパイロットとは比べ物にならない。

「そりゃ手強《てごわ》そうだな。最年少のクルーでも、美紀より年上か」

「悪かったわね、頼りにならない機長で」

キーボードに文面を打ち込んで、美紀は顔を上げた。

「コンパクト・プシキャットよりファー・トラベラーズ・クラブの諸先輩がたへ。急いで追いつきますから待っていてください。皆さんの飛行の無事と安全を祈ります。プシキャット機長、羽山《はやま》美紀。どお？　連名であなたの名前も載せる？」

「機長の名前だけでいいだろ。どうせ挨拶だけなんだし」

チャンは、先行する宇宙船との位置相関関係をディスプレイ上に映し出した。

「受取人は三〇〇万キロ彼方。でもこれからどんどん差は詰まっていくから、一月《ひとつき》もすればタイムラグを気にしないで電話できるようになるぜ」

ラグランジュ・ポイントは、地球、月、太陽の重力が釣り合う空域である。地球近傍の軌道の中ではもっとも安定している空間であり、そのため将来的にスペース・コロニーなどの巨大構造物の建設予定地になっている。

夜空の月ほど小さくなった地球を眼下に見ながら、コンパクト・プシキャットはラグランジュ・ポイント最大の本格的巨大構造物を追い越した。

かつてニュー・フロンティアが第一次建設を開始、今、カイロン物産がそのあとを継いでいる太陽発電衛星は、直線距離で一万キロ以上離れているにもかかわらず肉眼で確認できるほど大きくなっていた。

発電衛星の組み立てと運転を担当している作業用宇宙船、コントロールセンターなどと挨拶を交わしながら、コンパクト・プシキャットは最接近点を通り過ぎた。

2　ハードレイク、ミッションコントロールセンター／新機軸

「これは？」

ミッションコントロールセンターの巨大なメインスクリーンに映し出された軌道上構造物を見て、ジェニファーは首を傾げた。

「なんに見えます？」

車椅子からメインスクリーンの映像を見上げたまま、マリオが逆に問うた。

「なにって……」

ジェニファーは、もう一度メインスクリーンの中の構造物を見上げた。ところどころに見え隠れしているトラス構造が軌道上でよく使われている共通規格だとすると、全体はかなり大きいものになる。大型の宇宙ステーションのメインフレームにも使われるトラス構造が、ちっぽけな部品の一部にしか見えない。

「太陽発電衛星かなにか？　ずいぶん大きいようだけど」

マリオはうなずいた。

「ニュー・フロンティアがラグランジュ・ポイントに建設中だったものです」

「ああ、あれね」

ジェニファーは、ロサンゼルスで行われたオークションのカタログに建造途中の写真と完成予想図が載っていたのを思い出した。

「角度が違うからわからなかった。ずいぶんできあがったのね、あんなところまで機材を持って上がるのは大変でしょうに」

言ってから、ジェニファーは、メインスクリーン上の映像の撮影角度がわずかずつ変化しているのに気がついた。

「実写映像？　どこから送られてきたの？」

「ラグランジュ・ポイントを通過した、コンパクト・プシキャットからです」

言われて、ジェニファーはあらためてメインスクリーンを見上げた。

「……確かこれ、まだ稼動はおろか完成にもほど遠いって状況じゃなかった？　こんなものまで落として、劉健のやつなに考えてるんだと思ったけど……」

言ってから、ジェニファーは自分の言った言葉の意味に気がついた。

「てことは、これ、今現在の最新映像ってこと？　カイロン物産が、ラグランジュ・ポイントにこんな大きな構造物作っちゃったの⁉」

「それも、この物件の所有権がカイロン物産に移ってから、軌道上発電所の建設ペースはかえって早まっています。現状で太陽電池パネルの有効稼動面積は六〇パーセント、すでに月基地と静止軌道上のステーションに送電実験も行っています」

「あらあら……」

ポイント・ゼロから発進したコンパクト・プシキャットは予定の加速を終了し、現在はラグランジュ・ポイントを過ぎて、慣性飛行で地球から遠ざかりつつある。

船内では未結線の機器の接続作業やら、出発までに間に合わなかった観測機器のテストなどの作業が続いているが、ミッションコントロールセンターの人員は出発前後の臨戦態勢が嘘のようにごっそりと減っている。

あちこちに片付けていない機材やごみが散らかっているミッションセンターを見回して、ジェニファーはもう一度スクリーン上の発電衛星を見上げた。

「つまり、長期的展望に立って建設計画が進められたのでなければ、これは今すぐ、でなくても非常に近い将来に使うあてがあって、あわてて組み立てられてるって、そういうこと？」

「ヨーコ・エレノア彗星の所有権が、レースの結果にゆだねられることが発表になってから、旧ニュー・フロンティアの艦船の連絡は、ミーン・マシンが準備中のコマンチ砦と、それからこのラグランジュ・ポイント上の太陽発電衛星に集中していたんです」

マリオは、スクリーン上の映像を切り換えた。高発電効率の太陽電池が一面に張り付けられた太陽に向いている面だけでなく、その裏側から撮ったらしい構造面が映し出される。

「単にプシキャットの操縦室の配置だけの問題なんですが、先に光学観測系のパネルをつないだのが、こんなところで役に立ちました。なにせ、相手は地球から五〇万キロも離れたラグランジュ・ポイント上ですから、地上からの観測じゃこんな鮮明な映像は手に入らないんです。軌道上の天文台衛星でも使えれば、この程度の映像は手に入るかもしれませんが、それだと今度は撮影角度が変えられませんから……」

「なんなの、これ？」

ずばりと、ジェニファーが訊いた。

「わかってるから、わざわざあたしを呼び出して見せてるんでしょ。こんなもの見せて、いったいなにを決断しろって言ってるの？」

「月基地と、静止軌道上への送電は、細く絞ったマイクロ波によって行われました。受信側にかなり大きなアンテナが必要になりますが、それはまあ、計画のうちです。この発電衛星が電力送信のために持っている設備は四つ、このマイクロウェーブの発射装置と、それから、この部分に大型のレーザーがあります」

「レーザー?」

太陽発電衛星の裏側の映像は、逆光で撮られたせいもあって、のっぺりと暗く見えた。広大な面積に拡げられた太陽電池の形を支持するための構造材と、交信用らしいアンテナ群、構造材の隅には姿勢維持のための制御システムなどがかろうじて確認できる。

まわりに、作業用の宇宙船と接続された居住ブロック、コンテナらしい部品などが浮遊している。大型のはずの作業船が小さな模型にしか見えないほど、発電衛星の構造は大きい。

「中央にあるアンテナが、おそらく送電用のマイクロウェーブの発射装置です。だけど、その隣に、宇宙戦艦に搭載するような大型のレーザー砲が見えます」

らしくない単語を聞いたような気がして、ジェニファーは思わずディレクター席のマリオの横顔を見た。

マリオは、スクリーンの映像の一部を区切ってズームアップした。厳重な熱放射装置に囲まれた、長大な砲身を持つ列車砲のような大がかりなレーザー発射装置が、構造材にまたがるように設置されている。

「レーザーって、レーザー光線のレーザー?」

念のためにジェニファーは訊いてみた。マリオはうなずいた。

「残念ながら発射はまだ確認してませんけど、これが張りぼてやデモンストレーション用の大道具《プロップ》でないとすれば、防空宇宙軍の対軌道迎撃レーザーシステムなみの大出力レーザーです」

ジェニファーは、困ったような顔で首を傾げた。

「宇宙船でも狙い射とうって言うのかしら。だとしたら、厄介ね」

「冴《さ》えてますね、社長」

「え？」

「たぶんそれで当たりですよ。ただし、狙い射ちにするのは先行してる他の宇宙船じゃなくて、カイロン物産のゼロゼロマシンになると思いますが」

「ええ？」

言っている意味がわからずに、ジェニファーはマリオと軌道上の大型レーザー砲を見比べた。

「どういうことよ」

「コマンチ砦のゼロゼロマシンの主機関が、高出力の電気推進系になるのはご存じですよね」

「劉健が持ってきたデータでしょ？」

ジェニファーはますます首を左右に傾げる。

「イオンジェットって言ってたわよね」

「イオンジェットは、その原理と構造上、大電力を必要とするんです。なのに、あのデータカードで見る限り、ゼロゼロマシンはうちのプシキャットはおろかローリング・プレンティよりも大きな構造重量をしてるくせに、展開する予定の太陽電池の面積はプシキャットより小さいんです。電池パネルのデータだけが差し換えられてるのか、それとも、あとで拡げる予定なのかわからなかったんですが、たぶん、こいつで電力供給をするつもりなんだと思います」

初めてジェニファーに顔を向けたマリオは、スクリーン上にアップになっているレーザー砲を指してみせた。

「これで？　それじゃ彗星めがけてぶっ飛んでく宇宙船に、こんな大がかりなレーザーで電気送ろうって、そういうこと？」

「おそらく」

「わあ、大卑怯！」

ジェニファーは叫んだ。

「あのくそったれ、こんな大仕掛け隠してたから、こんなケツの穴みたいなデータよこしやがったのか。人が手持ちの資材だけでせこせこやってると思いやがって、余裕ぶっこきやがって……」

シットだのアスホールだのファッキンだの、四文字俗語だらけの台詞を聞いたマリオが目を丸くする。

「しゃ、しゃちょ、発言がいきなり放送禁止用語だらけです」

「っさい！　で？　まさかこの期《ご》に及んで白旗掲げろだの夜逃げしろだの言い出すつもりじゃないでしょうね！」

レーザー光線でも発射しそうな視線に射すくめられて、マリオはぶるぶると首を振った。

「まだ今の段階じゃ、ゼロゼロマシンがどの程度の性能《キャパシティ》を持っているかどうかわかりません。ただ、最後発なのにもかかわらずレースに参加してくる強力なライバルがどの程度のものなのか、社長には知っておいていただく必要があると思いまして」

「楽に勝たせてくれるような甘い相手だなんて、これっぽっちも思ってないわよ!」

ジェニファーはメインスクリーン上の発電衛星を睨《にら》みつけた。

「それで? どうやれば勝てるの? ミサイル基地でも乗っ取って、こいつにICBM打ち込む?」

「大陸間弾道弾程度じゃ、ラグランジュ・ポイントまで届きませんがな。いえ、ゼロゼロマシンがどの程度の強敵なのかは、発進してみないとまだわかりません。うちのと同じで、イオン駆動《ドライブ》は有人宇宙船の、しかもこんな大型艦に使われるのは初めてです。予定ならもう出発しててもおかしくないゼロゼロマシンが、いまだにコマンチ砦の傍から離れられないのは、やっぱり新型エンジンのセッティングやら整備に手間取ってるせいだと思いますけど」

コンパクト・プシキャットが月軌道に到達したその日、コマンチ砦の整備ドックから改装されたゼロゼロマシンことミーン・マシンがその姿を現した。

ニュースネットその他で伝えられたその姿は、改装前の実験用宇宙船からかなり変化しており、化学ロケットでは考えられないほど大きな推進機関部と、重量軽減のために必要以外の装備を取り払った構造は、軌道上の大加速レーサー《ドラッグスター》にたとえられた。

発表された計画によれば、ゼロゼロマシンは液体ロケットブースターを架装して、その噴射によって地球軌道を離脱、初期加速を終了した後に太陽電池パネルを拡げ、イオンジェットエンジンによる第二段加速に入る。

ただし、公開されている設計図によれば、イオンジェットエンジンに充分な電力を供給するはずの太陽電池パネルは全開にした状態でも面積が小さすぎ、それに対する説明は行われていない。事情通の間では、よほどの高変換効率を誇る新型太陽電池か、でなければ強力な電源を船内に持っているものと予想されていた。

コマンチ砦の作業区画から引き出されたものの、ゼロゼロマシンはいまだにドッキング区画に係留され、電力、生命維持システムその他の供給をステーションに頼っている。マリオが調べた限りでは、高速度噴射実験に必要な安全空域の確保は行われておらず、当然、実用に使えるような高推力でのイオンジェットの噴射実験もまだ行われていないはずだった。

「それで？　どの程度手間取ってくれるはずなの、このあとから追っかけてくるミーン・マシンは？」

「こればっかりは確実な予想はできません」

マリオは両手を上げて首を振った。

「この期に及んで軌道管制局に安全空域確保の申請が出ていないところを見ると、おそらく高軌道に上がってからイオンジェットの噴射実験と運転を行うつもりなんでしょうけど、そのためには事前の準備を万端整えておく必要がありますから。今日出るか、明日になるか……貰ったスケジュール表通りなら、今日にも出発しないと間に合わないはずなんですけどね」

マリオは、プシキャットから送られてきた映像データを元に戻した。メインスクリーンに、ラグランジュ・ポイントを過ぎて地球から離れていくプシキャットの軌道相関図が映し出される。

「レーザー動力のイオンドライブだあ!?」

光速で飛ぶ電波を使った通信では、すでに地上と往復で五秒ものタイムラグがあるようになっている。

こちらが喋りおわって、そのメッセージが地球に届くのに二秒半、すぐに返事がきたとしても、同じだけ離れた空間を電波が駆け抜けるのに同じ二秒半。秒速四キロというプシキャットの航行速度は、太陽の重力の影響で増加することはあっても減速されることはないから、飛び続ける限り、一日に往復二秒のタイムラグが増えていく。

双方向通信のまま交信システムは変わっていないから、地上相手の交信はかなり間が抜けるか、でなければお構いなしに言いたいことを一方的に喋るか、あとは通信事項を溜めておいて一気にデータ通信するしかない。

しかし、先行している宇宙船と地球との交信状況を見る限り、肉声による双方向通話は余り減っていなかった。これはかつて火星に向かった有人探査船でも同じで、乗組員は遠く離れた同胞の肉声を聞くために辛抱強く通信機の前で待っていた。

「出発前に話は聞いてたけど、やっぱりそういう卑怯なもん用意してたのかあ」

通信モニターの中のマリオは、こちらの返事を待って動かない。ディスプレイの中にバーで表示された往復の通信タイムラグを示す減算タイマーがゼロに消えてから、マリオは口を開いた。

『今のところ、向こうのスケジュールも順調に遅れてくれている。ゼロゼロマシンの確実な性能がまだわからないからなんとも言えないけど、このままなら、かなりいい勝負に持ち込めるはずだ』

「いい勝負ねえ」

向こうの台詞が終わるのも待たずに、チャンはつぶやいた。

「そもそも、まだこっちは宇宙船で長距離飛行に飛び立って、これから未知の大宇宙に乗り出していくって実感にいまいち欠けるっちゅうか、緊張感がないっちゅうか」

席の後ろの操縦室の空間に目をやって溜め息をつく。

プラズマロケットでの加速中は、低推力といえども微細な見かけ上の重力が船内に発生するから、操縦室の片付けは慣性飛行に入ってから再開された。地球の重力圏を離れ、星々の微かな力に漂うだけの宇宙空間に入ってもう何時間も経つが、搭載された機器の配置及び接続は一向に進んでいない。

「ああ、通信のタイムラグだけは着々と増えてくから、地球から離れてるって感じはしてるけどね」

『たぶん、人間って、そうやって俗世間から天国に近づいていくんだぜ。まあともかく、ゼロゼロマシンはまだ動き出してない。ついでに言うと、プシキャットが飛行を開始した今でも、追いつかれるのがわかってるはずなのに先行二隻も航行スケジュールを変更していない。なにをどうしたって、ヨーコ・エレノア彗星が地球圏に入るまでの勝負なんだから、ゼロゼロマシンが発進すると同時になんらかの動きがあるはずだ』

「まあ、ハードレイクだけじゃなくって、ロサンゼルスでもサンフランシスコでも、シアトルでも似たような悪企み考えてるんだろうから、そういう胃が痛くなるような神経戦は地上に任せるよ」

ロサンゼルスにはオービタル・サイエンスの本社が、サンフランシスコには旧ニュー・フロンティアの総司令部が、そして、シアトルにはコロニアル・スペースの統轄《とうかつ》本部がある。

『神経戦になってるよ、もう』

モニターの中のマリオは憂鬱《ゆううつ》そうな顔で言った。

『うちも含めて、どの宇宙船もまだエンジンを全開にしてないんだ。いずれどこかで勝負かけなきゃならないのはわかってるけど、民間宇宙船では初めてっていう長距離飛行だから、できる限り余裕は残しておきたい。だけど、二着以降は意味がないレースだから、宝の山を横目で見ながら、クルーの命をチップに使って冷たい方程式を解かなきゃならない。たぶんこの勝負、最後までもつれるだろうけど、こんな飛行のミッションディレクターをあと九週間も続けろなんて胃が保たないよ』

「こっちは、そっちの言う通りに飛ぶだけだ」

チャンは気楽に言った。

「ややこしくて陰険で難しいことはそっちに任せるよ。位置関係とか軌道計算とか、駆け引きとかはったりまで考えたら、こっちの手に負えそうもない」

『そうだ、フライトに入ってから筋力トレーニングさぼってるだろう』

「サボってるんじゃなくて時間がないの」

タイムラグのせいか、マリオは無視して続けた。

『一日二時間、エクササイズを続けてくれ。でないと、地球に戻って立ち上がれなくなるだけじゃない、もし飛行途中で非常事態が起こっても、対応できるだけの体力がないと困るんだ』

「これだけ船の中散らかりっぱなしなんだぜ。トレーニングキット開こうにも、スペースがない。スペースを作るためには、まず船の中を整理して散らかってる機械を接続して使えるようにしなきゃならない。トレーニングキット拡げるスペースができたら、一番にトレーニングを再開するよ」

そして、コンパクト・プシキャットは地球からおよそ九二万キロと計算されている地球重力圏を離脱した。重力は無限に伝わるが、これより地球から離れると地球の重力よりも太陽、その他の天体の重力の影響が大きくなる。

ここから先に、地球周回軌道はない。有人火星探査宇宙船と、少数の観測機以外に地球重力圏外に出た宇宙船はない。火星探査船は外側の火星軌道へ向けての飛行であり、金星への有人宇宙飛行が今までにまったく計画されていない以上、地球公転軌道の内側は人類にとって未踏の空域と言えた。

今、その地球重力から解き放たれた空間に、三隻の宇宙船がほぼ直線上に連なって飛行している。そして、四隻目の宇宙船は着々とその出発準備を整えつつあった。

3　地球軌道上

ポイント・ゼロの撤収作業は、予定通り進められた。

コンパクト・プシキャットの建造に使われた施設も再び分解され、使えるものは他の作業場に、そうでないものは地上へ持ち帰るために収納される。

エルメスプラスで来たソフィーとルネの二人は、撤収作業を手伝ってからギアナ宇宙港へ降下した。

デュークは、シュピッツァー・ステーションに学生たちをダイナソアC号機で送り届けてから、ポイント・ゼロに戻ってきた。

今や居住ブロックと作業ブロック、最低限の太陽電池パネルのみになった最小スケールの補給キャンプに再ドッキングしてから、外部で収納準備を整えられていた機材を船外活動《EVA》で貨物室《カーゴベイ》に回収する。

　ベースキャンプ内に残された荷物は、主にヴィクターの肉体労働によってダイナソアの機内に回収された。結果として、推進剤の残量が少ないにもかかわらず、ダイナソアは軌道到達時を上回る重量で地球帰還軌道に乗ることになった。

　残されたドッキングユニットとエアロック、それに接続された居住ブロックと作業ブロックは、ほぼ同じ軌道高度で次の作業予定が控えているエネルギヤ・コマルシュに引き取られた。すでに正規の軌道宇宙船が二隻、地球圏を離れているから、残された宇宙船のやりくりや作業スケジュールの変更で軌道上の混乱はまだしばらく続く。

　撤収作業をすべて終えたダイナソアC号機が、デュークの操縦でベースキャンプの軌道から離脱したころ、それより少し高い軌道で出発準備を整えていたCCM－00LRミーン・マシン、改装のため接尾記号が再び変更になった登録ナンバーからゼロゼロマシンと呼ばれている軌道宇宙船が発進した。

　地上からピストン輸送された液体ロケットブースターをごっそり装備したゼロゼロマシンは、発進時重量でコンパクト・プシキャットの三倍を超える巨体で、低軌道からの上昇を開始した。

　公開されたスケジュールによれば、液体ロケットブースターの動力だけで高軌道まで上昇、高速度噴射の安全空域にさほど神経質にならなくても済む五万キロ以上の高軌道でイオンジエットの試運転と動作確認を行う。

彗星に向けてのスタートはすべてのスケジュールが終了してからで、スペリオール・スターズ・アンド・コメッツ社のリストでも、ラスベガスのエントリー表でも、これが彗星をめざす最後の宇宙船《ふね》になるはずだった。

「それで？」

サンフランシスコ郊外、全米最大の流体力学研究所であるエイムズ研究所のあるモフェット基地に隣接するマウンテンヴューに、ニュー・フロンティアの軌道上ミッションに関する総司令部だったサンフランシスコ宇宙作業《スペース・オペレーション》センターがある。

低軌道上のコマンチ砦をはじめとする軌道ステーション、共同運用されている月面のセレニティ基地、ラグランジュ・ポイントのサテライト・ラボや建設中の太陽発電衛星、そして飛行中の宇宙飛行機や軌道宇宙船は、すべてここの指揮下にある。

「我が希望の星であるミーン・マシンは、まだ動き出さないのかい」

プレスルームの記者席に斜めに腰掛けて、劉健《リュウケン》は隣で渡された資料に目を通している瞑耀《メイヨウ》に聞いた。サンフランシスコ《SF》コマンドの略称で知られるセンターは、旧ニュー・フロンティアの倒産によってその資産の大部分を買い占めたカイロン物産の管理下に移行、スタッフも建物も仕事もほぼそのまま活動を続行中である。

「もう、いいかげん動き出してもおかしくないいんですが」

世界中どこでも変わらないスーツ姿のまま、瞑耀は答えた。

「これだけ大掛かりな宇宙船とエンジンとなると、いろいろと手間がかかるようで」

ＳＦコマンドは、この一〇日間、通常業務と並行してのミーン・マシンの改装／発進作業に追われていた。

本来、地球軌道に回帰するヨーコ・エレノア彗星の回収は軌道上宇宙船の大量投入によって行われる予定で、作業能率にはあまり意味のない有人宇宙船による早期接触などは考えられていなかった。

そのため所属の宇宙船団に長期航行をこなせる宇宙船の余裕がなく、たまたまイオンジェットエンジンの改装と地球近傍でのテスト飛行が予定されていた実験用宇宙船ミーン・マシンに居住ブロックその他の必要装備を追加して、彗星への飛行を行うことになった。

並行して、ミーン・マシンに加速に必要な大電力の供給を行う太陽発電衛星の建設も急ピッチで進められ、必要最低限の電力発電と送電設備ができあがっている。

「しかしまあ、宇宙開発ってのは手間のかかるもんだね」

劉健は、溜め息をついて巨大なミッションコントロールセンターを見回した。同時に二カ所の定点宇宙ステーション、六隻のシャトルと軌道宇宙船がコントロール可能、シャイアン山の北米防空司令部《NORAD》と同等の機能を持つという触れ込みのコントロールセンターは、何列もあるコンソールのほとんどすべてにスタッフが着いてフル稼動していた。

「センター内だけで四ダース五ダースもスタッフ抱えて、世界中の追跡センターにも人員が配置されてるんだろ。コマンチ砦でも高軌道に上がったミーン・マシンのサポートは続行中だし、発電衛星にも作業船が二隻、ミーン・マシンにも支援船《サポートシップ》が一隻付いてる。たかだか宇宙船一隻飛ばすのに、いったい何人の手がかかってるんだ」

「今現在、あの宇宙船に触っているスタッフだけで世界中と軌道上に軽く数百人てとこですか」

瞑耀は、ミーン・マシンとラグランジュ・ポイントの発電衛星の位置が映し出されているメインスクリーンに目をやった。

高軌道に上がるほど移動速度が遅くなるから、メインスクリーンには、隅に縮められたワイヤーフレームの地球、その直径の四倍近くも離れた場所に整備支援用の作業宇宙船一隻を従えて慣性飛行中のミーン・マシン、さらにその上空、実際の距離よりもずいぶんとデフォルメされて近付いた場所に展開されている太陽発電衛星などが、同時に表示されている。

ミーン・マシンは、発電衛星と地球を結ぶ直線上からわずかにずれたところに占位しており、はるかに高い位置にいる発電衛星より衛星速度は速いから、このまま放っておけばどんどん離れてもとの位置に戻るには二日以上かかる。

「もっとも、ゼロゼロマシンの設計建造やコマンチ砦の建設に関わった人員から数えれば、優に万単位になるでしょう」

低軌道のコマンチ砦の現在位置はサブモニター上に表示されており、こちらは二時間弱で地球を一周してしまうほど軌道速度が速い。

「道理で、いくらでも予算を喰うわけだ。ところで、僕はここにいてもやることはないんだけど」

劉健は、手持ちぶさたにミッションコントロールセンターを見下ろすガラス張りのプレスルームを見回した。

「いつまで見学してなきゃならないんだい？」

「もう間もなく、発電衛星からゼロゼロマシンへの二度目のレーザー送電実験が始まります」

瞑耀は、プレスルームにも何面も備えられているディスプレイのひとつに目をやった。太陽発電衛星のレーザー発射システムと、ミーン・マシン側のラム反射レーザー受信システムが映し出されており、それぞれの画面に重ねられたカウントダウンの数字は刻々とゼロに向かって減少している。

「これで電力送信に成功すれば、続いてイオンジェットエンジンの本格運転を開始します。出力一〇〇パーセントの運転に成功すれば、ミーン・マシンはそのまま地球圏から発進しますから、それまでは待っていただけますか」

「動き出すのを待てってのね」

劉健は肩をすくめた。

「おととい の低軌道からの派手な発進が出発ってことでいいじゃないの。あれだけブースターくっつけて火を噴いてった方が、一般大衆は納得するぜ」

「今回は、ニュースネットに映像を配信するのが仕事じゃありません。彗星を捕まえないと、採算がとれないんです」

劉健は、ディスプレイ上の映像に目をやった。大時計の数字が、実験再開の予定時刻に近づいていく。ミッションコントロールセンターの動きが慌ただしくなっていく。

「ところで、何か始まるのかい？」

「太陽電池側から、ターゲットポイント用のレーザーが発射されます」

「このレーザー光線てのも宇宙空間じゃ見えないからなあ」

劉健はつまらなさそうにメインスクリーンを見た。上空の太陽発電衛星からミーン・マシンに向け、スクリーン上に細く赤い光線が延びる。

発電衛星からミーン・マシンへの送電は、強力なレーザー光線に変換して行われる。その出力と収束度は、一〇〇万キロ離れた人工衛星を簡単に破壊できる。ミーン・マシン側のラム反射レーザー受信システムは、口径にして五〇メートルの大きさに拡げられた光学受信レンズだが、それ以外の場所に送電レーザーが命中すれば船体構造は簡単に破壊されてしまう。

そのため、発電衛星からミーン・マシンに向けて、正確に受信側に照準するための低出力レーザーが発射された。広大な面積に拡げられた太陽電池に降り注ぐ太陽風の変化による微妙なぶれまで計算されて、強力なレーザー砲の照準が直線距離で四五万キロも離れているミーン・マシンに向けられる。

「史上もっとも正確で強力な狙撃手《スナイパー》か」

劉健は、事前に広報に聞いた説明を思い出した。地球と月の間よりも離れた長距離では、光速のレーザー光線をもってしても発射から命中までに一秒半以上の時間がかかる。

「ポイント用のレーザーが安定したようです」

ミーン・マシン側の受信システムをポイントしたレーザーが、正確にその中心を照射した。発射側の姿勢が安定しているのを確認して、続いて発電衛星の全電力を消費する強力なレーザー砲が発射される。

ミッションコントロールセンターのどよめきが、プレスルームにまで伝わってきた。ディスプレイを見れば、ミーン・マシン側がレーザーに変換された大電力の供給を受けはじめたのがわかるが、それぞれから送られてくる映像にはなんの変化もない。

「成功したのかい？」

「そのようです。送信側、受信側の光軸も、ミーン・マシン側の変換システムも安定作動しています。続けて、イオンジェットの運転が始まるはずですが」

大電力の供給を受けて、イオンジェット内のイオン生成室でアーク放電が開始、推進剤となるキセノンガスが吹き込まれる。アーク放電により強イオン化されたキセノンガスは電磁誘導によって加速磁場に放出され、加速グリッド内の電位差によって加速、高速放射される。

七基七系統あるイオンジェットエンジンが、すべて運転を開始した。距離を置いてミーン・マシンについている支援作業船からの映像が、ミーン・マシンの後部に七基放射状に並べられているイオンジェットが淡い光を宿すのを映し出した。

『出力上昇、推力規定レベルで安定します』

『イオンジェット、全基異常なし！』

ミッションコントロールセンターでの矢継ぎ早な報告がプレスルームに流れてくる。

『推力安定！　ミーン・マシン、発進します！』

劉健は、支援船からの映像に目をやった。尾部の巨大なエンジンブロックから、軌道上から見るオーロラのような光を放出している。

ミッションコントロールルームに歓声と拍手が巻き起こった。劉健は妙な顔をして暝耀に向いた。

「動き出したのか？」

「そうです」

「ええと」

劉健はもう一度ミーン・マシンの実写映像に目をやった。映像を送ってきている支援作業船はまだ動いていないはずだが、映し出されているミーン・マシンは盛大に光を放射しているものの、その画角は全くと言っていいほど変化していない。

「そうは見えないんだが」

「推力三〇キロのエンジンが七基ですからね」

暝耀は当然のことのように言って、渡された資料をめくった。

「総推力は二一〇キロ、それに対してミーン・マシンの現時点での重量は一五〇トンです。推力・重量比は〇・〇〇一四、加速力は〇・〇〇九八メートル毎秒で、計算によれば発進一

○秒後の移動距離は一メートルということになります」
劉健はほけっと口を開けた。

「一〇秒かかって、たった一メートルだと⁉ トップはもう四〇〇万キロ以上離れているし、めざす彗星は二〇〇〇万キロ以上の彼方にあるって話じゃなかったのか⁉」

「このまま、加速を一〇〇時間ほど続けますと、最終到達速度は秒速四キロを突破。トップのバズ・ワゴンが彗星に到着寸前に追い越せるだけの速度になる計算です」

劉健は、難しい顔で考え込んだ。

「……どうやら、高等数学や物理の素人が考えても無駄のようだな。他の宇宙船もそんな飛び方をしているのかい？」

「一番手と二番手のバズ・ワゴンとローリング・プレンティは出発時にブースターを使った高加速だけで、あとは通常の慣性飛行ですけどね」

劉健は、つかの間、瞑耀の言葉を理解しようと考え込んだ。

「……まあいい、とにかくこれで向こう一世紀、太陽系を支配できるかどうかの希望の星は無事に飛び立ったわけだな」

劉健はプレスセンターの椅子から立ち上がった。

「関係各部署に挨拶のメッセージでも送っといてくれ。勝負がつくのは二カ月後か」

劉健は、地球、ミーン・マシン、発電衛星の位置関係が全く変化していないメインスクリーンに目をやった。

「……ほんとに、これで勝負になるんかい」

「とにかく、これで出艇届けを出した全参加艇が出発したことになります」

マリオは高軌道から、イオンジェットによる低推力加速を開始したミーン・マシンの現在位置と予測軌道をメインスクリーン上に映し出した。

「トップとラストの差は現在のところ約四〇〇万キロ。もっとも、彗星までの到達距離で二〇〇〇万キロ超すような長距離飛行ですし、宇宙船の速度差もありますから、ヨーコ・エレノア彗星に近づくにつれて宇宙船間の距離はどんどん小さくなっていくはずです」

「地球と月の間の距離の一〇倍も離れてるわけ？」

月を含む軌道があっという間に小さくなって、画面の隅に移動する。そこから延びた軌道上に、バズ・ワゴンを一番手にした各宇宙船の現在位置が表示される。

二番手のローリング・プレンティはトップから六日遅れで、現在、三番手のコンパクト・プシキャットはさらに五日遅れで飛んでいる。出発したばかりのゼロゼロマシンは、さらに五日遅れで、コンパクト・プシキャットとの差は二〇〇万キロに近い。

「前にも後ろにも離れてるわねえ」

ジェニファーは遠くを見るように、メインスクリーンに手をかざした。

「こんなので勝負になるの？　当事者ながら心配なんだけど」

「速度差がありますから」

マリオはキーボードを操作した。同じ彗星をめざす一本の軌道の上に乗っている四隻の宇宙船それぞれに、現在速度が秒速で表示される。トップのバズ・ワゴンの現在速度は秒速四キロにわずかに欠けるが、ラストのミーン・マシンの到達速度は秒速四キロをはるかに上回る。

「先頭のバズ・ワゴンの彗星到着予定は六〇日後。もし、すべての宇宙船が彗星に接触するための軌道修正以外の一切の速度変更をしないとすれば、ローリング・プレンティは三〇日目にバズ・ワゴンを追い越します。二日遅れてバズ・ワゴンを追い越すはずのうちのプシキャットがローリング・プレンティを追い越《オーバーテイク》するのは五〇日目、そして五五日目の日付が変わる頃には最後に出発したはずのゼロゼロマシンが三隻まとめて追い抜いてトップに立ち、そのまま彗星にタッチするはずです」

説明しながら、マリオはメインスクリーンのスケールを一気に変化させた。同一軌道上を離れて飛ぶ四隻の宇宙船は、太陽をめぐって金星軌道を越えてきたヨーコ・エレノア彗星の予定軌道めがけてどんどん距離を詰めていき、彗星への接触寸前に完全に重なりあう。

「少なくとも、今トップのバズ・ワゴンが、そのままゴールインする心配はないってこと?」

「オービタル・サイエンスもそう思ってるんでしょう。だから、軌道上に無人の推進剤タンクが二つも先行してます。うまくランデブーして、他からのサポートが期待できない状況で回収、ロスしたぶんの時間を取り戻せるかどうかってのはまた別の問題ですが、これで再加速と軌道変更にかなりの余裕ができますから、そうすると土壇場でまたトップ争いに参加してくることになります。どの時点で彗星に軌道を同期させるための制御飛行を開始するか、そのためにどれだけの性能を持ってどれだけの推進剤を投入するかで、最後の結果は変化しますが、まあ、こんな簡単な予測通りに各艇が動いてくれるような楽な結末にはならないでしょうね」

「あったま痛くなるわね……」

ジェニファーは、難しい顔でメインスクリーンを見上げた。

「こういう話聞かされると、こんな物理学に支配された業界にいるのを後悔するんだけど」

「痛いのはこっちの頭ですよ。おそらく、現在トップのバズ・ワゴンが先行している推進剤タンクに合流してから、二次加速を開始するまでは、どこの宇宙船も手の内を隠すと思うんですがね」

「うちの宇宙船も、再加速はできるんでしょ？」

「そりゃまあ、できないことはありませんが、無限に推進剤を積んでるわけじゃありませんから、スピードを上げれば上げるだけ、後のコース選択の自由とか、スケジュールの短縮とか、そんなことができなくなりますよ」

「今のうちに上げられるだけ速度上げて、引き離しとくってわけにはいかないの？」

マリオは大袈裟《おおげさ》な溜め息をついた。

「それは、大勝負の最初にいきなり切り札見せて、手の内明かすようなものですよ、社長。ディーラーやってた時に、そんな仕事のしかたしてたんですか？」

「だって、今回はいくらブラフかましたって、今さらだれも降りてくれないでしょ」

ジェニファーは肩をすくめた。

「最後にはカードをオープンしなきゃならないんだったら、早いうちに済ませたほうが気が楽でいいじゃない」

「まず、最初に今までの人生で一番スリリングな三カ月を保証するって言ったはずです。それともう一つ、なにもない宇宙空間を慣性飛行でぶっ飛んでいくっていっても、どの宇宙船も複雑な機械装置の集合体で、生身の人間が乗ってます。どこでどんなハプニングが起きるかわかりませんから、飛行の自由を左右する推進剤の余裕はできるだけ多くとっておきたいんです」

「こんな計算しながら、非常事態の対処まで考えなきゃいけないの」

ジェニファーはあらためてマリオの顔を見直した。

「大変ね、ミッションディレクターって」

「……今さら素人のふりしないでください」

マリオはめんどくさそうに首を振った。

「そう、とうとう出発したの」

居住ブロックから起き出してきた美紀は、操縦室でそのニュースをチャンから聞かされた。すでに地球を離れて一五〇万キロ、直接通信のタイムラグは往復で一〇秒を超す。

「映像はコンピュータに入ってる。修正された航行スケジュールも来たけど、かなり余裕を見込んであるから信用できないってマリオが言ってた」

地球圏を出たあたりから、乗組員二人は意識して生活時間帯をずらすようにしていた。

宇宙船はほぼ完全に自動化されているうえに、加減速、軌道変更などのイベントがなければ、乗組員はまったくやることがない。しかし、突発事故に備えてどちらかひとりは起きている必要があるから、二人乗りのコンパクト・プシキャットでは二当直体制がとられている。

美紀にとっての朝食が、チャンにとっての夕食になる。簡単な伝達事項の連絡のあと、地球から送られてきたニュースデータをチェックしながらパックの食事を済ませて、当直の交代になる。

「しかし、よく飽きないな」

毎度毎度の宇宙食に文句ひとつない美紀に、ろくに手をつけていない自分の食事パックを見たチャンがつぶやいた。

「日本人って、少なくともアメリカ人よりは味に恵まれた食事してると思ってたんだけど」

「アメリカに来てから、味に関する欲求はあきらめたの」

食べかけのマッシュポテトにプラスチックのフォークを突き刺して、美紀は答えた。

「だいたい、スペース・プランニングの宇宙食なんてましな方よ。マリオとミス・モレタニアが気をつけてくれてるから。こんなものと次元の違うものを出すレストランだって、いくらでもあるもの」

「まあ、環境への適応能力は宇宙飛行士に要求される重要な資質の一つだそうだけど」

あきらめたように、チャンは自分の食事を口に運びはじめた。

「ともかく、これで彗星捕獲レースに参加する四隻全部が地球から出発したってことだ」

「そうね」

気のない声で返事しながら、美紀は操縦席のディスプレイを切り換えた。地球を中心に月軌道までの軌道相関図上に、発進したばかりのゼロゼロマシンことミーン・マシンの現在位置が表示される。

ゼロゼロマシンの現在位置は、まだ月軌道のはるか内側でしかない。現在の加速度でゼロゼロマシンが月軌道を越えるのは二日後、しかし三日後には地球重力圏を抜ける。

美紀は、ディスプレイの表示スケールを一〇倍に拡げた。月軌道を含む地球圏が一気に縮尺され、そこから延びる軌道上に地球から一五〇万キロ離れたコンパクト・プシキャットの現在位置、さらに一〇〇万キロ以上先行しているローリング・プレンティの位置も表示される。しかし、トップを行くバズ・ワゴンの現在位置はこれだけ表示範囲を拡げてもまだディスプレイの外側になる。

美紀は、さらにディスプレイの表示スケールを一〇倍にした。表示範囲を拡げられたディスプレイ上に、半径一億五〇〇〇万キロにおよぶ地球公転軌道の五分の一が映し出される。地球を隅においているにもかかわらず、内惑星である金星の軌道はまだディスプレイ上には現れず、目標とする彗星の現在位置も予定軌道も見えない。

スケールをさらに一〇倍にすると、やっと地球公転軌道の中心である太陽がディスプレイ上に現れた。金星の軌道は完全にディスプレイ内に表示され、秒速二〇キロ以下にまでスローダウンしたヨーコ・エレノア彗星の制御軌道も描かれる。

左端に位置する地球から内惑星軌道に延びた予定軌道は、三カ月後の未来位置に向かう彗星の軌道に合わせるために途中で大きくねじ曲げられ、再び地球へ帰還する軌道に合流する。ディスプレイ上の軌道では、もはやトップの宇宙船とラストの宇宙船の差を確認することはできない。

「彗星到着まで、予定ではあと六〇日、地球帰還は一〇〇日後か」

美紀は、ディスプレイ上の地球公転軌道をちょうど九〇度移動する地球の未来位置に目をやった。

「無事に済んでくれるといいんだけど」

「済まねーと思う」

その日のチャンの定時連絡は、マリオでなくスウが相手だった。慣性航行に入ってしばらく、少なくとも先頭のバズ・ワゴンが先行している推進剤タンクの回収に成功するまでは、順位の変動も軌道の変更もないから、非常事態でもない限りマリオがコントロールセンターに詰めている必要はなくなる。

発進したゼロゼロマシンに関する最新情報を告げ、マリオに関する無駄話をしてから、勤務を交代したチャンは居住ブロックに戻った。これから先、ベッドに入るはずのチャンが起き出してくるまでは、美紀の当直の時間である。

定時連絡終了後、船体各部のチェックを行った美紀は、入れっぱなしの通信システムのコントロールパネルに指を滑らせた。

「プシキャットよりローリング・プレンティ、こちらプシキャットの機長ミキです。聞こえたら応答願います、どうぞ」

美紀は、ディスプレイに目を落とした。先行しているローリング・プレンティとの距離は一〇〇万キロ、もし相手がすぐに応答しても、返事が戻ってくるまでに光速で往復六秒以上のタイムラグがある。地球近傍空間にいる時と同じセッティングのディスプレイ上の表示は、宇宙船間専用周波数帯は現在使われていないこと、そして近くに応答する宇宙船そのものが存在しないことを示していた。

美紀は、アナログ式の腕時計のストップウォッチの針を見ていた。二〇秒待って反応がなければ、もう一度、呼びかけてみる。

『ローリング・プレンティよりコンパクト・プシキャット、こちらローリング・プレンティのナビゲーター、ジュリア。感度は良好、聞こえてる?』

声と同時に、ディスプレイに映像が入ってきた。

『そろそろ、お呼びがかかる頃かなと思ってた。もうしばらく張っててコールがなければ、こっちから呼び出そうかななんて考えてたのよ』

「うちの定時連絡は、いっつもこの時間だから」

言いながら、美紀はもう一度腕時計を見た。セレニティ基地から発進したローリング・プレンティはセレニティ基地と同じ時間帯を使用しており、それはコロニアル・スペースと同じアメリカ西海岸時間のはずである。

「うちのサブアンテナ、そっちに向けてみたんだけど、少しは通信状態よくなったかしら？」

地球と通信するよりも交信距離が短いから、ディスプレイ上のタイムラグバーの減りが早い。往復七秒のタイムラグで、返事が戻ってくる。

『前回よりもずっといいわ。タイムラグだって減ってるし、これならハリウッドのオーディションにだって使えるわよ』

地球との通信に要するタイムラグは一日に二秒ずつ増えていく代わり、先行している宇宙船とのタイムラグは〇・一秒から〇・二秒ずつ減っていく。後発の宇宙船ほど到達速度が高くなっているのと、すべての宇宙船が猛烈な速度で地球から離れているためである。モニター上の黒人女性は、にっこりと美紀に笑いかけた。

『ところで、聞いた？　四隻目の宇宙船が地球を出発したって』

「さっき、聞いたばっかり」

美紀はうなずいた。

「発進準備に手間取ってたのは、こっちがまだ地球軌道上にいた時から知ってたけど、まさか太陽発電衛星からレーザー光線で動力供給するイオン駆動《ドライブ》だなんて思わなかったわ」

タイムラグバーが動き出す。二番手、ローリング・プレンティのナビゲーターであるジュリアは、おおげさに目を見開いてみせた。

『それじゃあ、あなたより早く追いついてくるかもね。バズ・ワゴンからはもうメッセージが送られたらしいけど』

「長旅の話し相手がまた一隻増えてくれるってことよ」

タイムラグ表示の間に、ディスプレイの中のジュリアが動いた。

『はあい、邪魔するわね』

通信モニターの画面が二分割され、ローリング・プレンティよりも幾分ノイズの乗った映像が表示された。

『こちらバズ・ワゴン、宇宙船《シップ》ドクターのイライザです。タイムラグはローリング・プレンティと八秒、コンパクト・プシキャットとは何と一五秒、気にしないで続けて』

「プシキャット、美紀よりイライザへ。通信状態は良好です。もっとも、二〇〇万キロも離れているにしては、って条件付きだけど」

宇宙船同士の交信に使われるVHFで繋がれたはるか彼方の宇宙船を想像して、美紀は軽い目眩《めまい》を覚えた。先頭を行くバズ・ワゴンとの距離は、地球と月の間の空間の五倍以上、そして、長距離航行に備えて出力を強化されたとはいえ、基本的な通信システムは地球圏で使われているのと同じまま、映像回線も含めた通信回線が繋がれている。

最初にコンパクト・プシキャットが呼ばれたのは、プラズマロケットによる初段加速を終了し、慣性航行に入ってからだった。それまでも先頭を行くバズ・ワゴンと二番手のローリング・プレンティから航路情報のかたちでいくつかメッセージは入っていたのだが、ハードレイクとの定時連絡の直後に、チャンの言い方を借りれば『電話が入った』のである。

挨拶は、「お隣さん」であるローリング・プレンティから、しかもリアルタイム映像通信でやってきた。二分割された通信モニター上では、タイムラグのバーが別々に動いている。

『ローリング・プレンティも通信状態は良好。ちょっと待ってくださいね、リレー通信のセッティングをします。先頭の状態はどうですか？』

通常通信に使われる極超短波は、電波が届くのに何秒もかかるような超長距離通信を想定した通信システムではない。長距離を駆ける間に電波は減衰し、拡散し、太陽風や宇宙線の影響を受けて様々なノイズにかき乱される。

そのため、少しでも良好な通信状態を確保するために、超長距離通信の間に入った宇宙船が通信波を中継、増幅、修正してノイズを取り除く。この体制は、三隻目のコンパクト・プシキャットがレースに参加してきてから、間に立ったローリング・プレンティによって確立された。

通信モニター上の映像が、近距離通信のように安定した。

『プシキャットの映像も良好に受信できてるわ。バズ・ワゴンは異常なし、レーダーに映る限り、見える限りの空間にはあいかわらずなにもなし。我らが目的地であるところのヨーコ・エレノア彗星についても、たいした変化は観測されていないわね。映像データがあるから送るわ』

イスラム出身の医者だというバズ・ワゴンのイライザ・イエライシャは、不思議なアクセントの残る英語で言いながら映像を切り換えた。ＣＣＤカメラで撮影されたらしいはるか彼方の星が画面上に現れる。

土星軌道の彼方で熱反射のためのアルミ膜を蒸着されたヨーコ・エレノア彗星は、自ら光り輝くように太陽光線を反射しながら、暗黒の中に浮いていた。太陽に最接近した際に砕け、もっとも大きな破片Ａが元の質量の四分の一以上を残したまま地球軌道に向かっている。

通常の彗星は、核が見えなくなるほどのガスとダストのジェットを噴き出し、太陽風に吹かれた長い尾を曳《ひ》いている。しかし、ヨーコ・エレノア彗星Ａは力まかせに握り潰された氷山のような形のまま、熱反射膜がちぎれた一方から激しいガスジェットを噴き出していた。

彗星は、俗に太陽系をさまよう汚れた雪だるまといわれている。太陽熱と太陽風の直撃を受けた雪だるまの表面からは、水、ドライアイス、メタン、アンモニアなどがガス状に蒸発、直径一〇〇万キロにおよぶ白く濁った髪《コマ》と呼ばれるガス雲を形成する。そして、彗星本体は大気圏を保持できるほどの重力を持たないから、気化したガス雲はその瞬間から太陽風に吹き飛ばされて長い尾を形成する。

本来、熱反射膜を蒸着されたヨーコ・エレノア彗星は、太陽による彗星表面の気化蒸発を抑えたまま、地球近傍軌道に戻ってくるはずだった。全体を熱反射膜に覆われた彗星はその一部分だけを開くことで回転を制御し、開いた一部分から集中して蒸発するガスジェットは彗星本体に対する微妙な推力となってその軌道をコントロールして、地球周回軌道に乗るための減速と接近を行うはずだった。

『最新の観測でも、軌道要素はあまり変わってないわ』

破片Aだけを捉えた画像に、イライザの声が重なる。

『ただ、軌道速度だけはかなり落ちてる。順調に、地球周回軌道への道を飛行中ってところかしら』

地球軌道の天文台衛星でも、似たような映像は撮影できる。設備が整っているし、これから先、ヨーコ・エレノア彗星群はどんどん地球に接近してくるから、観測精度も上がる。しかし、バズ・ワゴンが捉えた彗星は現時点でもっとも近くからの映像であるはずだった。

「二〇〇〇万キロ彼方の彗星ね」

通信モニターの映像に重ねて表示されたデータを見て、美紀はつぶやいた。

『少なくとも、レース終了までにゴールが消えてなくなる心配はなさそうよ。後に続いてる残りの破片も地球軌道までに全部蒸発、なんてことにはなりそうにないから、急いでいけば、おこぼれくらいは拾えるかもね』

『この映像、地球にはもう送ったの？』

ジュリアが、モニターの中で聞いた。しばらくの間、通信回線上を返事を待つ沈黙だけが流れる。

『観測データは、リアルタイムでアナハイムに送られてるわ。この映像も、地球のネットで流れてるはずよ。今頃は地球を出たばかりのゼロゼロマシンも見てるんじゃないかしら』

「ゼロゼロマシンには、いつ頃呼びかけるんですか?」

タイムラグが大きいから、短い質問は相手が喋っていようと構わずに言うことが多い。通信は双方向、二カ所以上を相手にする時でもそれぞれの回線は繋ぎっぱなしだから、電話と同じように同時に喋っても相手に聞こえる。そして、宇宙飛行士はその仕事上、複数の交信を同時に聞き分けることに長《た》けている。

『イオンジェットの加速が止まってからでいいんじゃないかしら』

ジュリアが答えた。

『レーザー動力のイオンドライブって話でしょ。ラグランジュ・ポイントの発電衛星からレーザーで電力供給してるなら、少なくともイオンエンジンが止まるまでは、こっちのお喋りなんかに付き合ってる暇ないんじゃないかしら』

「あと二〜三日は加速してますよ」

美紀は、地球から送られてきたゼロゼロマシンのデータがそのまま表示されているディスプレイに目を落とした。

「うちのプラズマロケットより総推力は大きいけど、本体重量はもっと大きいですから、加速時間は全部で一〇八時間?　あと四日以上かかりますね」

『低推力エンジンの長時間加速ってのも大変ね』

バズ・ワゴンのイライザは、昔ながらの液体燃料ロケット動力宇宙船の乗組員である。

『そのうち飛行機みたいに、宇宙船も全航程でエンジンを運転しっぱなしみたいなことになるのかしら』

「少なくとも、加速時間が通常推進より長いってだけで、普通の飛行とはあんまり変わりませんよ」

美紀は答えた。こちらが喋った内容が向こうに届くのに時間がかかるから、会話の内容は正確には同期しなくなる。

「そりゃ、全航程で加速か減速を続行なんてことになったら、軌道計算がその分ややこしくなるし、船内に常時加速による微小重力が現れることになるけど、今のレベルじゃ無重力と変わるほどの加速Gは現れませんから」

『話に乗ってくれるかしら』

ジュリアが考え込んだ表情を見せる。

『ゼロゼロマシンの船長のディック・ディスタードって、がちがちの軍人上がりだって話でしょ。内輪《うちわ》だけのお喋りだけだって言っても、必要外の交信は禁止、なんて言い出すんじゃないかしら』

『そんなことないわよ』

ジュリアへの答えらしく、イライザはプシキャットへのタイムラグバーが消える前に喋り出した。

『キャプテン・ディスタードは用心深い慎重主義者だけど、宇宙軍時代は規則破りの常習犯だったし、それに、あと四日もすれば地球から離れすぎて、一番近い宇宙船との交信のほうがタイムラグが小さくなるわ。他に話し相手がいなくなるんですもの、きっと相手をしてくださるわよ』

4　コンパクト・プシキャット／発進一〇日目

後部観測ドームの彼方に、青い光を放つ小さな星が浮いていた。

直線距離で三〇〇万キロ、光でさえ一〇秒もかかる果てしない距離の彼方に浮かぶ地球の視直径は、地上から見上げる夜空の月の半分以下の大きさになっている。それだけ離れてなお、半月よりちょっと太めの地球は洋上の雲や大陸の形がわかるほど大きい。気をつけて見れば、夜の側に人工の光を見つけることもできる。

やっと観測機器の配置と固定が終わった居住ブロック後端の観測ドームで、美紀は光学望遠鏡のテストと調整を兼ねて対物レンズを地球に向けていた。宇宙空間には障害物となる大気もなにもないから、軌道上から見るのと同じ地球を見ることができる。

接眼レンズいっぱいに広がった地球から目を離して、美紀は目の前に広がる宇宙空間に目をやった。気をつけて探してみれば、星と星の間に後続のゼロゼロマシンを発見できるはずである。直接交信に要するタイムラグから計算すると、コンパクト・プシキャットとゼロゼロマシンとの距離はそろそろ一〇〇万キロ台になるはずだった。

「てことは、向こうからも同じようにこっちが見えてるはずってことか」

首に引っかけていたワイヤレスのヘッドセットが、突然呼び出し音を鳴らした。

「あれ？」

美紀は、とりあえずヘッドセットを耳に当てた。宇宙船の通信機は自動受信モード、定期的に送信されてくるデータ通信はともかく、画像メッセージだろうが音声通信だろうがそれを知らせるようになっている。

「はい、こちらコンパクト・プシキャット……あれ？」

ヘッドフォンからかすかにコンピュータノイズが聞こえたかと思うと、再び沈黙が訪れた。

美紀は、腰のベルトに差していた中継器を取ってディスプレイを見た。液晶ディスプレイは、確かにデータ通信が着信したことを示している。

「……誤作動かしら？」

観測ドーム入り口の通信システムを見てみるが、データ通信までこなせるはずの通信システムは沈黙したまま、地球からの受信記録を表示している。

「確か、ここの通信機も使えるようにしたはずだけど……」

美紀は、望遠鏡を手で押して通信システムに飛んだ。ハンドグリップに摑まって身体を止め、キーボードに指を走らせる。

「あれ？」

受信記録を見て、美紀はさらに首を傾げた。

「……タイムラグ二〇秒か……」

観測ドームの彼方に浮かぶ青い地球を見て、美紀は直接通信回線を開いた。最近三時間分の受信記録をまとめてハードレイクのミッションコントロールに送りつける。

「プシキャットよりハードレイクへ、ちょっと相談したいことがあるんだけど……」

長距離通信用に強化された通信システムは、正確に地球に向けられたパラボラアンテナから通信波を送り出す。通信は静止軌道に巨大なパラボラアンテナを拡げた中継衛星、月の位置によっては月面基地で中継され、地上基地に送られる。

地球圏でも、ラグランジュ・ポイントの端から端に通信すれば往復一〇秒近いタイムラグが生じるため、非常事態に備えて軌道宇宙船は必要以上に強力な通信システムを装備している。片道一〇秒の長距離通信は、通常の通信システムでもまだ許容範囲のはずだった。

通信モニター上に、空っぽのミッションディレクター席が映し出された。随分ゆっくり減るようになったタイムラグバーが消えると同時に、声だけがヘッドセットから聞こえた。

『ハードレイクよりプシキャットへ、通信状態は良好、こちらもそちらも異常なし、と言いたいところだけど』

マリオが早口でまくしたてた。ミッションディレクター席の通信カメラを横から覗き込んだスウが手を振って挨拶をよこす。

『ごめん、立ち入った事情で今ちょっと手が離せなくって、ええと』

通信カメラに上半身を移したまま、スウがカメラの外に何か言ったようだった。

『よけいなことしなくていい！　何も触るんじゃない』

スウは、例によって自信に満ちた様子で何か言い返したらしい。それに対するマリオの返答も確認せずに、スウはコンソールの予備のヘッドセットを耳に当てながら手近の椅子を引いてディレクター席に着いてしまった。

『ごめんなさいね、今ちょっとうちのミッションディレクター忙しくって、しばらく代理でスウが相手しまーす』

『あーこのやろ、勝手に人のところの通信乗っ取りやがって、オブザーバーだと思って好き勝手するんじゃない！』

『どうせ、そっち手が離せないんでしょ。こっちはこっちでやってるから、安心して遊んでなさいってば』

『誰が遊んでるかー！　あーっ、この忙しいのに頼むから邪魔するなあぁ』

『あいかわらず仲のいいこと。楽しそうでいいわねえ』

『誰も邪魔してるわけじゃないでしょ。気にしないでどうぞ、何かありました？　こっちはええと、いろいろあって結構忙しいんだけど』

プシキャットは慣性飛行中、加減速も軌道変更の予定もないし、航行状況に何か異常が起きたわけでもない。となれば、ミッションコントロールで何か異常事態が起きたな、と判断して美紀は通信モニターの映像を覗き込んだ。

『仲がいいって誰が！　楽しくなんかないわよ、面白いけどさ』

『ああもう勝手にやってくれ！　通信はモニターしてる、必要があれば、こっちで判断するから』

「なんだか公共の電波無駄遣いしてるような気がするな、ええと、なんか、妙な通信受け取ったらしいんだけど、通信記録見たら消されてるみたいなの。他からの呼び出しかと思ったけど、わざわざID指定してこんなに遠くの宇宙船呼び出すとは思えないし、そっちで何かわかるかと思って……」

往復二〇秒のタイムラグバーが消えると同時に、モニターの向こうのスウの顔色がはっきりと変わった。

『ちょっと待ってね、通信記録のデータは、ええ、受け取ってるわ。チェックしてみるけど、たぶんうちからじゃなくて外からの……』

珍しく、スウが言い淀《よど》んだ。ミッションディレクターの通信カメラの画角に、狙い澄ましたようにマリオの車椅子が滑り込んできて急停車した。

『隠しといても仕方ないし、どうせ隠すつもりもない』

スウを押しのけるようにして、マリオは通信モニターの中から美紀を見た。

『コンパクト・プシキャットの発進前から、大手の間じゃしょっちゅうこんなことが起きてたんだが、とうとううちにまで情報戦が飛び火してきた』

「情報戦？」

航空宇宙業界でも情報戦争は珍しいことではない。新型宇宙船の開発状況から新規の宇宙開発計画、新型推進剤の化学式からエンジンの設計図まで、莫大な金が動く情報には事欠かない。

しかし、中小企業しかないハードレイクにおいては、大手企業のような情報戦争が起きたことはあまりない。謎に包まれたままのジェニファーの前半生に関して、本人には隠す気もないのに激烈な諜報戦が行われたり、誕生日のびっくり《サプライズ》パーティーのために厳重な機密体制が敷かれた程度である。

『どうやらLA辺りのクラッカーのグループが仕掛けてきたらしいんだけど、ミッションコントロールと、うちのメインコンピュータにも潜入しようとした形跡がある。こっちのコンピュータはうちのほど厳重に装甲されてないから、あらかたデータ覗かれたらしいけど、どうせこっちに載っけてるのはネットと同じ公式情報だけだから、実質的な被害はない』

「うちのメインコンピュータって、マリオの電子の要塞のこと?」

返事を待たずに、美紀は苦笑いした。

「また、馬鹿なことやったもんだわね。……それってつまり、今回のレースのためのクラッカーがハードレイクにまで潜り込んできたってこと?」

ヨーコ・エレノア彗星捕獲のためのレースは、今までの宇宙計画で最大の利益が見込まれている。地球近傍軌道に一〇〇〇万トン単位の水資源を確保できれば、それによる直接、間接的な経済効果は計り知れない。

そのため、各社間での情報収集は諜報戦と呼べるほど激しいものになっていた。今までスペース・プランニングが本格的な情報戦争に巻き込まれていなかったのは、ひとつには会社規模が弱小と言えるほど小さいために無視同然に見逃されていたこと、そしてマリオが自社内のコンピュータに関しては軍事組織のような厳重な防備体制を構築していたためもある。

『まったく、うちみたいな弱小は、公開してるデータ以外にろくな隠し玉持ってるはずがないのに、馬鹿やってくれたもんだよ。おかげでこっちはえらい迷惑だ』

直感的に、美紀はマリオの演技に気がついた。通常の通信回線はいくらでも傍受できるから、もし情報収集の対象になっているのであればうっかりしたことは喋れない。

もとから、通常回線で宇宙船の正確な性能、及び航行スケジュールに関する厳密な会話はできるだけ避けるように指示されていた。電話回線のようなものだから、かなり厳重な暗号化コードを使っても解読されるのは時間の問題である。

『おそらく、そっちを呼び出した正体不明のコールっていうのも、情報目当てのクラッカーの仕業だと思う』

宇宙船の正確な性能を調べるのに、宇宙船そのもののコンピュータに侵入して情報を読み出すのは最も確実な手段である。データ中継回線もあり、宇宙船を直接指揮するミッションコントロールセンターでなくてもかなり確実な情報を安全に、しかも合法的に入手することができる。

『詳しい分析結果はこっちで洗ってから送る。それと、次の連絡までに、解読するのに二年はかかるようなきつい暗号化コードを送るから、定時連絡にはそれを使ってくれ。ところで、そっちの船体には異常は出ていないかい?』

ヘッドセットが、再び呼び出し音をならした。

「大丈夫だと思うけど……」

答えながら、美紀はもう一度ヘッドセットのディスプレイを見た。

「前の定時連絡で言った通り、航路にも船体にも異常なし。生命維持装置も順調に稼働中だし、太陽電池パネルの発電量も落ちてないわ」

美紀は、ハンドグリップで身体を弾いた。観測ドームから居住ブロックに戻る。通りすがりにカプセルベッドのハッチが開き、寝ぼけ眼《まなこ》のチャンが顔を出す。

「何だあ? 非常事態でも起きたかあ?」

通路を飛びながら、身体を翻した美紀はチャンに手を上げた。

「ごめん、起こしちゃって」

ヘッドセットに指を当てて、美紀は音声回線を一度カットした。

「動けるんなら操縦室に降りてきて。ハードレイクからシークレットコールが入ったから」

秘匿《ひとく》を要する交信のために、マリオはハードレイクとスペース・プランニング所属の宇宙船の間に、特殊な暗号化回路、通信周波数の変調、さらには別回線でダミーの会話を流すといった通信システムを作っていた。

地球からコンパクト・プシキャットを狙い射つレーザー回線ならば、ハードレイクからの送信は途中でインターセプトされない限り傍受されないが、プシキャット側からの返信は正確にレーザーの照準を定めないと相手に届かない。これだけ距離が離れると、検知できないような船体の揺動すらターゲットを外す要因になるため、空間が安定する地球重力圏外に出てからも使われていない。

居住ブロックで身体を半転させて天井を蹴り、操縦室に飛び上がる。コンソールの通信モニターは、すでに秘匿通信準備を終えていた。

「ええと、確か時間によってパスナンバーが変わるはずでは……」

シートの裏側に差し込まれていたマニュアルを取り出し、現在時間と日付を確認してキーボードでデコードナンバーとパスワードを打ち込む。それまで通信準備完了の文字を映し出すだけだった通信モニター上に、先程まで見ていたのと同じハードレイクのミッションコントロールが映し出された。

「実用に使うのは初めてね、このシークレットコールって」

受信開始を告げる信号と同時に、美紀の声と映像が地球に向かったはずである。

「プシキャットよりハードレイクへ、通信準備完了。そちらの画像は良好に受信できてるわ」

「なにが起きたってえのさ」

あくびを噛み殺しながら、寝間着代わりのTシャツとショートパンツだけの軽装で、チャンがゆっくりと操縦室に降りてきた。タイムラグバーが消えると同時に、マリオがモニターに顔を上げる。

『済まない、こちらのミスだ。これだけ距離が離れれば、地球から直接プシキャットにクラッキングなんかしないだろうと思ってたのに、甘かったらしい。タイムラグがあるのと、そっちの侵入防止壁《ファイア・ウォール》が役に立ってくれたんだろうけど』

さっきまで望遠鏡の中に浮かんでいた青い星を思い出して、美紀は溜め息をついた。横で眠い目をこすっていたチャンが驚いたように口笛を吹く。

「なに？　ハードレイクだけならともかく、ここにまでクラッカーが飛んできたのか？」

「入り口で弾かれただけらしいけど。厄介な話よね」

美紀は露骨に顔をしかめた。

「あたしたちは地球からの指示で飛んでるのよ。なのに、その地球から邪魔しに来るのがいるなんて、思ってても見なかったわ」

「そりゃまあ、ゴールドラッシュ以来って儲け話だからねえ。地球がどれだけとんでもないことになってるか、毎日のニュース見てるだけでも呆《あき》れてますが……」

『プシキャットに限らず、バズ・ワゴンからゼロゼロマシンにいたるまでの四隻の交信は、全部モニターされてると思って間違いない。この交信だって、裏回線でダミーの無駄話流してるけど、どこまで騙されてくれるか……』

美紀は、隣のチャンと顔を見合わせて溜め息をついた。

「なによ、マリオにしちゃ珍しく弱気ね」

『何人がかりでクラックしてるのか知らないけど、こっちゃ、ひとりしかいないんだぜ。それに、意図的にキーを抜いた暗号でもない限り、リアルタイム交信のスクランブルなんぞ時間さえかければいずれ解けちまうんだから』

「それで……」

とりあえず最近の手動、自動両方の受信記録をディスプレイ上に呼び出しながら、チャンは聞いた。

「当面、こっちはどうすりゃいいんだ？　こっちには電子戦の専門家なんかいないから、向こうがその気になれば防御壁破られるのは時間の問題だぜ」

こちらから通信回線を開いての交信は、地球相手の定時連絡と近所の宇宙船との無駄話に限られている。往復二〇秒ものタイムラグが生じるようになると、突発的な異常事態でも起きない限り地球相手にこちらから通信回線を開くことはない。

自動受信は、データ通信が大部分だった。一日四回の定時連絡以外にも、定期的なニュース記事の更新、個人宛のメール、船体の自動チェック、他に定時連絡以外の地球からのリアルタイム通信のコールが幾つかある。

『こういうことになるんじゃないかと思って、実はある程度の手は打ってあったんだけど、もっと確実なことにしておこう。せっかく操縦席を片付けおわったところで申し訳ないんだけど、通信系統とコンピュータの接続を幾つか変更して、フライトコンピュータと通信系を切り離してくれ』

「大丈夫かよ」

チャンがつぶやいた。

「こっちの飛行データ送信とか、どうなっちまうんだ」

その程度の質問は向こうでも予想していたらしい。タイムラグなしで答えが返ってきた。

『フライトコンピュータと通信系統の接続は、こちらからとくに指示しない限りは、飛行データの送信に限定する。こちらからの宇宙船のコントロールはいっさい効かなくなるけど、うっかり地球からのクラッカーにプシキャットのコントロールを乗っ取られるよりははるかにましだ』

「そんなことまで考えなくちゃならないの⁉」

美紀は思わず天を仰いだ。

現時点では、ハードレイクからでもコンパクト・プシキャットの飛行をコントロールできるようになっている。フライトコンピュータとの接続を送信一方に変更した場合、ハードレイクからは航行計画から軌道制御に至るまで、一切のプシキャットのコントロールができなくなる。

プシキャットの乗組員二人が同時に動けなくなった場合、地上からプシキャットのコントロールを行う必要が出てくる。低いとはいえ、そのような非常事態が起きる可能性はゼロではない。

「あたしたちが、いったい何のためにこんなところぽつんと飛んでると思ってるのよ⁉」

『ミッションディレクターとしては、安全策を指示するしかない。非常事態に対する備えは薄くなるけど、飛行中のプシキャットにまでクラッカーが仕掛けてきたとすると、最悪の事態を想定して防御態勢をとるしかない』

「……そこまでひどくなってるの？」

通信モニターを覗き込んだ美紀は眉をひそめた。通信モニターの向こうで何やらスウと言い合っていたマリオは、タイムラグの後で操縦席に顔を戻した。

『うちなんか、まだましなほうだと思うぜ。確証があるわけじゃないが、オービタル・サイエンスだってコロニアル・スペースだって、情報部がライバル船の航行状況とぎりぎりのスケジュールを摑むために躍起《やっき》になって活動してるはずだ。社長によればカイロン物産はこの手の情報戦争はお手の物らしいし、どこまで非合法な手段に出るかは向こうの勝手だ。そして、もし、フライトコンピュータへの直接アクセスに成功したら……』

その先を言わずに、マリオは大きく息を吸った。タイムラグバーが動き出すかと思ったが、マリオは再び口を開いた。

『……何が起きるか、見当はつくだろ』

「予定外の急加速でも減速でも、もとの軌道に戻れなくなるような軌道変更でも自由自在か。けど、そりゃ営利目的の第一級犯罪になるぜ。地球に戻ってこれないようなら、下手すりゃ殺人罪か……」

「人の命で宝の山が買えるのなら、安いものだわ」

美紀がぼそっとつぶやいた。

「少なくとも、地球上にはそう考える人はいっぱいいるわよ」

「……だろうねえ。となれば、こっちのコントロールを地上から切り離して、こっちでしかコントロールできなくなるようにするのが正解か……」

チャンは、あらためてダイナソアの操縦室を見回した。

「まあ、難しいのは推進剤の管理だけで、地上からの航法支援がないとこなせないようなややこしいアクロバットするわけじゃなし、大した問題はないんだろうけど……」

「まさか地球を三〇〇万キロも離れてから、ドアにロックかけなきゃならなくなるなんてね」

『これから先、離れれば離れるほど地球からのアクセスは難しくなるけど、それでもウィルスや破壊プログラムを送り込まれる可能性は残る。通信システムをメインコンピュータから切り離しても、どこからか潜り込まれる可能性がゼロになるわけじゃないけど、乗組員の安全と船体の確保を第一に考えると、これが最善策だと思う』

「宇宙空間より、地球に残ってる人類のほうが危ないってことね」

美紀は重い溜め息をついた。

「しかたないわ。非常事態には、そっちから裏技でも何でも使って、こっちをコントロールできるの？　それとも、最後の力を振り絞って通信機を接続しないと助けてもらえないのかしら？」

『いざとなればいろいろ考えてみるけど、基本的に飛行制御コンピュータを通信システムから切り離すから、そういう事態が起きれば自律航法してもらうことになる。まあ、非常事態を想定したプログラムくらいは仕込んであるから、そう心配しなくても大丈夫だと思うよ』

『ああ、それなら問題ないわ』

いきなり横からスウが顔を出した。

『プシキャットはＪＰＬのディープスペース・ネットワークの航法支援を受けてるんですもの。いざとなれば、そっちから何とかできるはずよ』

「……さすがに政府直轄、軍も噛んでるネットワークに潜り込む度胸のあるクラッカーはいないか」

まるでチャンのつぶやきが聞こえているように、マリオはモニターカメラの画角に割り込んできたスウを睨んでいる。

『それだって絶対じゃない。表に出てないだけで、国防総省《ペンタゴン》や北米防空司令部《NORAD》に潜り込んだクラッカーやハッカーはいないわけじゃないんだ』

「少なくとも、ハードレイクや中継衛星とメインコンピュータをつないでおくよりはましってこと？」

タイムラグバーが消えると同時に、マリオは苦い顔のままうなずいた。

『片手間仕事じゃなければいくらでも相手してやれるんだが、今の態勢じゃ、そういうわけにもいかない。こっちの知り合いやスウの友達関係にも手伝ってもらってるけど、大手お抱えのクラッカーや情報マフィアが相手だと、どこまで追い詰められるかどうか……』

「随分と弱気じゃない、そっちの業界じゃ結構な有名人じゃなかったの、あなたは？」

「まあでも、カリフォルニア工科大学《カルテック》やマサチューセッツ工科大学《ミット》の学生が防衛軍に回ってくれたってことだろ」

『こっちの業界は世代交代が激しいんだよ』

モニターの向こうのマリオは憮然としている。

『一応、連邦警察にも連絡はしてあるけど、クラッカーやマフィアの動きを抑えるのが精一杯だと思う。余計な心配かけて申し訳ないけど、これが一番確実な方法だ』

「消極的な、しかも次善の策でしかないけどね。わかったわ、とにかくメインコンピュータを通信システムから切り離しとく。他に何か、しておかなきゃならないことはあるかしら?」

『――あとは、いつも通りで問題ないはずだ。ところで、最近、他の宇宙船との交信が増えているようだけど……』

美紀は、隣のチャンと顔を見合わせた。美紀はモニターに目を戻した。

「通常回線だから、いくらでも聞き耳立てていただいてかまいませんけど?」

「別に聞かれて困る話なんかしてないからなあ。まあ、いつも顔合わせてる相手じゃ飽きるし、うちの場合宇宙船に二人しか乗ってないから、話し相手が目の前で目を覚ましてるのは勤務時間中のいいとこ三〇パーセントだし、地球相手におしゃべりしようったって定時連絡のたんびに〇・五秒、一日で二秒もタイムラグ増えてくような悲惨な通信状況で無駄話しようって気にもならないしなあ」

『別に、そのことについてどうこう言う気なんかないよ。今さら機密体制敷いて同業他社に秘匿しなきゃならない情報があるわけじゃなし、どっちかっていうと美紀やチャンが他の宇宙船と交信することで得られる情報のほうが有力だと思うし……』

「言っときますけどね」

美紀はマリオの台詞が終わるのも待たずに口を開いた。

「あたしたちは今回のレースに関わるような会話はしてないし、もしそれを聞いたとしても、それを外部に漏らす気はないわ。フェアじゃないもの」

ここ数日間の交信で、美紀もチャンも先行する二隻の宇宙船の乗組員についてかなり詳しい情報を得ていた。ただしそれは乗員リストに載っている以外の情報——会話することによって知る喋り方や趣味、前歴やものの考え方などで、それぞれの宇宙船の性能や航行スケジュールに関しては互いに触れていない。

『信用してるよ。だから、これから言うことは可能性の問題だ。宇宙船にクラッキングするなら、同じ通信システムを使っている、そばにいる宇宙船のほうが簡単にできる。言っとくが、これを聞いた君たちがどんな顔してるかくらいの想像はついてるからね。こっちだって、他人を相手にしなきゃならないミッションディレクターってのがどれだけ嫌な職業か、今身をもって体験してるところなんだから』

美紀は、もう一度隣のチャンと顔を見合わせた。

「長距離飛行する宇宙船より、地球にいるミッションディレクターのほうがストレスが大きいなんて考えてもみなかったわ。いいえ、皮肉で言ってるのではなくて、確かにハードレイクのミッションコントロールセンターのほうがいろいろと攻めてこられるわよね。借金取りとか、社長とか、幼馴染みのガールフレンドとか？」

返答を待つ間モニターから顔をそらしていたマリオが、タイムラグバーが消えると同時にきっとなって美紀を睨みつけた。一緒に画面の中にいたスウが、嬉しそうな顔をしてぽっと頰を赤らめる。

『だから、そういうこと言ってるんじゃねえ！　お前もそんなところでなにやってるかー‼』

『だって、ねえ？』

スウはコンソールに肘《ひじ》をついたまま、うふっと首を傾げてマリオを上目遣いに見上げた。

『あたしって、あなたのストレス？』

うがあああとうめき声を上げて、マリオはミッションディレクター席に頭を抱えて突っ伏した。

『と、とにかく』

「おお、立ち直った」

『こっちのごたごたは、できる限りそっちまで飛ばさないようにする。飛行は順調なんだから、そっちはそっちでリズムを崩さないようにうまくやってくれ』

「信用のあるミッションディレクターで助かったわ」

美紀はモニターににっこりと微笑んだ。

『他の宇宙船の乗組員にもよろしく言っといてくれ。向こうの事情も、うちやプシキャットとそんなに変わらないはずだから』

「伝えておくわ」

5　ロサンゼルス／コンパクト・プシキャット、発進一二日目

カイロン物産の本社ビルは、ダウンタウンの一区画《ワンブロック》をそっくり占領している。中身は最新式のインテリジェントビルなのに、アメリカには珍しい風水建築で、角に毒々しい紅い龍が踊っていたり壁の一面を開いた開放式庭園から緑が垂れていたりして、前世紀まで香港にあった九龍《クーロン》城にならって海龍《カイロン》城と呼ばれている。

「あいっ変わらず悪趣味なんだから……」

胡散臭《うさんくさ》そうな目付きで、ジェニファーはサングラス越しに現代建築と中国の宮城を混ぜあわせたような巨大建築《メガストラクチャー》をコブラのシートから見上げた。

インペリアル・ハイウェイから、中華大飯店の正面大門のようなエントランスに入る。スーツ姿のドアボーイにコブラを預けて、ジェニファーは東洋風の極彩色の装飾が施された海龍城に足を踏み入れた。

「珍しいじゃない、あなたが本社ビルにいるなんて」

最上階角部屋のオフィスは、まるでモデルルームのように片付いていた。壁には水墨画が掛けられ、観葉植物が陽の当たる場所に置かれているが、塵《ちり》ひとつ落ちていない室内には日常使用されている人の匂いというものがまるで欠けている。

「僕の部屋なんぞ、用意しとく必要はないって言ってんだがね」

ジェニファーも数えるほどしか見たことのないネクタイを締めたスーツ姿のまま、劉健は応接用のソファに浅く座っていた。

オーダーメイドの高級スーツのはずだが、無精髭《ぶしょうひげ》といい、だらしなくネクタイをゆるめた襟元《えりもと》といい、野戦用ブーツそのままの足元といい、ものの見事に似合っていない。

「だいたい、いつものかっこでここうろついてるとうるさいんで、できるだけ近寄らないようにしてるんだが」

「でしょうね。どうせ事務仕事は暝耀にまかせっぱなしでしょうし、ここにいたってやることないんでしょ」

「やることないわけじゃないんだがね」

自分の正面のソファを勧めながら、劉健はめんどくさそうに首を振った。

「逃げてりゃそのうちなんとかなるんで、できるだけ逃げることにしてたんだが、うっかり長居するとまたいろいろ余分な仕事を押し付けられちまう。そういうわけで、できるだけはやく用事を済ませちまおう。あとでビバリーヒルズにうまい店を予約してあるんだ、よかったらご一緒に」

「だったら、なんでこんなところを指定するのよ」

あちこち見回しながら、ジェニファーは用心深くゆっくりとソファに腰を下ろした。劉健はめんどくさそうに肩をすくめてみせた。

「僕の知る限り、ここが一番セキュリティが固い。曲がりなりにもカイロン物産のエグゼクティブ用のオフィスだ、ここならどんな危ない話をしても盗み聞きされる心配はないぜ」

溜め息をついて、ジェニファーは劉健の顔を見つめた。

「どうやら、どんな用件なのか見当はついてるみたいね」

劉健はうなずいた。

「こういうことに関して、君が冷静に状況を分析してくれるタイプで助かったと思ってる。しかし、星の上を相手にしてる連中なら今までみたいな汚い仕事はやらないで済むかと、少しは期待してたんだぜ」

「金勘定と、目先のことしか考えない奴はどこにでもいるわ。……本当は喚き散らかして暴れまわりたい気分なのよ」

劉健は驚いたように少し目を見開いた。

「それで、少しでもなんとかなるのならね。あなただって信じてるわけじゃないわ。でも、知ってるから……」

ジェニファーは劉健から目をそらした。劉健は、軽く両手を挙げた。

「もちろん、うちの情報部も動いてる。ただし、こっちの業界にまだ慣れていないせいもあって、犯罪になるような情報収集活動は行っていない。君のところだって、公開情報くらいはチェックしてるだろう」

ジェニファーはうなずいた。

「あなたがまわしてくれた情報は、非合法の諜報活動になるのかしら？」

「ありゃあ、挨拶みたいなもんだ。それに、動き出しちまえば、素人ならともかくプロなら宇宙船の性能なんぞガラス張りになっちまうんだろ」

「そうでもないらしいけど」

ジェニファーは、公開されたデータと実際の軌道からマリオが割り出した各宇宙船の性能データを見ている。

「一番大きなファクターは、それを扱っている人間の技量だから」

「乗組員の？」

「宇宙船は、乗組員だけで飛んでるんじゃないわ。ミッションコントロールセンターの地上要員《グラウンド・クルー》、設計や組み立てに関わったスタッフ、みんなで飛ばしてるのよ」

「そして、わざわざそばまで飛んでいかなくても地球《ここ》にいたまま引きずりおろすこともできる、か」

劉健は、窓の外のロサンゼルス市街とその上に広がる青空を見上げた。

「実は、うちのミーン・マシンも月のセレニティ基地経由でクラッキングを受けてる。軌道上の補給基地も、発電衛星もだ。今のところ犯人は不明、調べてみたところバズ・ワゴンもローリング・プレンティも、それぞれ別の経路でクラックされた形跡があるそうだ。もちろん、どれが誰の仕業なのか、まだわからない」

「可能性はいくらでも思い付くわね」

「レースに関わっている企業か、大手が抱えてる裏のクラッカーか、はたまたいかさまを企む賭け屋《ブック・メーカー》か。ギャンブル業界のクラッカーなら、君のほうのルートで辿れるんじゃないか？」

「あたしはど真ん中にいる当事者なのよ！」

ジェニファーの声のトーンが上がった。

「仮に知り合いがやばい仕事やってたって、マフィアやテロリストつかかって脅しかけたって白状するもんですか。あなたのほうこそ、ブラックマーケットは専門じゃないの？」

「もちろん、そっちのほうも動かしちゃいるけどね」

「カイロン物産が、仕掛けてる可能性は？」

劉健は軽く眉を上げてみせた。ジェニファーは劉健から視線をはずさない。

「あなたの知らないところで、カイロン物産で飼ってるクラッカーが悪さしてることが絶対にないって言える？」

劉健は、無精髭の口もとに決まり悪そうな笑みを浮かべた。

「残念だが、ないとは言えんな。今回のイベントは、将来的な利益まで考えれば、うちの歴史にも数えるほどしかないような大プロジェクトだ。僕の目の届かないところで誰が何をやってるのか、完全に把握してるわけじゃない」

「やっぱりね」

ジェニファーはこっそり溜め息をついた。

「ただし、少なくとも今は、彗星に向かって飛んでいる宇宙船にクラック仕掛けるような奴はうちの関係者じゃないはずだ。地上の企業本社に潜り込んでデータを閲覧《えつらん》することくらいどこでもやってるが、そのデータをもとに他の船にまで手を出すような真似は厳重に禁じた」

劉健は軽く顎《あご》を引いてジェニファーを見つめた。

「信じてくれるかい？」

「……………」

目を合わせるのを厭《いと》うように、ジェニファーは二人のあいだの黒檀のテーブルに目を落とした。

「残念だけど、今のあたしにはあなたの言葉の真偽を確かめるような力はないわ。だから、信じるしかない」

冷やされた空気が静かに動いているオフィスの中に、沈黙が立ちこめた。

「……君のところでも、クラッカー退治に動き出したらしいね」

「マリオが何かやってくれてるらしいけど、詳しいことは知らないわ」

「こっちでも、最低限星の上への仕掛けは止められないかどうか、試してみている。地上でのごたごたを星の上にまで持ち出したくないってのは、下らないセンチメンタリズムだってのは僕も理解してるつもりなんだけどね」

「少なくとも、飛んでる連中はそうは思ってないわ」

「そうらしいね」

「これから先、二週間もしないでトップが入れ代わるわ」

ジェニファーは劉健に顔を上げた。

「おそらく到達速度に優るローリング・プレンティがトップに立つ。バズ・ワゴンは二位に後退し、あとからうちのコンパクト・プシキャットが追いついてくる。そして、三週間後にバズ・ワゴンが先行させている推進剤タンクとランデブーする。レースに大きな動きがでるとすれば、それからよ」

「そうすると、クラッカー対策のためにも、レースのためにも、詳しい打ち合わせをしなきゃならないな」

劉健はソファから勢いよく立ち上がった。おおげさに胸に手を当てて一礼する。

「今からいけば、予約した時間にどんぴしゃりだ。お付き合い願えますかな?」

ジェニファーは、眉をひそめてべーっと舌を出してみせた。

「断れないじゃない、ばか」

6　コンパクト・プシキャット／発進三〇日目

『最接近まであと六〇秒』

地球からの距離がほぼ一〇〇〇万キロ、交信に要するタイムラグが一分を超えた時点で、それぞれ四〇日前、三五日前に地球から発進した宇宙船が互いに接近していた。

『バズ・ワゴンよりローリング・プレンティへ、すべての迎撃準備は整った』

あとから発進したものの、最終到達速度に優るローリング・プレンティが、先行するバズ・ワゴンに接近してきていたのである。

『卵でもトマトでも、お好みの歓迎が待ってるぜ』

各宇宙船の軌道と航行スケジュールは、当事者と観測者によって厳密に計算されていた。また、宇宙船の乗組員たちにとっては毎日行われるリアルタイム通信によるお喋りのタイムラグが減っていくから、追う宇宙船、先行する宇宙船がどこまで近づいているのか、そのたびに確認することができる。

『最接近まであと五〇秒』

『ローリング・プレンティよりバズ・ワゴンへ』

順位入れ代わりの瞬間は、光速で片道三〇秒以上も離れた地球だけでなく、当事者である宇宙船間でも通常回線によって生中継されていた。

『標的を目視《ターゲット・イン・サイト》で確認。あと四〇秒で撃墜してやる、首洗って待ってな』

ほとんど同じ軌道を取っているといっても、四隻の宇宙船の軌道要素には微妙な違いがある。レースの先頭が入れ代わるといっても、ローリング・プレンティがバズ・ワゴンにニアミスするような至近距離を追い抜いていくわけではない。

「最接近で約一〇〇〇キロか」

ディスプレイ上で二隻の軌道相関図を重ねあわせたチャンがつぶやいた。

「一〇〇〇万キロも地球から離れてれば、編隊飛行してるような距離だねえ」

『最接近まであと四〇秒』

ローリング・プレンティのジュリアの声が、ほとんどタイムラグなしに通信回線から流れてくる。ほとんど並びかけている先行する二隻に対して、あとから追うコンパクト・プシキャットもじわじわと距離を詰めてきているから、この一月《ひとつき》で直接通信に要するタイムラグはどんどん少なくなっている。

「バズ・ワゴンのおっさん、素直に追い抜かれるかね」

「少しばかりの加速をかける程度の推進剤の余裕はあるはずだけど」

機長席の美紀も、機載レーダーによって表示される前方空間の状況から目を離さない。本来の勤務時間からすれば今は美紀の就寝時間なのだが、単調になりがちな長期宇宙航行において数少ないイベントの一つである。美紀はちょっとばかり「夜更かし」して、順位変更の生中継に付き合っていた。

「でも、バズ・ワゴンにとっては、先行させせてる推進剤をこの先で回収する方が大事だろうから、そんな無駄遣いしないんじゃないかしら」

『最接近まであと三〇秒』

「まあ、これだけ飛行速度の差があると、今さら景気づけ程度のエンジン噴射かましても、大勢にはほとんど影響しないからなあ」

バズ・ワゴンとローリング・プレンティの飛行速度の差は、秒速にして五〇〇メートルほどである。現在の差は一五キロほど、と暗算して、美紀は軌道相関図のスケールを切り換えた。先行する軌道曲線に、後続の軌道が並びかけている。

この時点で、コンパクト・プシキャットは先行する二隻に対して五〇万キロ弱まで迫っていた。このまま参加全艇が慣性飛行を続けるならば、飛行速度の差によってコンパクト・プシキャットはバズ・ワゴンもローリング・プレンティも追い抜き、しかる後に同じ飛行速度の差によってもっともあとから出発したゼロゼロマシンに追い越されることになっている。

『最接近まであと二〇秒』

『こちらバズ・ワゴン、ローリング・プレンティにターゲットをロックした。今のうちに逃げ出すなら命だけは助けてやる、これ以上近づくなら覚悟しろ』

『ローリング・プレンティよりバズ・ワゴン、貴船は我が進路を妨害している、これ以上居座るなら実力をもって排除するからそのつもりで』

『最接近まであと一〇秒』

ジュリアによるカウントダウンが回線から流れる。

『バズ・ワゴン、迎撃ミサイル発射よーい！』

『ローリング・プレンティ、有効射程圏内にバズ・ワゴンを捉えた。射撃開始！』

スピーカーから、突然機関銃の連続発射音が流れ出した。

「なんだ？　ローリング・プレンティって名前だけあって、銀行ギャング用の一式でも持ってるのか？」

「ボスの特技だと思うわ」

船長ではなく、ボスと呼称されているローリング・プレンティのリーダー、ドン・キャグニーと幾度も話している美紀が答えた。

「あのひと、マイク使ってその場で効果音出すのがうまいから」

『うぉー卑怯だぞ、ローリング・プレンティ！　こちらも迎撃ミサイル発射だあ』

『追い越します』

タイミングを合わせたように、すぽん、と何かが抜ける音が通信回線から流れた。

『おめでとう、ローリング・プレンティ』

バズ・ワゴンの艇長《スキッパー》であるヒースローが、通信モニターに現れた。片手に、泡が噴きこぼれているシャンパンの瓶を持っている。地上ならしたたり落ちるところだが、無重力の船内では溢れ出た泡は口にたまって丸くなりながら弾けていく。

『お祝いのシャンパンは届いたかな？』

『おう、ありがたくいただいてるぜ』

こちらはプルトップから泡を溢れさせているビール缶片手のローリング・プレンティのボス、キャグニーが、口もとまで泡だらけにして出てきた。

「あー……」

チャンがうらやましそうな声を漏らす。

「あの連中、やっぱり宇宙船《ふね》ん中にアルコール積み込んでやがったか」

『これで優勝カップはいただきだな』

『まだレースは始まったばかりだ。ひとりで飛ぶのもつまらないと思っていたところでね、これからゆっくりと追われるものの恐怖を味わってもらうよ』

『てやんでえ、こちとら月面最新のホットロッドだぜ。そんなぼろい海賊船で追いつけるもんならやってみな、近づいてきたところでムーン・ブラストで吹き飛ばしてやる』

二人の艇長とボスは、豪快に笑ってそれぞれの持っているアルコールに口をつけた。

地球上では彗星捕獲レースの先頭宇宙船が入れ代わったことにより、世界各地の賭け屋《ブック・メーカー》の数字に変動が出た。また、それぞれの宇宙船が所属するオービタル・サイエンス、コロニアル・スペースの両社では順位が入れ代わることにより、これからの航行計画に関する重役会議が開かれた。

しかし、各宇宙船を指揮する地上の司令部、ミッションコントロールセンターには、目立った動きはなかった。順位の入れ代わりはあらかじめ予想されていた出来事であり、それは予定通りにレースが進行していることの確認にしかならないからである。

「とはいってもねえ……」

ジェニファーは、メインスクリーンを見上げた。出発当初よりずいぶん離れた空間を映し出すようになったスクリーン上の航路相関図は、先頭から最後尾の宇宙船の間隔が六〇万キロほどに縮まっていることを示している。

「これでも、月の軌道直径くらいは離れてるわけでしょ。そりゃあ、出発当初のスケールからはずいぶん小さくなっちゃったけど、こうなるってことはあらかじめ予想されてたし、だいたい、これからあとスピードアップするにしても、まだやっと彗星まで半分てとこじゃない」

出発当初は隅に月軌道を含む地球圏を映し出していたメインスクリーンは、もはや半径一〇〇〇万キロに何もない宇宙空間しか映し出していない。

彗星に向かう軌道は大部分が慣性飛行だが、太陽の重力の影響を受けるためわずかに弾道曲線を描く。しかし、メインスクリーンに映し出されている程度の範囲では、ほとんど直線の軌道上に四隻の宇宙船が飛んでいるようにしか見えない。

「そうですね」

ここのところ、生活の場をほとんどミッションコントロールセンターに移しているマリオが答えた。

「距離的に半分、時間的に三〇パーセント、ミッション全体の達成率は楽観的に見積もってもまだ二〇パーセントってところですか」

マリオは、ディレクター席のディスプレイにこれからのスケジュールをざっと映し出した。

「幸いにして今までのところ、飛行は順調、船体にも機関部にも異常なし。今までに幾度か行っている軌道の微修正にも問題は出ていませんし、乗組員の健康状態も良好。ストレスとか人間関係とかも心配していたんですけども、こっちもなんとかなってるようです」

「うちの乗組員の人間関係ったってマリオ」

ジェニファーは、呆れ顔でサブモニターに目をやった。データ中継回線により飛行中のコンパクト・プシキャットから送られてきた外部カメラの映像は、地球と金星の軌道の間を飛行するプシキャットの船体を映し出している。

「美紀とチャンの二人しか乗ってないじゃない」

「美紀は初飛行からまだ三年目、チャンにいたっちゃ長距離はおろか宇宙飛行そのものがまだ二度目、SS資格も発効されていない新人です。発狂するとか殺し合いするみたいな深刻な事態はともかく、地球をこれだけ離れた空間に放り出されて、しかも動きまわれるのが狭苦しい宇宙船の中しかないんだから、ノイローゼくらいの症状は出てもおかしくないなと思ってたんですが」

「……穏やかじゃないわね」

「一通りの事態には対処しておくようにするのが仕事なもんで。でも、二人とも話してる限りでは精神状態も良好らしいですし、生命維持システムも順調に稼動してますし、少なくとも無事に帰ってきてくれそうですね」

「何よりだわ」

ジェニファーは、もう一度メインスクリーンを見上げた。サブスクリーンには操縦室の映像が映し出されているが、たまたま作業時間外らしく、カメラの前には誰もいない。

「たぶん、まわりの宇宙船と好き勝手におしゃべりしてるのがいいストレス解消になってるんじゃないかと思うんですけど」

「それで、あたしたちの前にはミッションの残り八〇パーセントと、レースの駆け引きと山場の勝負が、まだたっぷりと残ってるわけね」

「そういうことです」

マリオはメインスクリーンに目を戻した。

「まだ、しばらくは楽しんでもらえると思いますよ」

ジェニファーは溜め息をついた。

「それまでこっちの胃が保ってくれるかしら」

「心配しなくても、これから考えなきゃならないことはどんどん増えていきます」

「うれしそうに言わなくてもいいわよ」

「スピードアップの方策、スケジュールの切り詰め、他の宇宙船の航行スケジュールの変更、おそらくラスト一週間は一時間ごとに予想が変わるみたいなことになるんじゃないかと思ってるんですが」

定められた軌道を目的地に向かって飛ぶ宇宙船の場合、たとえそれがレースでも頻繁にトップが入れ代わる事態にはならないだろうとマリオは予測していた。光速による往復のタイムラグが二分を超えるとはいえ、地上の天体望遠鏡でも観測できる範囲でのレースである。一時的に最高速を上げても、彗星へのランデブー、軌道同期などの制御を行わなくてはならないから、それだけロスが増えることになる。

最短の時間で、最大の効率を上げる飛行計画が勝負の鍵を握る。それはおそらく、地上にあるそれぞれの宇宙船のミッションコントロールの頭脳戦になるはずだった。

「連中が地球に戻ってくるまで、あと二カ月か」

現時点でのタイムスケジュールをディスプレイ上に読んで、ジェニファーは溜め息をついた。

「美容に悪い二カ月になりそうね」

7　コンパクト・プシキャット／発進三八日目

カリフォルニアの砂漠地帯特有の抜けるような青空の下に、見慣れたはずの埃《ほこり》っぽい滑走路が横たわり、その向こうにくたびれた格納庫群が連なっている。一番大きなオービタルコマンドの格納庫の正面扉は大きく開け放たれ、その背に大型ブースターを乗せた六発ジェットの巨人機がM1戦車に牽引《けんいん》されて誘導路に乗り出そうとしていた。

『よりによって、ハードレイクみたいなどうしようもない地の果てのじゃなくったって、ディズニーランドとかロングビーチとかチャイナタウンのあるロサンゼルスなら、もっと絵になる風景があるだろうに』

隣のスペース・プランニングの区画では、ハスラー超音速爆撃機が翼を休めていた。電源車が繋がっているところを見ると、電気系統のチェックでもしているのだろうか。

「おれだって、まさかこんなの見て心和むようになるとは思ってなかったよ」

チャンは、ディスプレイ上に映し出されたハードレイクの管制塔からの光景から目を離さない。

「ここのところ用事がないから、宇宙船《ふね》の中から一歩も外に出てないんだぜ。たまにはこんな景色でも見てないと、外の世界があることを忘れちまう」

通信モニター上でタイムラグバーがゆっくりと動きはじめる。地球からの距離は一二〇〇万キロを超し、通信に要するタイムラグは片道四〇秒を超す。

管制塔のモニターカメラは、ゆっくりとハードレイク空港をパンしていく。チャンは、アメリカ大陸西海岸時間のままの腕時計に目をやった。時刻は昼、いつもならアメリアズでランチセットをぱくついているはずの時間である。

二人しかいない乗組員が二交代制をとってすでに五週間、船内は出発時と同じ西海岸時間で動いているが、時計と定時連絡くらいしか時を告げるものはない。

「そういや世の中には、地球の自転による昼と夜ってものが存在してたっけ」

『ホームシックもここまで来ると末期症状だね。まだ先は長いのに、大丈夫かい』

「ホームシックってのとはちょっと違うと思うぜ」

チャンは、ハードレイクの実景が映し出されているディスプレイから顔を上げた。防眩・対放射線処理が施されたフロントウィンドウの向こうに、暗黒の空が見える。

長期航行に備えて濃い防眩処理が施された窓越しでは、宇宙空間に瞬《また》く星は見えない。計器ライトを残してすべての照明を消しても、操縦室から見えるのは近距離の惑星や明るい星だけである。

慣性飛行、しかも惑星間宇宙では、飛行速度を感覚的に捉えられるような目安はない。地球重力圏を脱し、地球の公転速度を加えれば秒速三〇キロをはるかに超える速度で飛行しているのに、操縦席からはただ暗黒の中を漂い続けるようにしか見えない。

「地球周回軌道上なら地上も月も見えるから、自分がどこにいるかわかる。こんなところじゃ定期的に天測して現在位置を観測してるってったって、出てくるのは座標の数字だけで、自分がどこにいるのかわからなくなるんだ」

ディスプレイ上のタイムラグバーが静かに減りはじめる。応答が来るまでの時間、チャンはディスプレイの中のハードレイクと目の前の深淵を見比べていた。

『安心していいよ、チャン。航行データの分析によれば、君はきちんと太陽系内にいる。〇・〇八天文単位ほど離れてるけど、内惑星軌道に向かってるんだから外に出てるわけじゃない。太陽に近づいた分、少し暑いかな？』

「船体の熱分布は、地球軌道上よりは上がっている。」太陽電池の発電量も、船体の平均温度もだ。火星行きの宇宙船も、太陽から離れていくにつれて船体がゆっくり冷えていったらしいけど、それとちょうど逆だね」

プシキャットは、全行程のうちで彗星に接触するための軌道修正開始の瞬間にもっとも太陽に近づく。しかし、その距離は地球と比べてわずか一五パーセント減るにすぎない。単位面積あたりの太陽の照射量は上昇するが、事前のチェックでも充分に船体の許容範囲であると判断され、太陽電池パネルの裏側の熱放射板を通常より追加した程度の対策しか施されていない。

『星座も出発した時とは違ってるはずだぜ。せっかくJPL提供の観測機材をごっそり積み込んでるんだ、たまには気分転換に天体観測でもしてみたら？』

「そっちはうちの機長がはまってるよ。昔、天文少女だったらしくって、最新機材にきゃあきゃあ言いながら空の向こうに望遠鏡を向けてるぜ」

狭い船内で顔を突き合わせていると、あっという間に話題は尽きてしまう。慣性飛行中の宇宙船では、乗組員の仕事はシステムを見守ることと体力維持のための運動を続けることくらいしかない。

ひとりの時間が長いから、地球から送られてくるニュースを見たあとはライブラリーの画面、ドキュメンタリーを見るか、コンピュータに入っている映画を見て時間を潰すことが多い。

スウの依頼によって、コンパクト・プシキャットは飛行中にいくつかの観測を行うことになっていた。そのほとんどは、地球高軌道上の衛星天文台で行われている観測の補佐のようなもので、ヨーコ・エレノア彗星に接近するまでは本格的な観測業務はない。

美紀もチャンも、専門外の天体観測機器を使いこなすための慣熟訓練を求められていた。

時間だけはあり余るほどあるから、高倍率天体望遠鏡、レーダーに連動させる電波望遠鏡、スペクトル・アナライザーなどはすぐに扱えるようになった。

「知ってたかい、美紀が飛行免許《パイロット・ライセンス》を取ったのはオーストラリアだったって。仕事は北半球でやることが多いから、南天の星座がうれしいって熱心に星の写真を撮ってるぜ。地球軌道上じゃ、太陽の光が強すぎて星座なんぞろくに見えないからなあ」

強すぎる光は、観測機器に悪影響を与える。そのため、コンパクト・プシキャットは観測ドームが太陽から陰になるように船体姿勢を維持したまま飛行していた。濃い影の中にいることになるから、目を慣らせば地球上よりもはっきりと星空を見ることができる。強い太陽光に曝《さら》される軌道上では、たとえ宇宙遊泳に船外に出ていったとしても瞳孔が収縮してしまって、地球の夜ほどの星も見えない。

また、星座のかたちが違って見えるほど地球から離れたわけでもない。

「つくづく、人間が地球に張りついて生活してるもんだってのが、よくわかるぜ。ニュースってのは地球上のことと、たまに軌道上や月のことしか言わないし、映画やテレビドラマだって、ＳＦやファンタジー以外は全部地上が舞台だ。こういうところに放り出されて飛んでると、いろんなこと考えるようになって楽しいぜ」

『神様や天使が見えるようになったら、すぐに教えてくれ』

一分以上のタイムラグの後に地球から送られてきた映像の中で、十字を切ったマリオは聖書の表紙をディスプレイに向けてみせた。

『軌道修正データを送る。今までのところ、プシキャットは非常に優秀な飛行をしている。今回の軌道修正も最低限の手間で済みそうだよ』

プシキャットに限らず、長距離を飛ぶ宇宙船は定期的に軌道修正を受ける。あらかじめ厳密に計算された軌道を飛行するとはいえ、長距離を長時間飛ぶ間には最初の段階では検出できないほどの誤差が生じ、太陽活動や未確認の天体運動など予想外の要因によっても軌道が変化することがあるからである。

外部からのクラッキングを避けるために、コンパクト・プシキャットのフライトコンピュータは外部通信から切り離されている。直結されていればミッションコントロールから直接修正データの入力ができるが、現状では送られたデータをパイロットが入力し直す必要がある。

「データ見ながらマニュアルで噴かしたって何とかなる程度の修正だからいいけど」

送られてきた軌道修正のためのデータを見ながら、チャンはつぶやいた。

「してみると、惑星間航行ってのは意外と楽なのかな。んなわきゃねえか。地球周回軌道と違ってのんびり修正してる暇があるだけましってところか」

軌道修正は主推進機関であるプラズマロケットを使用せず、姿勢制御用のハイパーゴリックを長めに噴かすことで行う。三軸の立体座標で示された軌道修正のためのデータを確認して、チャンは操縦システムのチェックを開始した。

軌道修正を行う場合は、送られてきたデータに従って一軸ずつ制御する。宇宙船は三次元上を飛行するが、常人の感覚はすべての飛行要素を一度に処理するようにはできていない。正確で確実な修正を行うためにも、軌道要素の修正は一次元ずつに分解して行われる。長距離を高速で飛んでいるから、ほんのわずか進路を変更するだけでも、時間が経つにつれて到達地点が大きく変わってくる。チャンは、軌道修正データを分解してディスプレイに表示すると、操縦席に座り直してシートベルトを締めた。

「操縦システム、ハイパーゴリック反動制御システム《RCS》全系統異常なし。プラズマロケットのみ電力不足のため使用不能」

高電力を必要とするプラズマロケットエンジンは、展開した太陽電池に直射するように太陽光線を受けなければ使用可能にならない。低推力ながら、長時間持続しての推力を発揮できるプラズマロケットは、次段以降の加速、彗星に接近するための大がかりな軌道変更などにしか使用できない。

「船体軸線制御、飛行姿勢修正」

姿勢制御システムの出力を最低に落として、チャンはディスプレイに目をやった。対象物がない宇宙空間では、微妙な船体姿勢のコントロールはコンピュータに頼らざるをえない。

「X、Y、Z軸修正値確認。船体姿勢修正」

送られてきたデータに従って、プシキャットの飛行姿勢を修正する。ごくわずかずつ姿勢制御噴射を行い、なおかつ微妙にカウンターを当てて静止させなければならない。

軌道上での作業船操作のような操縦で、チャンはゆっくりと時間をかけて船体の姿勢制御、及び軌道修正のための噴射を行った。

『ローリング・プレンティよりコンパクト・プシキャット、お暇だったらお返事ちょうだい、どうぞ』

通常通信に呼び出しが入った。軌道修正後の数値チェックをしながら、チャンは通信に出た。

「こちらコンパクト・プシキャット、仕事中だがもうすぐ終わる。ちょおっと待っててくれ。ハードレイク、軌道修正終了、そっちでも確認してくれ。てなわけで、返事が来るまでなら相手できるぜ」

通信モニターに、ローリング・プレンティのナビゲーター、ジュリアが現れた。

『お仕事中？』

「予定の軌道修正だ。いいかげん加速かけないと、そっちにも追いつけないんだけどねえ」

『ごくろうさま』

ローリング・プレンティの順位は現在トップ、二〇万キロ以上も離れているものの位置的にはコンパクト・プシキャットのすぐ目の前にいる。一二〇〇万キロも離れた地球と比べれば、通信に要するタイムラグはないに等しい。

『地球で何か変わったことはあった？』

「なんにも。懐かしいもんで古巣の飛行場の見慣れた風景を送ってもらってたんだが、見てみるかい？」

『地球の風景？　いいわね』

チャンは、ハードレイクから送りつづけられている管制塔からの映像をローリング・プレンティに転送した。格納庫から引き出された超大型六発ジェット機が戦車に引かれて誘導路に向かっている。

通信モニターの中のジュリアは、チャンの顔の代わりに送られてきている映像を熱心に見つめている。

「悪いね、こんなつまらない映像で。君の祖先のふるさとなら、サバンナとかキリマンジャロとか、いくらでも見応《みごた》えのある風景があると思うんだけど……」

『軌道データを確認した。ばっちりだ、スケジュール通りの軌道に乗ってる。今日の仕事はこれで終わりだ。順調な飛行を祈る。ハードレイクの映像は、まだしばらくつないでおくかい？』

「そうしてくれ。定時連絡終了。次の連絡はおれじゃなくて美紀の時間だな、異常があれば連絡する。それじゃ、また」

チャンは、サブモニターに映し出されているハードレイクのミッションコントロールの映像に目をやった。ディスプレイをチェックしながら、マリオは隣のコンソールに半分身を乗りだしている。

『あたしはニューヨークの下町で育ったのよ。これがあなたの仕事場？』

ジュリアの声が聞こえた。誘導路に動いていく六発ジェットを追うように、カメラがゆっくりと動いていく。

「そうだ。……もっとも、軌道に上がって船を組み立ててから、そのまんま出てきちまったから、もう二月《ふたつき》近く戻ってないけど」

『いいところね』

モニターの中のジュリアはうっとりしているように見えた。

『いいところ、なんでしょ？』

「ああ。もっとも、そこにいたときには、そんないいところだとは気がつかなかったんだけどね」

『こんな宇宙の果てに比べれば、どこだって楽園よ、地球の上なら』

8　コンパクト・プシキャット／発進四五日目

地球を離れて一五〇〇万キロ。地球との通信に要するタイムラグが一分四〇秒になったところで、バズ・ワゴンは発進前から決められていた飛行シークエンスに入っていた。

先行して発射されていた推進剤タンクとのランデブー、及び回収。

マーカーと同時に内部データも中継されていた推進剤タンクは、漂流物《スペース・デブリ》や小隕石《メテオロイド》の衝突、予定外の内圧低下といった事故を起こすこともなく、無事にバズ・ワゴンの軌道上を慣性飛行しているものと推測されていた。

「推測も何も」

観測ドームの光学望遠鏡から目を離して、美紀はつぶやいた。

「一週間も前に通りすがったローリング・プレンティも、三日前に追い抜いたうちの船でも目視確認までしてるんだから、確実じゃない？」

軌道要素に微妙な差はあるものの、ヨーコ・エレノア彗星をめざす四隻の宇宙船はほぼ同じ飛行経路を飛んでいる。現在トップに立っているローリング・プレンティも、現在二位になっているコンパクト・プシキャットも、地球と金星の軌道の中間のなにもない空間で先行発射された推進剤タンクを追い越している。

「だからさ、追い越し際《ぎわ》に何か仕掛けでもしときゃあ、ライバル艇はばっちりバズ・ワゴンの足を止められるってわけだ」

チャンは、観測ドームの向こうにひろがる星の海を見ている。肉眼で星を見るための大きな妨《さまた》げとなる直射日光は、船体と太陽電池パネルにカットされているから、闇に開いたドームからは遮るものなしに宇宙が見える。

「そんな暇、あるわけないじゃない」

先に出発した推進剤タンクは、後から追いついてくる宇宙船に回収されるために、飛行速度は遅く設定されている。ほんのわずかな速度差だが、追いついた宇宙船は回収のために減速し、速度を一致させてから接近するという手間が必要になる。

「まあ、もっと簡単なのは、通りすがりにライフル弾の一発でも撃ち込んでくことだけど。

ほら、どっかに穴が開いてれば、液体酸素や水素なんてあっという間に蒸発して抜けちまうから」

「いったい、どこにそんなもん積んでるっていうの」

「長距離通信用のレーザーを、絞ったまんま照射するって手もあるな。もっとも分厚い耐熱材にちゃちなレーザーで穴を開けるのに、フルパワーで何時間かかるのか……」

「その前に発振回路が焼き切れるわね」

「見える？」

チャンに言われて、美紀は望遠鏡の接眼部から身体を離した。身体を浮かせたチャンは望遠鏡に目を当てた。

はるか彼方に、ほとんど光の点のようになった二つの星が見えている。気をつけて見ていれば、その二つの点だけが背景の星空と違う動きをしている。

「光学系じゃ、ぎりぎりこれが限界か」

「バズ・ワゴンが中継してる映像があるわよ」

美紀は、通信システムに取りついてモニター映像を切り換えた。バズ・ワゴンがミッションコントロールセンターのあるアナハイム、光速で五〇秒離れた地球に送っている現場の映像が映し出される。

バズ・ワゴンの主構造《メインフレーム》上のビデオカメラが、宙天に浮かぶシリンダー型の推進剤タンクを捉えている。推進剤タンクと速度を合わせるために、進行方向に尾部の推進機関を向けたバズ・ワゴンはバックする形で飛んでおり、最終接近シークエンスに入ってゆっくりと推進剤タンクとの距離を詰めつつあった。

「さすが、簡単に寄せてくわ」

ビデオカメラの映像を通してさえ、推進剤タンクがメインフレームにどんどん近づいてくるのがわかる。地球周回軌道上のランデブーでは考えられないほど、接近速度が速い。

バズ・ワゴンのメインフレームでは、地球発進直後に使いきって切り離した二つの推進剤タンクのスペースが空いている。後ろ側のスペースに直接推進剤タンクを抱え込むつもりらしく、ビデオカメラの映像の中にフレームで待機している宇宙服姿の飛行士が二人映っている。


同じ映像は、カリフォルニア州オレンジカウンティのアナハイムにあるオービタル・サイエンスを通じてインターネットで生中継されていた。

これだけ地球圏から離れてのランデブー、ドッキング作業は、火星探査船が着陸船と火星軌道上で行って以来のもので、地球からのタイムラグが大きいため、ミッションコントロールセンターからのサポートなしに現場の判断だけで進められている。

スペース・プランニングのミッションディレクターであるマリオは、ジェニファー、ここのところハードレイクで生活しているスウ、オービタルコマンドの総司令官たるガーランド大佐といった面々と一緒に、インターネットで配信されているバズ・ワゴンの推進剤タンク回収シークエンスを見ていた。

「ジョーンズのヤロー、あいかわらず見切りのいいコントロールしやがる」

「だから、あんた、なんでここにいるんです」

マリオは、長期にわたる無重力下の生活にもかかわらずほとんど筋力の衰《おとろ》えを感じさせないデュークの顔を横目で見上げた。

「LAの病院に入院したんじゃなかったんですか」

「外出許可はとってある」

バカンスにでも行くような派手なアロハシャツのデュークは、メインスクリーンから目を離さない。

「だいたい、ちょいとばかり毒電波を浴びすぎたってだけで、身体のどこにも故障はないんだ。うちの新人《ルーキー》どもが空の果てまで出掛けて苦労してるってのに、のんびりベッドでひっくり返ってられるかい」

「……どーも、信用できないんですが」

ぶつくさ言いながら、マリオはスクリーンに目を戻した。

「まあ、デュークは今のところ有給休暇扱いですから、どうしろこうしろとは言えないんですが」

「まあ、その格好で勤務中とは言えないものね」

ちらっとデュークを見て、ジェニファーはメインスクリーンに目を戻した。

「それで、どうするんだ？　バズ・ワゴンがタンク回収するまで、次の手は打たないつもりか？」

ミッションコントロールルームに、アナハイムから中継されてくるバズ・ワゴンの交信だけが流れた。

「ミーン・マシンはもう二次加速に入ってるって話じゃねえか」

「……まあ、自前の電源だけじゃ七基あるイオンジェットをフル回転させるわけにはいかないらしくって、推力三〇キロのエンジン一基だけですがね」

ディスプレイを見据えたまま、マリオは答えた。

「これがゼロゼロマシンの精一杯とは思えませんが、後ろからじわじわと速度を上げてます。軌道そのものは目立つような変更をしていないので、あいかわらず他の宇宙船のスケジュールを見ての飛行だとは思いますが」

ゼロゼロマシンの第二段加速の開始は、地球圏からの衛星による観測と、直接交信しているコンパクト・プシキャットとの交信記録からほぼ同時に判明した。

慣性航行を続けているはずのゼロゼロマシンの計算上の位置と実際の位置がずれはじめたのと、交信に要するタイムラグがわずかながら減りはじめたためである。

「ゴールまでの距離と時間は限られてるんだ。瞬間的に大加速ができない宇宙船《ふね》なら、あらかじめ速度を稼いでおくしかあるまい？」

「その結果、ヨーコ・エレノア彗星との予定接触位置も飛行軌道も変化してきます。早めに接触できるほど、そのあとの彗星と飛行方向を一致させるための機動に推進剤を喰うことになりますから」

マリオは、メインスクリーンに予測されるバズ・ワゴンの未来軌道を映し出した。

「おそらく、バズ・ワゴンはタンクを回収すると同時に、第二段加速に入るはずです。ただし、その取りうる軌道はもう一基の先行させているタンクの未来位置に左右されますから……」

オービタル・サイエンスは、液体酸素と液体水素を推進剤に使用するバズ・ワゴンのために、二基の推進剤タンクを無人で発進させていた。そのうち一基は軌道上で現在予定通り回収作業が開始されており、もう一基はさらに先行して後続を待っている。

「オービタル・サイエンスが二基のタンクを有効に使うつもりならば、取りうる軌道は限られます。逆に言えば、二基目のタンクとランデブーする軌道しかないうえに、加速するにしても、今ある推進剤の量だけでなく二基目のタンクの軌道と速度に縛られるわけですから……」

「二基目のタンクを無視する可能性は？」

メインスクリーン上の軌道相関図を見たまま、デュークは聞いた。

「一基目のタンクを回収できるかどうかだって、ギャンブルだったんだ。地球から一五〇〇万キロも離れた空間で、液酸《LOX》と液水《LH》が満タンの推進剤タンクを手に入れられれば、もう一つの推進剤タンクは囮《おとり》に使ってもおつりがくると思うが」

「ないとは言えませんね」

マリオはあっさり認めた。

「ただ、どう思います？　オービタル・サイエンスほどの大手が大枚の予算はたいてせっかく目の前に用意した機材を放り出して、回収に成功すれば大幅に増加する軌道選択の自由や安全性まで考慮してなお、このあと一目散に彗星をめざす軌道だけを取ると思えますか？」

船外に出ている宇宙服が手を伸ばせば届きそうな近距離にまで接近して、バズ・ワゴンは船体をほとんど静止させるような姿勢制御を行った。機動ユニットを背負ったスペース・ウォーカー二人がバズ・ワゴンから離れ、推進剤タンクに飛ぶ。

「社長ならどうします？」

いきなりコメントを求められて、コンソールに肘をついていたジェニファーはあわてて辺りを見回した。

「え？　あ、あたし？」

状況を見直してから、ジェニファーはメインスクリーン上の軌道予想図に目を戻した。

「ええと、社長としては、乗組員の安全を確保しながら、なおかつ勝てる可能性の一番高い方策を……」

「とまあ、専門外のえらい人は普通ならこう言うわけです」

「悪かったわね、専門外で」

「他にも、用意した装備は有効に使わなきゃならないとか、せっかくあるものは使わないと損だとか、大手ならではのしがらみとか機動性の悪さとか、いろいろとあると思いますんで、そこまで大胆なブラフはかましてこないんじゃないかと思いますけど」

二人のスペース・ウォーカーが、巨大な推進剤タンクに取りついた。覆いかぶさるように、華奢《きゃしゃ》なバズ・ワゴンのトラスフレームが接近してくる。

「それじゃあ逆に聞きたいんだけど、バズ・ワゴンがほぼ確実に二基目の推進剤タンクも回収する軌道を取るなら、それを見越して、プシキャットが確実に勝てる軌道に次段加速をかけるってわけにはいかないの？」

「まあ、そろそろ勝負に出たほうがいいのは確かなんですがね……」

メインスクリーン上のプシキャットの現在位置を見て、マリオは溜め息をついた。

「その場合、こっちの残存燃料も少なくなりますから、取れる軌道が限られます。バズ・ワゴンに勝てても、ローリング・プレンティやゼロゼロマシンに負けると、この場合どうにもなりませんから」

「どうしろってのよ」

幾分悪い目付きで、ジェニファーはマリオを睨みつけた。

「まわり中みんな、なにやってるのかわからない状態で、ひとりだけコールかけてカードをオープンしろっていうの？」

「まさにそういう状況なわけですが」

「あのねえ。大佐！　笑ってる場合じゃないでしょう!!」

「いやあ、おれはここじゃ部外者だから、気にしないで進めてくれ。しかし大変な勝負してるな、あんた」

「大変なのはあたしじゃなくて、スタッフと乗組員《クルー》です！　業界最大手相手に張ってるんだもの、楽に勝てるなんて思ってやしないわよ」

トラスフレームと推進剤タンクの接近速度が遅くなっていく。バズ・ワゴンは、ほとんどショックなしにメインフレームに推進剤タンクをドッキングした。

「接続作業と動作確認にあと一時間てとこかな？」

デュークは、腕時計に目をやった。

「飛ばして三〇分てとこか。持ち時間はみんな同じだ、作業が終わってスペース・ウォーカーが船内に戻ったら、すぐに第二段加速がかかるぜ。指示出しはバズ・ワゴンの出方を見てからか？」

「推進剤タンクの固定だけ確認したら、すぐに加速をかけると思いますよ」

言われて、デュークは一瞬言葉に詰まった。

「……なるほど、どうせバズ・ワゴンが加速に使える時間は少ない。ならば、今ある推進剤を使って速度を上げて、慣性飛行に移ってから接続作業を開始したほうが、時間の節約にはなるか」

「バズ・ワゴンの動きを見てからでも、遅くないと思います。先頭のローリング・プレンティと後続のバズ・ワゴンの様子を見ることにかけては、うちのコンパクト・プシキャットは絶好の位置にいますからね」

マリオは、通信システムのディスプレイを見た。

「地球圏からじゃ、これだけ宇宙船が離れるとどうしても観測誤差が出ます。ゼロゼロマシンの再加速開始にしても、プシキャットとの通信記録からの分析のほうが他からの観測データよりも早く判明しましたから」

プシキャットから送られてくる中継データには、ローリング・プレンティ、バズ・ワゴン、そしてゼロゼロマシンの観測結果も含まれている。

「なるほどね」

デュークは、ディスプレイ上でコンパクト・プシキャットの現在位置を確認した。

「他の宇宙船《ふね》を観測するには一番有利な場所にいるから、向こうのカードがオープンになってから勝負に出ようってことかい」

「そうしようと思ってるんですが……トップはなにをしてるかな」

マリオは、通信システムのディスプレイを見た。コンパクト・プシキャットとの通信に要するタイムラグは現在片道五〇秒。トップを行くローリング・プレンティの最新航行情報は、まだ更新されていない。

「ハードレイクよりコンパクト・プシキャット、そちらからローリング・プレンティの観測をしてみてくれ。現在の距離なら、光学観測でもムーン・ブラストの炎が捉えられるはずだ」

「へいへい、とは言っても今の宇宙船の姿勢のままじゃなあ」

ハードレイクからの指示を聞いて、チャンは観測ドームを見回した。シリンダー上の居住ブロックはコンパクト・プシキャットの主船体を構成する推進剤タンクと平行に取りつけられており、観測ドームはその後端にあるから、今その頂点は進行方向と逆、真後ろに向いている。

「宇宙船回すのもめんどくさいし、CCDカメラでも向けてごまかす？」

「やってくるわ」

チャンは望遠鏡から離れた。

「機首のカメラと、こっちのレーダーの観測データでも送っときゃ大丈夫だろう。こっちは頼む」

観測ドームから出ていく。コンパクト・プシキャットのすべてのコントロールは接続されたダイナソアの操縦室に集中しているから、ハードレイクからアクセスできない今、こちらから回線を切り換えて送るしかない。

後方のバズ・ワゴンよりも、先行しているローリング・プレンティのほうが近い。しかし、いくら観測用の高解像度CCDを搭載しているとはいえ、二〇万キロ以上離れている軌道宇宙船の姿を判別できる実像として捉えることはできない。

「向こうも、バズ・ワゴンのタンク回収は見てるはずだよな」

機載レーダーも、二〇万キロもの有効半径は持っていない。チャンは、最大望遠をかけた機首の観測用CCDカメラを、計算上のローリング・プレンティの現在位置に向けた。

「ここら辺を飛んでるはずだが……」

高精度ディスプレイに、ビデオカメラが捉えた宇宙空間が映し出される。通信システムが、先行しているローリング・プレンティの識別信号を受信した。

「さすがに、イベントの片手間におしゃべりするわけにもいかねえか」

ローリング・プレンティも、バズ・ワゴンから直接中継される回収作業の様子はモニターしているはずだった。光学望遠に加えて、最大限のデジタルズームをかけられて粗くなったディスプレイ上に、背景の星と違う形の光の塊が映し出される。画素数にして一〇個ほどの明度の違う輝点の集合体が、先行するローリング・プレンティの後ろ姿である。

チャンは、モザイクのような宇宙空間に浮かぶローリング・プレンティの拡大映像データを地球に繋がれているデータ回線にのせた。

「……お？」

突然、ディスプレイが白く光った。自動的にフィルターが掛けられた拡大映像の中で、真っ白なモザイク模様が激しく広がる。

「……これは……」

チャンは、デジタルズームを切って実写映像に切り換えた。

最大望遠の星の海の中に、ムーン・ブラスト特有の明るい炎がきらめいていた。

「美紀？　最新情報だ」

チャンは、ヘッドセットに呼びかけた。

「先行のローリング・プレンティが再加速を開始したぜ」

言いながら、識別信号によるローリング・プレンティの現在位置を確認する。先程まで慣性飛行を続けていたはずのローリング・プレンティは、主推進機関による加速によって飛行速度が上がりはじめている。

「あらあら」

インカムを通じて美紀が答えた。

「せっかくここまで追いついたのに、置いてかれちゃうかしら」

「この加速方向だと……」

彗星に接近するためには、大きく軌道変更しなければならない。噴射を開始したばかりだから、まだ確実なデータは得られていないが、ローリング・プレンティのムーン・ブラストは現在の飛行方向に一致しており、どうやら飛行速度の増加が目的らしい。

「単なるスピードアップが目的の噴射だろう。バズ・ワゴンは推進剤タンクを回収したらすぐに加速にかかるはずだから、それまでに距離を稼いでおこうってんじゃないのかなあ」

超遠距離のムーン・ブラストは遠い星よりも明るく瞬くから、かろうじてそれとわかる。

チャンは、やっと通信のタイムラグが気にならない程度まで近づいていた先行艇の光を見た。

「まあ、ここまで距離を詰めていれば、今さら多少速度上げてもおしゃべりする分には不自由はないとは思うが……」

ディスプレイ上で、ローリング・プレンティの識別信号と同時に送信される飛行速度が上がりはじめる。

すべての軌道上を航行する飛翔体は、事故防止のために識別信号、現在位置、飛行速度、飛行軌道などの飛行データを常時発信するトランスポンダーの搭載が義務づけられている。これは、航空事故防止と航空管制の能率向上のために地球の航空機に用いられているものの拡大改良版で、未来位置と予想軌道を表示する機能もある。

「ムーン・ブラストがさらに明るくなった。こりゃ、全開噴射だ」

ディスプレイ上の瞬きが、大きく広がったように見えた。月面から発進するような全開運転で、ローリング・プレンティはその速度を上げていく。

「最大加速、続行中。勝負に出たな」

実写映像の中で、液体酸素と還元土壌が燃焼する白い炎がきらめいている。

「ここで速度を稼いでおけば、うちも、推進剤タンクを回収したバズ・ワゴンも、取れる選択が限られる。さあて、これでマリオがどんな指示出してくるか楽しみになってきたぞお」

「バズ・ワゴンのほうは、推進剤タンクとのドッキングを完了したわよ。マリオの予想だと、固定だけ確認したら接続は後回しで、今使ってるタンクの推進剤で加速をかけるんじゃないかってことだけど……」

ドッキングの確認と、タンクの固定のためにスペース・ウォーカーが機動ユニットを背負って近づいていく。

「ハードレイクからの指示はまだこないか。こっちゃ低推力で一度に速度を上げるわけにいかないから、どう動くにしても早くしないと置いてかれちまうぞ」

「バズ・ワゴンにもローリング・プレンティにもうちの宇宙船が一番近いから、両方の動きを見てから出方を決めるって方針らしいけど？」

「レースってのは時間勝負なんだぜ」

操縦席のチャンは腕を組んで考え込んだ。

「前の宇宙船が飛ばしはじめてるし、後ろはアクセルオンの準備してるし、こんな状況でのんびり様子見てろなんて、うちのミッションディレクターもいい度胸してるわな」

画面上では、バズ・ワゴンのスペース・ウォーカーによる、回収した推進剤タンクの固定確認作業が進んでいる。マリオの予想通り、回収したタンクとの接続作業は次段加速の終了後に回されたらしく、ドッキング部分の確認作業より先には進もうとしない。

「ローリング・プレンティの加速続行。もうすぐ、うちの飛行速度を追い越すぞ」

ローリング・プレンティ、コンパクト・プシキャット、バズ・ワゴンの三艇は、地球圏の離脱後はずっと慣性飛行を続けており、その飛行速度にはあまり変動はなかった。

そのため、参加全艇の位置関係は出発当時の飛行速度に従ってゆるやかに縮まり、当初予定された通りに追い越し、追い越されるだけの変化しかなかった。

バズ・ワゴンよりも速く、プシキャットよりも遅い飛行速度のまま飛んでいたローリング・プレンティが加速を開始したため、この位置関係は崩れはじめていた。

それまで、プシキャットは飛行速度の差からゆっくりとローリング・プレンティに接近していたのだが、今、ローリング・プレンティの飛行速度は後続のプシキャットを上回り、引き離しにかかっている。

加速開始二分後、ディスプレイ上いっぱいに、さらにムーン・ブラストの出力を上げたような光が広がった。

おやと思って、チャンは正面のキャノピーの向こうに広がる星空に顔を向けた。外宇宙向けの強い防眩処理が降りているシールド越しには、二〇万キロ以上も離れている小さな宇宙船など見えない。

チャンは、ディスプレイに目を戻した。CCDカメラが捉えていたムーン・ブラストの炎はもう消えていた。噴射していなければ、最大望遠でも光学拡大映像ではローリング・プレンティは背後の星と区別がつかなくなる。

「ローリング・プレンティの加速終了」

チャンは映像をコンピュータ処理されたデジタルズームに切り換えながら、観測ドームの美紀に告げた。

「ムーン・ブラストはもう停止した」

「どこまで速度を上げたの？」

「参加全艇の最速になったことは間違いない」

チャンは、変動したローリング・プレンティの軌道要素が表示されているはずのディスプレイに目を落とした。

「あれ？」

ローリング・プレンティの現在位置は、いつのまにか計算による未来予想位置に変わっていた。ディスプレイの表示は、さっきまで受信していたはずの識別信号が途絶えたことを示している。

「消えたか、な？」

チャンは、デジタルズームの映像に戻した観測ディスプレイを見た。精密制御されるロボットアームの先のビデオカメラは、寸前までのデータによってローリング・プレンティを正確に照準しているはずである。

宇宙船の形を知っていればかろうじて判別できる程度の粗いモザイクで、ローリング・プレンティは予想軌道上にいた。しかも、二つ。

「……なんだと？」

チャンは、もう一度ディスプレイを見直した。大小二つのモザイクに分かれて、しかもその距離は離れていく。

「消えたんじゃなくて、増えた、だと？」

チャンは、トランスポンダーの発信を確認した。あいかわらず、受信できていない。一部の軍用シャトルやステルス宇宙船でもない限り、トランスポンダーは常に発信され、宇宙空間での現在位置を報告し続ける。

遭難事故の場合は救難信号にも使われるから、電気系統も何重にも保護され、機械そのものが破壊されない限り、その信号は止まることがない。

「どうかした？」

美紀の声が聞こえた。

「バズ・ワゴンのほうは、推進剤タンクのドッキング確認作業を完了したわよ。マリオの予想だと、すぐに推進剤で加速をかけるんじゃないかってことだけど……」

「ええと、ローリング・プレンティの識別信号が消えて、しかも本体が分裂した、ように見えるんだが……」

軌道宇宙船は、複数の通信システムを持っている。それが同時に沈黙することはありえないから、チャンは通信システムでローリング・プレンティの常用周波数をモニターしてみた。

反応がない。

チャンは、もう一度ディスプレイ上のモザイク模様になっているローリング・プレンティを見た。光速の関係で一秒以上過去の映像だが、ローリング・プレンティは間違いなくそこにいる。できればレーダーで確認したいところだが、航行用のレーダーの有効半径は二〇万キロも届かない。

「沈黙して、しかも、分裂？」

「大小二つに分かれている。今のところ、両方とも慣性飛行で、加減速してる様子はない。

船体の一部分か、使いきったタンクでも切り離したのか」

「何も聞こえないの？」

「ローリング・プレンティのデータ中継やレーザーまではわからないけど、少なくとも通常通信の周波数は使っていない」

チャンは、前方に向けられているサブアンテナで電波状況をチェックした。プシキャットの前方を飛行している電波を発する人工物体は、数少ない無人探査機を除けばローリング・プレンティだけのはずである。

「ありゃありゃ」

ディスプレイに表示された受信結果を見て、チャンは思わず声を上げた。

「訂正。こっちの受信で見る限り、ローリング・プレンティは一切の電波を発信していない」

観測ドームで望遠鏡をのぞいていた美紀は首を傾げた。電波遮断状態の軍用機以外で、しかも長距離飛行中の宇宙船が、通常回線だけでなく一切の電波を発信しなくなる状況が思いつかない。

操縦室のチャンは、サブモニターのひとつに目をやった。バズ・ワゴンから、光速の分だけ遅れて中継されてくる映像は、スペース・ウォーカーがメインフレームにドッキングした推進剤タンクの固定を確かめている様子を流していた。

「……呼びかけてみるかい？」

チャンは、観測ドームの美紀に訊いてみた。

「もっとも、エンジンチェック中だったりするとかなり迷惑だけど」

「しばらく待ってみましょう。とりあえず、現状でできるローリング・プレンティの観測を続けて。状況は、見てわかる?」

「何せ遠すぎるからなあ。いくら天文観測用ったって、相手がこれだけ小さいと……」

言いながら、チャンはＣＣＤカメラで得られた映像にコンピュータ補正をかけてみた。もとの形はデータベースに入っているから、それを元にモザイク模様が、何が映っているのかわかるかどうか調整してみる。

ディスプレイ上の映像が、ローリング・プレンティを後ろから見たワイヤーフレームに重ねられる。ムーン・ブラストの噴射ノズルと、船体から大きく張り出しているアンテナシステムがモザイク模様に重ねられた。

コンピュータが戸惑ったように、チャンには見えた。船体後方に二つ並んでいるはずのムーン・ブラストの噴射ノズルが、うまくモザイク模様と重ならない。他にも、アンテナマストやディテールの輪郭がいくつか変わっている。

本来のローリング・プレンティの船体構造の角度をディスプレイ上でいくつか変更してみて、コンピュータは結局、うまく重ならないまま妥協案を表示して仕事を終えた。

チャンは、記録されているムーン・ブラスト噴射前の映像を取り出してサブモニターに表示した。現在ＣＣＤカメラが捉えている映像と比べてみる。

「おい、冗談だろ……」

二つの映像を見比べて、チャンは思わずつぶやいた。

「……こっちの観測システムが間違ってないとすれば、切り離されたのはタンクと機関部を含むムーン・ブラストだ」

「一つ？」

美紀は即座に訊いてきた。ローリング・プレンティの主推進システムは二連装されていたはずである。

「それとも、二つとも？」

「多分一つだけ。こんなに距離が離れてるのに、カメラ一つでそれ以上わかるもんかい。そっちの観測システムを向ければまだなんとかなるだろうけど、宇宙船回してみるかい？」

コンパクト・プシキャットは、全長五〇メートルに満たない推進剤タンクの両側に、幅五〇〇メートルにも達する巨大な太陽電池パネルを拡げている。現在は飛行方向に機首が向いているが、観測方向にドームを向けるためには、宇宙船ごと姿勢制御して飛行姿勢を変えなければならない。

「バズ・ワゴンのスペース・ウォーカーがエアロックに向かってるわ。きっと、すぐに加速に移るだろうから、姿勢変更するのはそれからでもいいと思うけど、ローリング・プレンティはまだ黙ってる？」

「通信システム一式はまだ反応がない」

チャンは通信モニターに目をやった。一部の周波数が跳《は》ねたように反応した。

「いや、データ通信が回復した。だけどこりゃあ……」

チャンは通信パネルで受信状態を調整した。ローリング・プレンティが発信している電波を観測しているだけだから、通信内容まではわからない。

「どうしたの？」

「沈黙前と比べて、パワーが異常に低い。地球相手に送信するのに、もとの一〇パーセントってところか」

地球側は受信のためにかなり綿密な体制を敷いており、大気圏外の大型パラボラアンテナまでこちらに向けているはずだから、送信出力が低下しても大きな問題は出ないはずである。

「ローリング・プレンティの現在位置と速度、軌道を正確に観測しておいて」

今までの報告を頭の中で繰り返してみながら、美紀はチャンに言った。

「それと、ローリング・プレンティの航行スケジュールをもう一回チェックして。現段階での再加速なんか予定されてなかったはずだから、どうせスケジュールと違ってるはずだけど、ひょっとしたら途中でムーン・ブラストの切り離しの予定でもあるかどうか」

「ない」

チャンは即答した。

「だいたい公開されてるチャートだと、ローリング・プレンティは彗星にランデブーするための軌道変更以外は全部慣性飛行で、再加速だのなんだのの予定は入ってない。チャートで見る限り、こいつは完全に予定外の行動だ」

「コンパクト・プシキャットよりハードレイク」

美紀は、バズ・ワゴンに向けた観測機器を目の前にしながらヘッドセットの相手を替えた。

「聞こえてる？　ローリング・プレンティが通常の飛行以外の状況に陥《おちい》った可能性があります。こちらではローリング・プレンティの飛行データは受信してないの、そっちでどうなってるかわかる？」

「通常の飛行以外の状態？」

スクリーン上の生中継では、バズ・ワゴンのスペース・ウォーカーがドッキングを終えたタンクの固定を確認してエアロックに戻りはじめている。スウは、妙な顔をしてマリオに聞いた。

「わかりやすく言えば、トラブった可能性があるってことだ。にしても、ローリング・プレンティのリアルタイム飛行データだと？　イベントがあるわけでもないのに、生中継もしてない宇宙船の飛行状況なんか、直接シアトルの統轄本部にでも潜り込まない限りわかるもんかい」

マリオは、軌道相関図でローリング・プレンティ、コンパクト・プシキャット、バズ・ワゴンの位置関係を確認した。

「ウォーレン、コロニアル・スペースのサイトで一度完全に切れたはずの通信システムがどうなってるか調べてくれ」

「あいよ」

「社長、ちょっと相談があるんですが」

「今度はなに？」

「プシキャットの飛行姿勢を変えて、観測ドームをローリング・プレンティに向けてみようかと思うんですが。そうすると、姿勢制御用の推進剤と時間を使うことになります」

「どれくらい？」

「姿勢制御は反転一回分、時間はあわせて一時間弱。拡げた太陽電池パネルを振りまわすわけじゃないんで、そう時間を喰われることはないんじゃないかと思うんですが」

「………………」

ジェニファーは、溜め息をついて目の前のディスプレイに映し出されている軌道図に目を落とした。

「……何が起きたっていうのよ」

「まさにそれを知るために、プシキャットを動かそうとするわけなんですが」

「時間と推進剤の無駄遣いになる可能性もあるわけね」

「それは、ありません。少なくとも、ローリング・プレンティの正確な状況と、もしこれが単なる欺瞞《ぎまん》工作なら、そういういたずらを仕掛ける宇宙船だという情報が手に入ります」

「いたずらだってことはない」

デュークが言った。

「キャグニーの奴が、こんなわかりやすいトリック仕掛けるもんかい」

「そうすると？」

デュークは、聞いたマリオの顔をちらっと見た。スクリーンに目を戻す。

「ローリング・プレンティが何か問題を起こした。まず間違いない。ただし、状況が状況だ。素直に何が起きたか吐くわけはないが……」

「社長？」

「そういう状況なわけね」

ジェニファーは難しい顔をして考え込んだ。

「いいわ。この期に及んで情報収集なんかしてる暇があるとは思えないけど、何考えてんのか見とくのは大切よね」

「大丈夫、プシキャットからなら直接見ることができます。ハードレイクよりプシキャットへ、飛行姿勢を変更して観測ドームをローリング・プレンティに向け、使える限りの全システムを使って情報収集してくれ」

ハードレイクからの指令は、五〇秒かかってプシキャットに届いた。

「プシキャット、了解。聞いた通りだ美紀、観測目標変更のために宇宙船ごと振りまわすぜ」

「観測ドームは現状で待機」

美紀は、使えそうな観測機器を調整しながら答えた。

「反転させるのは任せるわ。こっちは、有効範囲《レンジ》にローリング・プレンティが入ったら、すぐに観測できるようにしとく」

コンパクト・プシキャットの巨大な太陽電池パネルは、慣性飛行中は船内で使用される最低限の電力供給しか発電する必要がない。発電効率を意図的に低下させるために太陽に対して太陽電池パネル《ソーラーアレイ》を斜めの角度に保ったまま、プシキャットは進行方向に対してつんのめるように飛行姿勢を変化させはじめた。機首と機尾の反動制御システム《RCS》からハイパーゴリックをそれぞれ反対側に噴射し、進行方向に観測ドームのある背面を向けるように回転する。

機体が大きいのと、拡げた太陽電池パネルが広すぎるので、機体の各部に余分なテンションをかけないようにゆっくりとしか姿勢変更できない。

「これは……」

ミッションコントロールセンターに中継された映像は、居合わせた全員を絶句させるのに充分なものだった。

後方から、しかも天体観測用のシステムを投入したといっても、精度は高くない。遠く離れた宇宙船は、観測対象としては小さすぎる。

しかし、目の粗いモザイクのような映像の中に浮かび上がった宇宙船の映像は、明らかにはるか彼方で異常事態が起こったことを示していた。

メインフレームの後端にふたつ備えられていたムーン・ブラストの噴射ノズルは、いまや一つしか残っていない。空気抵抗を考慮しない軌道宇宙船であるため、重心バランスにのみ注意して追加された装備やタンクは半分以上がなくなり、残っているものも変形したり煤《すす》けたりして、ひと目見ただけで損傷しているのがわかる。

様々な観測手段を組み合わせ、コンピュータによる補正をかけられた半ば以上人工の映像は、ローリング・プレンティが何かの爆発に巻き込まれたことを示していた。

「……キャグニーの奴、いったい何やりやがった……」

「ムーン・ブラストの爆発事故」

デュークに応えるように、マリオはつぶやいた。

「しかも、エンジンだけじゃなくて、液体酸素タンクまで吹っ飛ぶような……」

「……大丈夫なの？」

軌道上での遭難事故は、あまり珍しいことではない。いくつかの遭難宇宙船の映像を見ているジェニファーが心配そうに聞いた。

「船体があの状況なら、おそらく、乗組員は全員生存しているはずです」

答えながら、マリオはキーボードを叩きはじめた。

「ハードレイクよりプシキャット、状況は了解した。引き続きローリング・プレンティの追跡を行って、呼びかけてみてくれ」

「借りるぜ」

勝手にコンソールについたデュークが、キーボードを叩きはじめた。

「ムーン・ブラスト関連の事故と、ローリング・プレンティの事故歴を調べてみる」

「生きてるならいいけど……」

つぶやいたスウがマリオを見た。

「でも、宇宙船て、あんな状況になっても飛べるものなの？」

「宇宙船は飛行機みたいに揚力や推進力で飛んでるんじゃない」

キーボードを叩きながらマリオは答えた。

「最初の慣性のままぶっ飛んでるだけだ。たとえエンジンごとなくなったって、あそこらへんの軌道ならどっかに落ちる心配はない」

「そんな素人みたいなこと聞いてると思う？」

スウは、キーボードを叩き続けるマリオから目を離さない。

「あたしが聞きたいのは、宇宙船てどの程度までなら軌道を制御できるのかってこと。見たところメインエンジンも残ってるし、最低限必要な部品はまだついてるみたいだけど、あんな状態になっても、彗星にランデブーしたり地球に戻ったりする軌道がとれるの？」

「さあな」

手を休めて、マリオは溜め息をついた。

「こんな精度の悪い、しかも後ろからの映像だけじゃ、ローリング・プレンティの正確な破損状況なんかわからない。だが、もし、メインエンジンがいかれちまったのなら、この船は帰ってこれないぜ」

『プシキャットよりハードレイクへ、ローリング・プレンティのトランスポンダーが回復した』

　五〇秒も離れた時間を飛ぶプシキャットから、チャンの声が飛んできた。

『正確な現在位置と速度が判明した。……こりゃあ、飛ばしすぎじゃないかって気がするんだが』

「もし、ローリング・プレンティが自由に動けるのなら、問題はないはずだ」

　マリオは首にかけていたヘッドセットのマイクに答えた。

「だが、この状況で、一基残っているはずのムーン・ブラストまで使えないとすると」

　マリオは計算結果の表示されている目の前のディスプレイに目を落とした。そこには、これから先のローリング・プレンティの予想軌道が示されている。

「ローリング・プレンティはヨーコ・エレノア彗星の通った後の軌道を横切り、そのまま直進して再び地球軌道に交差する。だが、そこには地球はない」

「どういうこと⁉」

　ジェニファーは思わず声を上げた。マリオは続けた。

「こちらの計算では、ローリング・プレンティがこれから先、軌道変更を行わないとすれば、地球の五〇〇〇万キロ先をかすめて、そのまま外宇宙に飛んでいっちまう。それも、三カ月も先の話だ」

　マリオは言葉を区切った。プシキャットの操縦席を映し出す通信モニター上でタイムラグバーが動き出したはずだが、消えるまでに一分四〇秒もかかるから、じっと見ていないと短くなっていくのがわからない。

「地球に戻れないって……」

「そりゃそうでしょうよ」

観測ドームの美紀は、操縦室のチャンにそっけなく答えた。

「あたしたちみんな、軌道変更しないとヨーコ・エレノア彗星にランデブーするための接触軌道に入れないんですもの。速度も飛行方向も変えられないのなら、彗星に接触どころか、どこにも寄れずに飛び続けるだけだわ」

チャンは、トランスポンダーで表示されるローリング・プレンティの現在位置をディスプレイ上に見た。前よりも飛行速度を増しているにもかかわらず、軌道上の宇宙船はひどく頼りなく見えた。

「切り離したムーン・ブラストが捕まえられるかどうかやってみる」

美紀は、ローリング・プレンティを追跡するようにセットした光学観測系から離れた。

「離れていく部分のデータちょうだい」

「了解。爆発ボルトで切り離されただけらしいな、そんなに高速で離れているわけじゃない。今の座標は、こんな感じだ」

観測ドームのディスプレイに、ターゲットにするべき座標が表示された。美紀は、光学観測システムのコントロールパネルに新しい座標を打ち込んだ。

定められた座標に従って、システムを支える三軸の支持架《か》がゆっくり動きはじめた。ローギア化されたステッピングモーターが、指示された座標に向けて狙撃手の正確さで観測系を照準する。

目標捕捉のために倍率を変える必要はなかった。見た目では角度が変わったとも思えないほどの動きで、大口径の光学望遠鏡は目標の物体を視界に捉えた。

高精度ディスプレイ上に映し出された、かつてムーン・ブラストだったものを見て、美紀は顔色を変えた。

「チャン、ローリング・プレンティの通常通信は生きてる?」

「さあ? こりゃ、たぶんデータ通信専用の周波数だと思うけど」

「これ見て」

美紀は、操縦室に望遠鏡が捉えた映像を転送した。同じ映像は、地球にも届いているはずである。

「ローリング・プレンティから切り離されたメインエンジンよ。こんな状況で、本体が無事なはずないわ」

チャンは、プシキャットの観測システムが捉えた映像を見て、簡潔な感想を述べた。

「……駄目だめじゃん」

液体酸素と推進剤である還元土壌を詰め込んだ推進剤タンクもろとも切り離されたムー

ン・ブラストは、原形を失うほど破壊されていた。機関部はまだかろうじて部品の配列を保っているが、推進剤タンクは歪み、ひしゃげ、真っ黒に焦《こ》げて、もとの三分の一も残っていない。

「こんな事故起こして、よく船体が無事で飛んでるわ。……してみると、このあおりくらってメインのアンテナまわりが歪んじまったんか」

アンテナが歪んでしまえば、正確な送信はできなくなる。ケーブルが切断されたか、どこかに不具合が出たためにサブアンテナにシステムを切り換えたから、送信出力も落ちてしまったのだろう。

「部品が剝き出しで取りつけられてる軌道宇宙船じゃなかったら、間違いなく本体ごと吹き飛んだな」

「無事だとは限らないわ」

破壊された部品をまとわりつかせながらゆっくり回転しているムーン・ブラストの機関部と推進剤タンクを記録に収めて、美紀はローリング・プレンティにカメラを戻した。

「プシキャットよりハードレイク、この映像と観測記録をシアトルのコロニアル・スペースの統轄本部に送ってください。損害評価の手助けになるはずです。それと、ローリング・プレンティの通信システムが重大な損害を受けた可能性があります。必要なら中継の用意をしますが……」

「呼ぶぜ」

地上からの指示を待たずに、チャンは通信システムを切り換えた。

「コンパクト・プシキャットよりローリング・プレンティ、聞こえたら応答してくれ。無事か？　生きてるのか？」

応答はない。チャンは、通信ディスプレイに目を走らせた。現在のローリング・プレンティとの距離は二〇万キロ以上、しかも加速されたためにその距離はどんどん開きつつある。しかし、間に障害物がなにもないから、向こうの設備さえ生きていれば電波は届いているはずである。

「プシキャットよりローリング・プレンティ、生きてたら返事しろ！」

不意に、それまで受信できていたローリング・プレンティの周波数が途切れた。はっとして、チャンは軌道相関図を確かめた。

トランスポンダーによる現在位置は、変わらずに表示されている。チャンは再び無線に呼びかけた。

「……ローリング・プレンティの船体が回転してる」

観測ドームの美紀の声をきいて、チャンは思わず声を上げた。

「なんだと!?」

「ゆっくりだけど、ローリング・プレンティの姿勢が変化してるのよ」

光学観測システムから出力される映像を、ディスプレイ上に見ている美紀が言った。

「ムーン・ブラストを切り離した反動か、それともどこかから何か漏れてるのか、でなければ自分で姿勢制御してるのか……ありえないわね」

基本的に、宇宙船は姿勢制御、軌道変更などの機動時でなければ、飛行姿勢を動かさない。太陽からの直射を受けて宇宙船の一面だけが加熱、他面が放熱によって過冷却されることを避けるために、ゆっくりロールさせることはあっても、不用意な回転に入ることはない。

ローリング・プレンティは、進行方向に対してつんのめるようにゆっくりとした縦回転《ピッチング》をはじめていた。通信アンテナは可動するとはいえ、基本的には地球に向けた角度のまま固定されているから、送信範囲からはずれれば受信も送信もできなくなる。

例外は、全方位に対して放射されているトランスポンダーだけである。また、アンテナは厳密に向けられた方向の電波しか受信しないわけではないから、近距離ならこちらの声は届くはずだった。

「まだ、一周するのに一〇分以上もかかるようなゆっくりした回転だけど、意図してやってるのか、それともトラブルで止められないのかわからないわ」

「トラブルだ」

チャンは即答した。

「まあ、この回転の仕方だと、ムーン・ブラストを進行方向に向けて減速かけるって可能性がないわけじゃない。だが、これだけダメージくらった船がいきなり姿勢変更するとは思えないんだけど、どう思う？」

「他が無事なら、地球との通信を確保するためにアンテナを地球に向けたままにするはずだわ。なのに、今のローリング・プレンティはどこも動かしていない。太陽電池パネルも停まったままで、このままどこかへ行こうとしてるはずはないわね」

「あいかわらず応答はない。どうする?」

「どうするって……」

美紀は考え込んだ。いくつかの選択が頭の中でフラッシュする。

「状況は送ったわ、最終的に地上からの指示待ちになるけれども、太陽電池パネルを太陽に向けて最大出力での発電を始めて、それとプラズマロケットのチェック。どっちにせよ加速は必要だし、今ならまだローリング・プレンティに追いつける」

「了解した」

慣性航行中は、プラズマロケット運転時ほどの電力は必要ない。そのため、太陽電池は入射角を変えて、発電量と太陽電池パネルの劣化を同時に抑えていた。

観測ドームを進行方向のローリング・プレンティに向けた飛行姿勢のまま、取り付け角を変化させて太陽電池パネルを太陽に正対させる。

「発電量が最大になるまで五〇分てところだが」

大面積の太陽電池パネルがその姿勢を変えるのには時間がかかる。コマンドを入力したチャンは、ディスプレイ上で角度変更が完了する予想時間を確認してから、プラズマロケットのチェックを開始した。

宇宙船間用の通常回線が呼び出し音を鳴らした。機関部のチェックの片手間に、チャンは即座に無線に出た。

「はい、こちらプシキャット」

『こちらバズ・ワゴンのスキッパー、ヒースローだ』

何度も会話している渋いバリトンが聞こえた。こちらも離れているわけではないから、通信時間に気になるようなタイムラグはない。

『非常時なんで手早く行こう。こっちはいつでも加速できる態勢なんだが、ボスの奴が問題を起こしたって？』

ローリング・プレンティの船長、ドン・キャグニーは業界では「ボス」として知られている。他にも月面マフィアのドンとか軌道ギャングの大親分とか、その風貌からろくでもない仇名《あだな》が多い。

「そうです、ええと……」

はたして、プシキャットが観測したローリング・プレンティの状況を地上からの許可なしに他の宇宙船に話していいものか考えて、チャンははっと気がついた。今、ローリング・プレンティに一番近い位置にいるのがプシキャットなのである。

「プシキャット機長の美紀です」

美紀が回線に加わった。

「こちらが捉えたローリング・プレンティと切り離されたムーン・ブラストの映像をそちらに送ります。チャン、そっちで通常回線に観測映像を乗せられる？」

「ああ、引き受けた」

『それと、ローリング・プレンティの正確なベクトルも送ってくれ。ここからじゃ遠すぎてトランスポンダーがとれない』

「まだ加速にかからないんですか?」

美紀は時計を見て訊いてみた。バズ・ワゴンは、とっくに加速のための準備を終えているはずである。

『トップが読めない飛び方してやがるから、アナハイムに言って加速を先延ばしにした』

ヒースローは、当然のように答えた。

『……なるほどね、こりゃ凄《すげ》え』

ローリング・プレンティの映像を見たヒースローの反応は少し遅れた。宇宙船のX軸、Y軸、Z軸線上に備えられている航法灯と衝突防止灯は正常に点滅をくり返している。画面上で見る限りでは、操縦部、居住ブロックなど生命維持装置が張り巡らされた区画には目立った損傷はない。

『まあ、簡単にくたばるわきゃないか。ローリング・プレンティからの応答はまだないのか?』

「ずっと呼びかけてるんですが、まだ応答はありません。この状態だと、地球との回線も切れてるんじゃないかな」

『問題《トラブル・シュート》の収拾で精一杯ってところか。よしわかった、そっちの観測映像は覗き見させてもらう。なにか動きがあったら知らせてくれ』

「了解です。そちらも通信に聞き耳立ててください。プシキャットよりハードレイクへ、こちらは再加速準備を開始しました、大至急飛行計画を送ってください」

「もしもし、こちらハードレイク、コンパクト・プシキャットのミッションコントロールです」

ハードレイクでは、ジェニファーがシアトルにあるコロニアル・スペース社の統轄本部に電話を入れていた。

「あたしはジェニファー・ブラウン、スペース・プランニングの社長です。そちらのミッションコントロールか、サポートに繋いでいただけません？　ええ、そちらが今忙しいのは存じ上げております。お手伝いできると思って。いえ、ローリング・プレンティの非常事態に関する件で、ええと」

ジェニファーは受話器を押さえて後ろに叫んだ。

「コロニアル・スペースのミッションディレクターって誰!?」

「K・S・ヴァンデンバーグ、企画三部の部長だ」

ディスプレイを見ながらコンソールを叩いていたウォーレンが答えた。

「ミスター・K・S・ヴァンデンバーグは今お忙しいと思いますけど、大至急の用事なんです。今すぐ繋がないと、ごく近い将来にあなたの責任問題になると思いますけど」

少しお待ちくださいの決まり文句を残して、電話がエンドレスメッセージに切り換わった。

相手が出るのを待ちながら、ジェニファーがぶつぶつとつぶやく。

「全く、どうしてでかいとこって、こんなに手間かかるのかしら。こんなことだったら業界専門の直通電話帳《ホットラインリスト》、買っときゃよかった」

前にジェニファーにダイレクトメールが送られてきた航空宇宙業界の直通電話帳は、各企業、組織の社長室やメインコントロール、管制本部などの直通電話の番号がごっそり載っているという触れ込みだった。各企業のコンピュータ専門のアクセス番号まで載っているという、あまりの怪しさと結構な値段のために手を出さなかったのである。

「繋がったわ！　スペース・プランニングのジェニファー・ブラウンです。挨拶は時間ができてからゆっくり、ローリング・プレンティに一番近いところにいるうちの船がそちらのリアルタイム映像を撮ってて、ええと、マリオ、電話出られる？」

「出られます」

「うちのコンパクト・プシキャットのミッションディレクターに替わります。マリオ、電話とって」

「スウ、プシキャットの相手頼む。マリオ・フェルナンデスです」

マリオはヘッドセットを首に掛けたままディレクター席の受話器を耳にあてた。

「ええと、そちらは？　サブのシステムオペレーター⁉」

溜め息をついて、マリオは受話器を耳から離した。首のヘッドセットの耳当てを受話器に当てる。

『……こちらコンパクト・プシキャット、ローリング・プレンティ応答せよ！　見たところ、電気系統が完全に死んだわけじゃないから、何とか生きてるとは思うけど……』

ローリング・プレンティに呼びかけるコンパクト・プシキャットの声を聞かせて、マリオは受話器を耳に戻した。

「ローリング・プレンティのミッションコントロールにいるなら、今のがどういうものなのかわかるだろう。一番切迫してるのは一五〇〇万キロも離れたおたくの宇宙船だ。いいから、とっととミッションディレクターを電話の前に連れてこい！」

『ミッションディレクターのキール・ヴァンデンバーグだ！』

まるで電話をひったくったように、相手が替わった。

『失礼した、話は聞いてる。さっきの画像データは役に立った。済まない、滅多にない異常事態で慣れない連中がパニクってるんだ』

「所帯がでかくなると大変だな。そっちの情報部もモニターしてるかもしれんが、こっちでローリング・プレンティの映像をキャッチした。映像を送りたいんだが、開いてる回線はあるか？」

『ありがたい。そちらは、ハードレイクのミッションコントロールだな、衛星回線が使えるはずだ。協力感謝する』

「ハードレイクよりプシキャットへ」

スウがモニターの向こうのチャンに伝えた。

「地球では、ここととシアトルのコロニアル・スペースとの回線が確保できたわ。以後現在の回線はローリング・プレンティとコロニアル・スペースとの中継に専用して、こちらの交信は予備チャンネルに移行してください」

「それで？　うちの宇宙船まで再加速かけるってどういうこと？」

ジェニファーが、メインスクリーン上の軌道相関図を見上げた。現在プシキャットは慣性飛行中、その先を飛ぶローリング・プレンティとの距離は着々と開きつつある。

「プシキャットは、推進系の再チェックを開始しました」

マリオは、目の前のディスプレイに展開しているプシキャットの現在の状況を伝えた。

「おそらく、ローリング・プレンティに追いつくつもりだと思いますけど」

ジェニファーはわずかに眉をひそめた。

「今から？　どうするつもりよ。それと、今から加速したって、うちのプラズマロケットだとどれくらいで追いつけるわけ？」

「しばらくかかるでしょうね」

マリオはコンソールを操作してプシキャットの飛行計画《フライト・プラン》を呼び出した。

「どうせいつかは、加速を始めなきゃならないんです。後ろのバズ・ワゴンも加速準備を整えたところだし、悪くないタイミングだと思いますけど」

「させるの？」

「バズ・ワゴンが加速開始！」

コンソールでアナハイムからのネットをモニターしていたスウが叫んだ。

「全系統異常なし、順調に加速中。加速開始時間が予定より遅れましたが、あとは変更ありません」

「それに、加速を始めたところで、うちの宇宙船の速度はじわじわとしか上がらないんです。ハードレイクよりプシキャット、できる限り早い段階で加速を行う方向で飛行計画を作成中だ、引き続きプラズマロケットのチェックと運転準備を続けてくれ」

「問題は、あれだけ手間取ったプラズマロケットが素直に噴いてくれるかどうかだな」

コンソールについたデュークが腕を組んだ。

「モハビに連絡入れとくかい？」

プシキャットのプラズマロケットエンジンを組み立てたモハビ技術研究所にも、飛行データと交信データはすべてリアルタイムで中継されている。地球周回軌道上でプラズマロケットを始動させた時には、技研の技術者がハードレイクまで出向してきていたが、今はいない。

「入れといてください。さて、この段階での加速計画つってもなあ」

現在の軌道相関図と、将来的な軌道予想を幾つかディスプレイ上に重ねあわせて、マリオは溜め息をついた。

「とりあえず、最低限トップのローリング・プレンティにできる限り早く追いつけるスケジュールと、今残ってる推進剤の量と、そのあと彗星の軌道まで考えると、ええと、どうすりゃいいんだ」

『ローリング・プレンティの事故原因はわかった？』

プシキャットの美紀が別回線で訊いてきた。デュークがヘッドセットを引っ摑んだ。

「見てわかる以上の情報はまだだ。他のデータまで全部調べたわけじゃないが、こちらで観測データを再生してみた限りでは、ムーン・ブラストが異常運転した挙げ句に停止し損ねて爆発させたらしい。推進剤と液体酸素のタンクが切り離されているのと、爆発の影響がどこまで他を破損させているのかがわからないが、すぐにどうこうなるような状況じゃない」

デュークは、通信の片手間にプシキャットから送られてきているローリング・プレンティの遠距離映像を見上げた。コンピュータ補正が掛けられた映像で見る限り、ゆっくりとした回転運動を続けるローリング・プレンティに、切り離した部分以外の欠損は見えない。

「ただ、ローリング・プレンティの船体歴を見ると、ムーン・ブラスト関連の故障が結構多い。最初のムーン・ブラストの実用船だから無理もないが、メインエンジンの爆発ってのもこれが最初じゃない」

「あぶなー」

スウがこっそりつぶやいた。

「月面ったら、そんな宇宙船で長距離飛行させてるわけ？」

「逆に言えば、この程度の事故は慣れっこってことだ」

ちらっとスウを見て、デュークが言った。

「ある程度の爆発事故を想定した船体構造になっているし、画面上で見た限りでは少なくとも生命維持区画には欠損はない。これだけ長距離になるとアンテナの向きが狂っただけでも声が届かなくなるから、現在のところ通信は切れてるし、おそらく電気系統も何らかのダメージを受けてるんだろうが、少なくとも乗組員は生きてるはずだ。ローリング・プレンティの連中もダメージ・コントロールに精一杯だろうが、電気系統が復活しても近距離通信からしか使えないと思う。中継が必要になるだろうから、引き続き呼びかけてみてくれ」

「推進系、電気系、推進剤供給系、全系統チェック終了、異常なし」

ウォーレンが、ディスプレイに表示されたコンパクト・プシキャットの現在の状況を読み上げた。

「太陽電池パネルは現在入射角の調整中、こちらも欠損はないから予定出力を出すのに問題はないはずだ」

「……バズ・ワゴンが加速停止?」

アナハイムからの生中継をモニターしていたスウが報告した。首を傾げている。

「おかしいわね、まだ予定時間の三〇パーセントしか噴射してないのに、メインエンジンが停まっちゃった……」

予定外のエンジン停止について、アナハイムからのネット中継はまだなんのコメントも行っていない。

「こんな速度じゃ、ローリング・プレンティはおろか、うちのプシキャットにも追いつけないわよ」

「なに？」

マリオは、サブスクリーンに追いやられていたバズ・ワゴンからの生中継を見た。事前に予告されていたのよりもはるかに短い時間で、バズ・ワゴンは二次加速を停止して再び慣性飛行に戻っている。

「どうした？　こっちでも何か問題が起きたのか？」

「……よくわからないけど……」

生中継と並行して送られてきている身内《JPL》のサイトを、リアルタイムでディスプレイ上に呼び出したスウはさらに首を傾げた。

「なんか、向こう側――バズ・ワゴン側が、手動でエンジンを緊急停止させたみたい。アナハイムでも情報が混乱していて、まだ何かわからないけど、プログラムエラー？　メインエンジンの制御ソフトに何か問題があるって、考えられる？」

「バズ・ワゴンのメインエンジンってのは、昔から使われてる液酸／液水系の二段燃焼エンジンだろ？　うちのプラズマロケットやゼロゼロマシンのイオンドライブじゃあるまいし、今さら何が問題だって……」

「待って、バズ・ワゴンのヒースロー艇長から緊急通信だって。アナハイムだけじゃなくって、参加全艇とそのミッションコントロールに、直接……？」

ハードレイクがそれを知る四九秒前、プシキャットはバズ・ワゴンの予定よりもはるかに早い加速停止をキャッチしていた。宇宙船間用の通常回線は、バズ・ワゴンが自らの判断でメインエンジンを緊急停止したことを伝えていた。

『参加全艇に伝える。うちだけの問題ならいいが、こいつはそんなささやかな問題じゃすまない可能性がある』

バズ・ワゴンのミッションコントロールセンターであるアナハイムからの指示を待たず、ヒースローは独断で映像回線に顔を出していた。

『結論から先に伝えると、バズ・ワゴンの飛行制御コンピュータが異常をきたしている。原因はまだ調査中だが、放っておくとエンジンが過大出力で加熱した挙げ句に爆発の可能性があったので、こちらの判断でエンジンを緊急停止した。全系統のチェックを終えてエンジン運転の安全確認が取れない限り、メインエンジンを再始動できない。くり返す、飛行制御コンピュータが突然異常をきたした。バズ・ワゴンでは現在ウィルスチェック、ステルスチェックを行い、推進系も再チェックしている。現状で伝えられる情報は以上だ』

「飛行制御コンピュータの異常？」

パイロット席のチャンは、思わずダイナソアの操縦室内を見回した。

「そりゃまた珍しいことやったもんだな。だいたい、そんな複雑なルーチンぶん回すもんでもないだろうに」

軌道宇宙船のための飛行制御プログラムは、厳密なニュートン力学に支配される。しかし、それゆえに実はさほど複雑なプログラムは必要ない。地球の大気圏内を飛行する航空機と違って、高度、気象条件、地域などによって変化する大気密度や大気速度、それによるエンジンの推力や運転状況の変化などが、宇宙空間ではないに等しい。

低軌道ならごくわずかながら大気の抵抗が残っているが、高軌道ならほとんど無視できるし、惑星間宇宙では高真空のために、抵抗になるほどの分子を探すのが難しい。また、与えられた推力が確実に速度に変化するから、航空機ほど複雑なプログラムも必要ない。

ロケットコントロール用のプログラムにしても同様で、空気吸入《エア・ブリージング》エンジンのように大気状態に運転が左右されないので、単純な推力制御と噴射方向のコントロールだけですむ。推力制御のできない、つまり制御系のない固体ロケットすら未だに使われている。

「だから、よ」

暗い顔をして、美紀は、ヒースローが消えて、代わりにバズ・ワゴンの船外カメラによる船体と宇宙空間の映像が映し出されるディスプレイに目をやった。

「なんで艇長自ら出てきて、こんな報告したのか。なんで、そう複雑な回路で動いてるわけでもない、しかも複数備えられているはずの飛行制御コンピュータがおかしくなったのか。今までさんざん使っていて安全性も信頼性も確立されているはずの液酸／液水エンジンが、どうしてこんなときに限って爆発しそうになったのか」

美紀は、もはや単なるスクラップに成り果てたムーン・ブラストが映し出されているモニターに目を戻した。

「まさか、そういうことなのかしら」

「……つまり？」

「わからない？」

美紀は暗い顔で微笑んだ。

「前に、うちの船も地球からのクラッキングらしいことを受けたでしょ。バズ・ワゴンの飛行制御プログラムの異常が、地球からの航行妨害だとしたら？」

「まさか」

チャンはあっさり首を振った。

「いくらなんでも、そこまで……」

「忘れたの？　宇宙空間では、すべての事故は人災なのよ。誰かが責任をとらないといけないんだから……」

『ハードレイクよりコンパクト・プシキャットへ、プラズマエンジンの始動シークエンスを一時中断してくれ』

一五〇〇万キロ彼方からの指令に、チャンは思わず言い返した。

「なんで⁉　今さらなんだってそんなことになるんだ？」

『くり返す、プラズマロケットの始動シークエンスを一時停止してくれ。シアトルの統轄本部から、ローリング・プレンティの事故に関する緊急報告がうちにも回ってきた。結論から言うと、どうやら地球からのクラッキングによるムーン・ブラストの人為的な暴走が事故原因らしい』

美紀は、映し出されているムーン・ブラストの残骸を睨みつけた。

「これが、地球にいる誰かのせいだっていうの⁉」

『落ち着いて聞いてくれ』

マリオの声はまだ続いている。

『シアトルのコロニアル・スペースの統轄本部から回ってきた話だ。まだ内部だけの情報で、確定じゃない。だが、事故直前と直後に送られてきた飛行データから事故原因を推定すると、一番可能性の高いのは外部からの妨害工作らしい』

「……妨害工作?」

操縦室のチャンがうめいた。

「地球から一五〇〇万キロも離れているのに、いったいどうやって?」

『もちろん、公式発表は基本ソフトのプログラムエラーで片付けられると思うけど、次段加速のためのプログラムが外部から書き換えられた形跡があるらしい。おかげで途中からムーン・ブラストの制御がきかなくなって、挙げ句に異常燃焼、爆発っていうパターンだ』

「犯罪だ」

チャンは低い声でつぶやいた。

「それも、航行妨害にせよなんにせよ、こんなところでそんな危ない事故を仕掛けるなんて、謀議殺人がらみの第一級犯罪じゃねえか」

美紀は溜め息をついた。

「報酬はさぞかし大きいんでしょうね。しかも、犯人は半径一〇〇〇万キロ以内にはいないわ」

『うちにだって仕掛けてきたんだ。オッズが高い大手の宇宙船が、そこらへん見逃されてるわけがないと思う』

「……うっかりエンジン噴かすわけにもいかねえじゃないか」

チャンが憮然としてつぶやいた。

「ローリング・プレンティだって、クラッカー対策してないわけじゃないだろ。マリオにゃ悪いが、うちよりよっぽど立派なファイア・ウォール構築してんじゃないの?」

「まあ、コロニアル・スペース相手なら、クラッカーもスペース・プランニングよりよっぽど気合入れてかかってくるんじゃないのかしら」

「正体不明のワルのせいにして、本来の事故原因を隠蔽《いんぺい》したって可能性はないのか? 点検整備を欠かさないとはいっても、ムーン・ブラストみたいなエンジンを二月《ふたつき》近くもほっておいたら、なにが起きてもおかしくないぜ」

可動部分が多いエンジンほど、厳密な点検整備が必要になる。液体酸素はともかく、粉末状の還元土壌は流体よりも紛体だから、配管《フローライン》上で引っ掛かったり詰まったりすることもある。

ムーン・ブラストは、化学ロケットとしては実用化されてからまだ日が浅いが、実験段階も含めて何度かの爆発事故を起こしている。そのたびごとに事故原因が調査され、構造改善、推進剤の変更などの措置を受けてきた。もっとも、液酸／液水系の化学ロケットや、昔ながらの液酸／炭素水素系ロケットも、完全に安全なわけではない。

『おかげで、コロニアル・スペースもオービタル・サイエンスも、今回の計画に関連する全ソフトのステルスチェックに忙殺されてる。ゼロゼロマシンにしても、全系統のチェックが終わるまでは大きく動けない状況だ』

通信モニターの中のマリオは、二人の乗組員に謝るように両手を挙げて首を振ってみせた。

『うちのフライトコンピュータもチェック中だが、しばらくは動きようがない。まあ、大したことにはなってないと思うが、しばらく待ってくれないか』

「チャンスじゃない」

「え？」

チャンは機長席で軌道相関図を見つめる美紀の横顔を見た。

「なんのために地球からコントロールできなくなる危険まで冒して、宇宙船のコントロールを通信系統から切り離したのよ。逆に言えば、人力で動かす限りは無事な運行ができるってこと。イオンドライブのゼロゼロマシンまでうっかり動けないってことは、今ここで動ける宇宙船は、あたしたちしかいないってことよ」

美紀は、通信モニターに向き直った。

「プシキャットよりハードレイクへ、あらためて飛行スケジュールの変更を要請します。プシキャットのフライトコントロールシステムは通信システムとは切り離されてますから、クラッキングされて汚染された可能性は低いはずです。人力で軌道制御を行っている限り、軌道をはずれる心配もプラズマロケットが暴走する可能性も少ないんでしょうから、他の船が動きがとれない今こそ、二段加速のチャンスだと思います」

「ちょっと待て、美紀！」

操縦席のチャンが声を荒らげた。

「もっとまわりの状況見てから、もの言ってくれ！」

「正気なの美紀⁉」

ミッションコントロールに、ジェニファーの悲鳴が響き渡った。

「ローリング・プレンティの事故原因もまだ確定したわけじゃない、バズ・ワゴンですら二段加速を途中で中止したような状況で、うちの宇宙船動かそうってどういうこと！」

「少なくとも、バズ・ワゴンは全乗組員と船体の無事が確認されています。後方から追い上げてくるゼロゼロマシンだってそうだ」

マリオは、メインスクリーンに四隻の宇宙船の位置関係を示す軌道相関図を映し出した。

「だけど、後ろ二隻は全電子系統のステルスチェックが終わるまでは動けない。宇宙船側だけじゃない、ミッションコントロールのメインコンピュータまで調べなきゃならないから、今動けるのはうちの宇宙船だけなんです。そういう意味では、美紀の言ってることは正しい」

「プシキャットのコンピュータが無事だって保証はあるの？」

マリオはジェニファーを見た。

「ありません」

「だったらなんで！　せめて、ウイルスチェックでも何でもしてから次のステップに移ったって遅くはないでしょ」

「うちの宇宙船は遅いんですよ、社長」

マリオはわざと困ったような顔をして、メインスクリーンに目を戻した。

「今動き出さないと、ムーン・ブラストや化学ロケットみたいに一気に速度を上げることができないから、出遅れることになります」

「だからって、プシキャットのコンピュータまで汚染されてたら！」

「考慮済みです」

マリオはモニターに映し出されている美紀とチャンに手を上げた。

「何のために二人も乗組員が乗ってるんですか。たまにはパイロットらしい仕事してもらいましょうよ」

「格納庫《ハンガー》に行ってるぜ」

アロハシャツのデュークが、コンソールから立ち上がった。

「プラズマロケットがすんなり立ち上がってくれるとは思えん。格納庫の同期訓練機《リンク・トレーナー》はプシキャットに同調してあるんだろ？」

「そりゃまあ、機長がやれってんならやるけど、幸いにして、うちのプラズマロケットは爆発させようと思っても、そう簡単に吹き飛ぶようなしろもんじゃないらしいから」

あらためて操縦席まわりのチェックをしながら、チャンはぶつくさと答えた。

「でも、大丈夫なのかい？　大手がそれだけ妨害工作喰らってて、うちだけ無傷って保証はないと思うんだが」

『事故原因が他にあるって可能性はないわけじゃないけど、薄いと思うよ』

光速の分だけ遅れて、応答が戻ってきた。

『少なくとも、ローリング・プレンティのデータをこっちで分析したところでは、エンジン本体の欠陥よりも制御プログラムの暴走のほうが可能性が高い。どこがウイルスに感染したのかわからないから、全部のチェックが終わって、なおかつ実走テストで安全が確認できるまでは他の宇宙船は動けないはずだ。そういうわけで、パイロットらしい仕事をしてもらおうと思う。せっかく美紀がやる気になってるのなら、パイロットが宇宙船にいてくれるんだし、プラズマエンジンを運転して加速してもらう』

「責任重大ね」

美紀はくすっと笑った。

「がんばって、お仕事しなくっちゃ。そっちから飛んでくるスケジュール・プログラムが、メインシステムを暴走させるようなウイルスに感染されてないっていう保証は欲しいわね」

『一番怖いのは、どこかでいたずらされて、プシキャットまで暴走しちまうことだ。ただ、幸いなことにうちのプラズマロケットは低推力で、時間で推力を稼ぐタイプだから、エンジンを全開にしてからでも軌道修正の余裕は充分にある』

高推力の化学ロケットの場合、短時間に大量の推進剤を消費するため、船体の重心に対する推力軸線を調整する必要もあって、ノズルを動かして噴射方向をコントロールできるようになっている。

プラズマロケットは、エンジンごと振りまわすような真似でもしない限りは、基本的に噴射方向を変えることはできない。プラズマ噴射を続けたまま推進方向を変えたい時は、反動制御システムで宇宙船ごと姿勢を変えるしかない。

「全系統、異常なし。太陽電池パネルも動かしはじめたから、三〇分で最大出力に持っていけるわ。けど、軌道上でプラズマロケットの運転をした時にも、最初っから全系統異常なしって出てたのよね」

『とりあえず、正規の手順で始動準備を進めてくれ。どこかで引っ掛かるかもしれないが、それはその時のことだ』

ディスプレイ上に作業手順を呼び出して、美紀はプラズマロケットの始動準備を開始した。

『それと、これからの加速と軌道に関する飛行計画を送る。あくまでラフプランで、実際の飛行をこれに合わせるようなかたちになるから、そのつもりでチェックだけしといてくれ』

送られてきた飛行計画のラフプランをディスプレイ上に呼び出したチャンが、げーとうめいた。

「また、よくもこんないーかげんな飛行計画で宇宙船飛ばそうなんて思えるな、マリオ・フェルナンデスともあろう男が」

予定到達速度と、そこに至るまでの加速に要する時間こそきっちり記入されているものの、通常の飛行計画と比べると異様に空欄が多い。エンジンの始動に手間取ることを見越してか、運転開始の予定時刻とその座標も記入されていない。

『見てもらえればわかると思うが、今回の飛行計画は柔軟性《フレキシビリティ》を主眼に立案されている。といえば聞こえはいいが、まあ、いつになったらプラズマエンジンが始動するのかわからないのと、他の宇宙船も予想の範囲でしか動かないだろうから、成り行き任せでなんとかしようってわけだ』

「軌道計算やりながら、ロケット噴かせっていうのか⁉」

チャンが悲鳴を上げた。機長席の美紀は、難しい顔をしてセンターコンソールのディスプレイに映し出されている軌道相関図を切り換えた。

「加速は感じられないくらい低いし、軌道の自由度は大きいから、修正の手間を考えてもずっと操縦席に張り付いていなきゃならないってことにはならないでしょうけど……」

「……そういやそうだった」

チャンは軌道ディスプレイに目をやった。プラズマロケットによる加速はおそらく何時間もかかるだろうから、瞬間的に高推力を発生する化学ロケットほどシビアな操縦が求められるわけではない。

『昔の人は、月まで飛ばした宇宙船を完全手動で大気圏突入させたりしてるんだ。こっちのコンピュータも性能上がってるし、少しは宇宙パイロットらしい仕事してもらおうと思うんだが?』

「なんか、今回の計画が進むにつれて、どんどんいい加減さに磨《みが》きがかかってきてないか、うちのミッションディレクター?」

「まともな神経でこんな計画進められるわけないわよ。でも、フレキシビリティ重視の飛行計画ってのは気に入ったわ」

美紀はディスプレイ上の飛行計画をスクロールさせた。予定噴射時間は二〇時間、秒速にして二キロ弱の加速が見込まれている。

「これだけ速度を上げておけば、たいていの事態に対応できるもの。推進剤の残量から考えれば、まだスピードアップの余地はあるし」

「そうすると、問題は、プラズマロケットが素直に噴いてくれるかどうかってところか」

地球軌道上でプラズマロケットの始動にさんざん手間取ったことを思い出して、チャンは顔をしかめた。その後の長時間運転ではなにも問題は出ていないが、運転終了後の整備はほとんど行われていないに等しい。

「パイロットの仕事の前に、船外作業《EVA》が待ってるかも」

「そうか、地上からのサポートなしの船外作業か」

チャンは顔をしかめて考え込んだ。

「他人事《ひとごと》じゃないぜ」

「地上からのサポートなしにプラズマロケットなんか触れないわよ。チャンもあたしも、専門のエンジニアじゃないんだから」

プラズマロケットの始動準備は、最初に地球周回軌道上で行われたときと同様、問題なく進んだ。

コンパクト・プシキャットからの飛行データを忠実に再現して地上で行われたシミュレーション上のエンジンテストでも、プラズマエンジンは問題なく始動し、その能力を発揮した。

「推進系、電気系、燃料系、すべて異常なし。エンジン始動に問題なし」

無重力状態のまま放っておかれた推進剤となる液体水素タンクに問題がないのを確認して、美紀はディスプレイの表示を機械的に読み上げた。

「続いて始動手順に入ります。推進系に電力投入、プラズマ励起室予熱開始」

プラズマロケットの始動手順はあらかじめプログラム化されているから、要所要所でコマンドを打ち込むくらいしかやることはない。マニュアルで見ても、事前の説明でも、プラズマロケットの始動と運転は楽な仕事のはずだった。

「嘘ばっかり」

ぶつくさ言いながら、美紀は再点検の手順をコンソールに打ち込み直した。

「なにが楽な仕事よ。こんなことになるってわかってたら、しっかり寝とけばよかった」

「全く、むずかってくれるエンジンだぜ」

こちらもディスプレイ上で非常手順を確認しながら、チャンはパックのブラックコーヒーに口をつけた。

「必ずどこかで引っ掛かりやがる。事前にチェックしても異常がないのに、運転しながら動かしていくとトラブルなんて、どっかに致命的な設計ミスがあるんじゃないのか、このプラズマロケット」

「聞こえてるわよ」

ミッションコントロールとの回線は繋ぎっぱなしである。どこでなにが起きるかわからないから、操縦席で交わされる会話はハードレイクに筒抜けになっている。

「モハビ技研にも、この通信は筒抜けのはずだと思うけど」

「てやんでえ、実用試験中の新型エンジンなんだ、使用者が素直に感想述べてなにが悪い。飛行中はいっさい触らなくて済むような整備不要《メンテナンス・フリー》のエンジンだって話じゃなかったのか」

『手間をかけて申し訳ない』

モハビでプシキャットの航行状態をモニターしているプラズマエンジンのスタッフが、地球から声をかけた。

『データ取りのためにいくつもついているセンサーを切って、設計理論値内にすべての数値を収める安全装置を全解除すれば、少々不安定でも噴射を行うことはできるんだけど、○・

一天文単位も離れたところで人が乗ってる宇宙船にそういう危ない真似をさせたくないもんで、時間の余裕もあることだし、安全策を取らせてもらってます』

機長席の美紀がチャンに目配せをした。

「聞いたわね」

「聞いた。時間最優先でぶっ飛ばさなきゃならない時は、センサーと安全装置を全部切ってアクセル踏み込めばいいってことだな」

『言っときますけど、必要な手順飛ばして運転したら、作動の保証はしませんからね』

「あらあら」

光速でも片道五〇秒以上のタイムラグがあるから、こちらの会話が聞こえていたはずはない。通信モニターの中で、顔馴染みの技術者は笑っていた。

『その時一回くらいは運転できるでしょうけど、どこでどんな不具合が出てくるかわかりません。メンテナンスできない宇宙空間で、二回目以降の運転がどういう結果をもたらすか、あんまり考えたくありませんね』

「とはいっても、地上からこれだけタイムラグがあると、起動操作は全部こっちでやらなきゃならないからなあ。ほれ、プラズマ励起室及び機関部、予熱終了。全系統異常なし、推進剤プラズマ室に流入、運転開始」

励起室に、最大出力での運転を開始した太陽電池からの電力が投入された。軌道上で運転した時よりも、太陽にわずかに接近している分、余剰電力が大きい。

励起室に推進剤となる水素が送り込まれ、原子と電子が遊離するような超高温状態にまで加熱される。プラズマ化された推進剤は加速室に送り込まれ、そこで強電磁加速をかけられ、推進力として噴射される、はずだった。

「自動停止シークエンス発動？」

軌道上でのプラズマロケット始動の時に、さんざん目にしたメッセージをディスプレイ上に確認して、チャンはうんざりしたような声を上げた。

「この時間が惜しいって時に、いったいなんでまた、むずかってやがるんだ」

「プラズマ励起室の出力状況が安定してないわ」

美紀は、ディスプレイ上に問題箇所を呼び出した。

「周回軌道上での始動の時にも何度か問題になったけど、励起室内で均一に生成されるはずのプラズマが場所によって高熱水素のままなのよ」

「励起室まわりの電力供給をチェック、再始動準備。励起室の冷却なしでいくぞ」

「プラズマ生成不安定による自動停止シークエンスの発動」

ハードレイクのスペース・プランニング格納庫に設置され、データ中継回線によって一五〇〇万キロ彼方を飛ぶプシキャットと同じ飛行状態を再現しているダイナソアのシミュレーターの操縦室で、デュークが言った。

「どう思う？」

機長席のデュークの横から、チーフメカニックのヴィクターが計器パネルを覗き込んだ。

「できれば始動シークエンスの前に、励起室と加速室の大掃除をしたいところだわね」

ヴィクターはセンターパネルに手を伸ばしてディスプレイの表示を切り換えた。当面、座標位置や機体姿勢などの情報は必要ない。

「長時間運転した後のプラズマロケットって、結構汚れてるのよ。加速グリッドもすり減ってるし、地上で運転するならいくらでもきれいにできるけど、放っておいたから一度焼き払ってやらないとうまく噴いてくれないかも」

「いまさら、ひよっこどもに掃除道具持たせて外に出すわけにもいかないだろう。運転後、メンテナンスなしに放っておかれたプラズマロケットのデータはあるのか？」

「前に技研のプラズマロケットの実用実験を軌道上で行った時に、持って帰ってきたエンジンの一部が状態変化の観察用にモハビに保存されてるはずだわ。だけど、プシキャットの建造前にちゃんとチェックして、再運転には問題ないのが確認されてるはずだけど」

「無重量、真空の宇宙空間で放っとかれてるのと、一気圧一Gの地上に置いておかれてるのとじゃ、いろいろと違ってくるはずだ。そこらへんどうなってるのかね」

「軌道上での曝露《ばくろ》実験は行われたはずよ。でなければ、技研が有人宇宙船への装備を許すはずがないわ」

「しかし、いくら前代未聞の大推力型だといっても、運転のたびにこれだけ手間取るようじゃ将来暗いぜ」

「再始動開始」

ヴィクターが、ディスプレイ上のシークエンスを読み上げた。

「全系統チェック終了、プラズマ励起室の予熱から始動シークエンス再開」

「まあ、〇・一天文単位も離れたところじゃ、マニュアル通りにしかやることがなかろうが」

デュークは、ヘッドセットをかけてシートに座りなおした。

「ここからモハビ技研には繋げられるのかい？」

「もちろん」

飛行中のコンパクト・プシキャットと同様に、計器パネルの明かりしかない操縦室内で、ヴィクターは簡単にコンソールを操作した。

「格納庫よりミッションコントロール、こちら同期訓練機だ。プシキャットはプラズマロケットの始動で手間取ってるようだが、こちらでいくつか試してみていいか？」

『ミッションコントロールです』

それまでカラーバーだけを映し出していた通信モニターにマリオが現れた。

『本体の飛行データは記録していますんで、長引かないようなら問題ありません。ただし、いくつか確認手順すっ飛ばしたり安全装置切ったりしてエンジンスタートさせようってんなら、許可できませんよ』

「読んでやがる」

デュークは苦笑いした。

「だがな、地上で何やっても安全なシミュレーターだから、危ない手順の確認ができるんだ。電子回路内でプシキャットの飛行状況を完全に再現しているのなら、無茶ができるのは地上のここだけってことになるぜ」

通信モニターの中のマリオは、つかの間考え込んだようだった。

『わかりました。地上でのシミュレーション通りに向こうが動いてくれるかどうかわかりませんが、試してみる価値はあるでしょう。プシキャットの始動シークエンスをしばらく停めておきます』

「新しい始動手順？」

ミッションコントロールからの通信に、機長席の美紀は首を傾げた。何度か始動シークエンスを行きつ戻りつしているものの、プラズマロケットはあいかわらず噴射しようとしない。

『タイムラグが大きいから、そっちで試した手順をこっちでチェックしているような状態は効率が悪すぎるんだ。最初の始動のときに、データ取りのためのセンサーが多いのと安全装置が敏感に調整されているのはわかったから、先にこっちでいくつか安全装置を殺して始動させてみた。問題があれば、先にこっちのコンピュータ内で何かが起きるってわけだ。そういうわけで、プラズマ励起室のセンサーと安全装置の連動をいくつか切ってもらわなきゃならないが、これから指示を送る。記録して確認しながら、回路のカットを進めてくれ。そっちのセッティングをこちらで確認してから、プラズマエンジンを始動させる』

「了解。結局、センサーカットするしか始動できないのかねえ」

同じ手法を、地球周回軌道上からの発進のときにも使っている。続いてディスプレイ上に表示された地球からの手順書を見て、チャンはうげーと声を上げた。

「こんなもん全部マニュアルで入力しなきゃならないのかよ」

「しかたないわね」

同じデータを目の前のディスプレイに転送して、美紀はコンソールに指を滑らせはじめた。

「地球から送られてきたデータをそのまま流し込めれば楽でいいけど、こんな状況じゃ、危なっかしくてそんな真似できないわ。こっちで入力するから、そっちで確認して」

「わかった。まあ、当面の課題がセンサーのカットと安全装置の解除なら、やることが少々ずれても問題にはならないとは思うが」

ハードレイクとモハビで手を替え品を替えて試されたプラズマロケットの始動手順は、たっぷりと時間をかけてプシキャットに入力された。

地上のコンピュータ内の仮想空間で何度もテストされ、その後の運転状況まで確認された始動法は、慎重にステップを踏みながら実行に移された。

『安全装置はいくつかカットしてるが、センサーはほとんどが生きたままだ』

プシキャットからのデータ中継を確認しながら、通信モニターの中のマリオが言った。

『安全性はテストされてると言っても、実際に飛んでいるプラズマロケットの中身を確認したわけじゃない。慎重に、運転の様子を見て出力を上げていく。連動装置が切れてるステップが多いから、異常事態が起きても自動停止シークエンスは作動しない可能性が大きい。だから、いつでも手動でエンジンをシャットダウンできるように待機しててくれ』

「待機してますよお」

ディスプレイ上で進行していく始動シークエンスを確認しながら、チャンはつぶやいた。

「プラズマ励起室電圧上昇、推進剤流入開始」

「加速室電圧上昇」

美紀がディスプレイの表示を読み上げる。

「電気系、全系統異常なし。ただし、予定出力は一〇パーセント……大丈夫かよ、景気よく噴かしたほうがエンジン安定するんじゃないのか」

「液体ロケットみたいな内燃機関じゃないんだから」

液体ロケットに限らず、調子の悪いエンジンはスロットルを絞って低回転で運転するよりも、ある程度の回転数で回してやったほうが安定することが多い。

「電気式の非化学ロケットなんだから、運転の状況を見て出力を上げていくってのは意外と正解かもしれないわね。推進剤のプラズマ励起開始、熱分布がちょっと不安定かな」

安全装置が切られているから、自動停止シークエンスが発動しない。励起室に、一部プラズマ化、一部は気化しただけの水素原子が満ちる。

「加速部オープン、推進剤流出開始……問題にならない程度のロスで済めばいいけど」

推進剤である水素を、プラズマ化しきらないうちに加速部に放出するから、プラズマロケットとしての加速はできない。プラズマ励起が連続して安定するまでの一時的な措置とはいえ、推進剤の補給ができない状況で無駄に使うことになるから、できる限り早く運転を開始したいところである。

「よし、励起室が安定してきた。安定生成率、九〇パーセント」

「加速室に電力投入、出力一〇パーセント」

「九五パーセント」

「出力一〇パーセントで運転開始」

ディスプレイ上に、プラズマロケットの運転開始を告げるメッセージが表示された。

この状態での計算上の推力は一〇キログラム以下、空になった推進剤タンクを切り離して発進時よりもはるかに軽くなっているとはいえ、一〇〇トン近い装備重量のプシキャットにとっては気休めにもならない推力である。

「プラズマロケット運転開始！」

チャンは安心したように声を上げた。

「現在推力、五キロちょい？　計算値よりずいぶん少ないぞ」

「生のまま推進剤を加速室に送り込んでる分、抵抗になってるのかしら」

美紀がプラズマロケットの運転状況をチェックする。

「……噴射速度も予定より小さいわね。いいのかしら、このままで」

「推進剤が一〇〇パーセント、プラズマに励起するようになれば、計算と一致すると思うんだが」

チャンが、ディスプレイの表示状況を切り換えた。

「エンジンまわりは異常なし、プラズマの生成率ももうすぐ一〇〇パーセントになる。加速室、出力二五パーセントに上昇」

「加速室、出力二五パーセント。ひょっとして、こんなところでプラズマロケットの運転試験でもやらされてるのかしら」

「ありそうな話だよ。なにせ、人が乗って自由にコントロールできるプラズマロケットってのは、おれたちの後ろで火い噴いてる一基だけなんだから」

「推力一五キロ」

動き出した宇宙船のレーザーリングジャイロによって検出された加速度と、プシキャットの現在の自重から計算された推力をディスプレイ上に確認して、美紀は首を振った。

「まだ予定値より低いわ。いいのかしら」

「さっきよりもロスは少なくなってる。プラズマ生成が一〇〇パーセントになっても予定値より少ないようだったら、どこかから漏れてるってことだが、そうでなければ出力を上げていくしかないだろ。プラズマ生成率、九九パーセント。加速部、出力五〇パーセントに上昇」

「加速部、出力五〇パーセント。推力は……」

美紀は、グラム単位の推力が刻々と変化しているディスプレイの数値に目を落とした。

「三五キロ。上昇中だけど、少なすぎるわ」

「どうする？」

チャンは、ミッションコントロールから送られた臨時のマニュアルをディスプレイ上にスクロールさせた。各ステップごとの予定推力は記入されているが、実際の推力がそれよりも多い場合、少ない場合の対処法はない。

「誤差の範囲、とは言えないわね」

美紀は、ジャイロに検出される推力の数字を見た。推力そのものはゆっくりと上昇しているが、地上のシミュレーションではもっと大きな推進力が得られているはずである。

「推進剤が一〇〇パーセント、プラズマに励起されるまでは待つわ。おそらく、生のままの水素がいろんなところでロスしてるんだと思うから。もし、それでも推力が計算値に満たないようなら」

美紀は、プラズマロケットの運転状況を表示するディスプレイを見て溜め息をついた。

「贅沢は言えないもの、仕方ないからこのまま出力上げてみる？」

「参考までに聞いときたいんだが」

チャンは、マニュアルを映し出すディスプレイ上に、赤い縞模様《しまもよう》の縁取《ふちど》りが施された緊急手順のページを呼び出した。

「計算よりも低い推力しか得られないまま、通常の入力で運転を行った場合に考えられるプラズマロケットの欠損と、その対応方法ってのはあるのかねえ？」

「加速部に悪い影響が出るかも」

プラズマロケットのフローチャートを思い出して、美紀はつぶやいた。

「プラズマ化していない水素原子が加速グリッドを叩くことになるから、総推力がじわじわ落ちていくのかしら」

『起こりうる破損状況に関しては、それで正解だ』

モハビの技術者は、ハードレイクを中継地点にした遠距離通信で答えた。

『おそらく、現在の推力が計算値より低いのも、加速グリッドが摩滅《まめつ》しているせいだと思う。加速部に投入する電圧を上げれば、落ちた効率を出力で補うことができるが、その場合、当然、加速部全体のダメージは進行する。機関部全体は、今回の航行で想定されている二倍の時間の運転でも実用推力は低下しないはずだが、それでも無茶な運転はさけて欲しい。なにせ、ここからではプシキャットのメインエンジンの修理はできない。プシキャットに積み込まれている補修のための予備部品も、必要最低限でしかないし、まして君たちがプラズマエンジンの部品交換をするのには講習、訓練を含めて余分な時間が必要になる』

ダイナソアの操縦室で、チャンと美紀は顔を見あわせた。

「現状での推力のままだと、航行スケジュールを繰り上げられません。その後の彗星接近のための軌道変更まで考えると、最低でも八〇パーセントの推力を確保したいんですが」

「プラズマ生成率は一〇〇パーセントを達成した」

チャンがディスプレイの表示を読み上げた。

「現在加速部の出力は五〇パーセントで固定、推力は四六キログラム、効率が最大になる出力一〇〇パーセントの半分で運転してることを考えてもロスが大きい。このまま出力一〇〇パーセントまでもってって、巡航態勢に入っていいのか？」

「出力ロスだけの問題なら、巡航態勢に入ろうと思いますが」

「とまあ、うちの機長はこう言ってるんだけど」

操縦席でモニターできる情報は限定されているから、プラズマエンジンのすべてを伝えているわけではない。すべての情報をデータリンク回線で、しかも多人数で監視しているハードレイクとモハビの方が的確な指示を下せるはずである。

『モハビよりプシキャットへ』

プラズマロケットの技術者がディスプレイを片目で見ながら答えた。

『プラズマロケットの運転状況は順調だ。多少の出力減衰は許容範囲内にある』

「ほんとかしら？」

とくにダメージに関して、地上が宇宙に正確な情報を伝えることは少ない。だいたいは柔らかな表現に止《とど》められる。

『このまま出力をゆっくり一〇〇パーセントまで上げてくれ。おそらく、満足できる推力が得られるはずだ』

「了解、加速部出力上昇」

「加速系、電気系異常なし」

慎重に出力を上げていく美紀の横で、チャンがディスプレイの表示を読み上げる。ディスプレイ上の加速度と、そこから計算される推力も順調に上昇していく。

およそ三〇秒ほどの出力上昇で、プラズマロケットは設計上の最大出力に達した。推進剤を含めても総重量が一〇〇トンを切っているプシキャットが、自重の〇・一パーセントをわずかに上回る推力で巡航加速に入る。

「現在推力、九八キログラムちょいってとこか」

チャンが操縦席で腕を組んだ。ディスプレイ上の推力表示は、グラム単位で細かく変動している。

「地球周回軌道上からの加速時より若干落ちてる。投入されてる電力は発進時と同じだが、このロスがいったいどこから出てきてるのか……」

「プラズマの噴射速度が落ちてるのよ」

美紀がディスプレイを切り換えた。

「加速グリッドの効率が落ちてるんだわ。投入電力を上げれば、多少は推力を稼げるでしょうけど、ミッションコントロールもモハビもそんなことさせてくれないでしょうね」

推力のロスは、運転を続けることによってある程度は解消されるものと予想された。ただし、プラズマロケットそのものの連続運転による劣化が原因だから、運転前の出力は回復できない。

太陽電池パネルの発電出力は、地球周回軌道上よりも太陽に接近したことによって上昇している。そのため、プラズマロケットの運転状況をモニターしているミッションコントロールから、出力調整のためにコンパクト・プシキャットの飛行姿勢をわずかに傾けるように指示が来た。太陽電池パネルへの太陽光の入射角を変化させることによって、出力調整を行うのである。

プシキャットは、二次加速による巡航態勢に入った。

ローリング・プレンティが加速したため、プシキャットの加速開始から二五時間は差は縮まらない。加速開始後二五時間を過ぎて、初めてプシキャットの到達速度がローリング・プレンティを上回るため、二隻間の距離が縮まりはじめる。

「時間のかかること」

正確な加速度と、それによるこれからの航行予定が記入されたチャートを見て、美紀は溜め息をついた。

「とにかく、これでローリング・プレンティに追いつける」

チャンは、通信装置のチャンネルを切り換えた。宇宙船間用のチャンネルに合わせる。

「プシキャットよりファー・トラベラーズ・クラブへ。プシキャットは二次加速を開始した。現在位置と速度はトランスポンダーで確認してくれ。もし余裕があれば、バズ・ワゴンとゼロゼロマシンの状況を知らせて欲しいが……」

軌道相関図上では、後続のバズ・ワゴンとゼロゼロマシンに今のところ動きはない。ハードレイクからの情報では、宇宙船とミッションコントロール、双方のウィルスチェックに手間取っているらしい。

チャンは、返事を待ってヘッドセットに耳を傾けた。腕時計を目の前に持ってくる。

「……完全に、寝損ねたな」

しばらく待っても、ヘッドセットに応答はなかった。チャンは呼びかける相手を替えてみた。

「プシキャットよりローリング・プレンティ、聞こえたら応答してくれ。こちらは現在、そちらに追いつく軌道で加速中だ」

『……こちらローリング・プレンティ、聞こえますかどうぞ』

突然、無線に応答が入った。ノイズだらけの返信に聞き覚えのある声を聞いて、チャンはヘッドセットを押さえた。

「プシキャットよりローリング・プレンティ、電波状況は悪いが通信に支障はない。ジュリアだろ、大丈夫か、みんな無事か?」

同時に通信パネルを切り換えて、応答をスピーカーに出す。

『ローリング・プレンティよりプシキャットへ、そちらの声はクリアに聞こえています。こっちの声は聞こえにくいでしょうけど、ごめんなさい。乗員は全員無事、ただ、いろいろと不具合が出ててみんな忙しいの』

応答はノイズだらけで、時々途切れたりするが、聞き取りに問題はない。

「取れた！　ローリング・プレンティからの応答だ、ハードレイクに直接中継してくれ‼　そっちがいろいろと忙しいことになってるのは承知してる。詳しい状況は後で教えてもらうとして、現状で何か手伝えることはあるか？」

機長席の美紀が素早く通信回線を切り換えた。

「プシキャットよりハードレイク、ローリング・プレンティと交信成功、ただし……」

通信モニターに目を落とす。受信はできているが、相手の出力はかなり小さいらしい。チャンネルこそ宇宙船間の交信に使われる通常回線だが、音声のみで映像はない。

「音声通信のみ、通信状況は安定せず。非常事態です、大至急シアトルのコロニアル・スペース本部に連絡を取ってください」

『大丈夫、って言いたいところなんだけど、実はお願いしたいことがあってコールしたのよ』

ときどきフェージングする声は、ノイズが多くて今にも切れそうになる。

『地球向けの長距離アンテナがずれたり動いたりして、データ回線まで切れてる状況なの。この通信も、実は宇宙服の無線で話してるくらいなのよ。通常通信でかまわないから、地球に中継お願いできる？』

「了解した。もうやってる。うちのミッションコントロールにも他の船にも筒抜けになるけど、かまわないかい？」

通常通信には秘話コードはかけられていない。また、地球向けの通信は地球に向けられたアンテナから発射されるから、その延長線上にいる宇宙船はすべて通信波を傍受することができる。

『かまわないわ。とにかく、乗員の無事を地球に伝えるのが先決。お騒がせしたみたいだけど、誰も怪我してないし、生命維持システムにも問題は出てないわ。宇宙船の回転が止まらないのはそこからでもわかるでしょうけど、原因がわからないから姿勢制御してないだけなの。これから船外作業して正確な損害評価と、必要なら応急修理を行う予定。今わかってる状況を伝えると、二基あるムーン・ブラストの一基が加速を開始したら出力が上がりすぎて、コントロールを受け付けなくなって、切り離したら爆発したのよ』

「爆発事故なのは、こっちでも確認した。非常事態の宣言と、救助は必要ないか?」

『そう言ってくれると思ってた』

低出力の通信機の向こうで、ジュリアは笑ったようだった。

『ボスが、他の宇宙船の連中が妙なことを始めないうちに連絡しろって。それで呼びかけたのよ。どうせ宇宙船を止めてアンテナを調整しないと、地球との連絡は取れないし。ええと、とにかく、重要事項を伝えるわ。バズ・ワゴンとゼロゼロマシンにも伝えて欲しいんだけど、飛行制御コンピュータがウイルスに汚染されてる可能性があるの』

「……やっぱりか」

チャンは舌打ちした。

『だから、加速とか姿勢制御かける前に、プログラムチェックしたほうがいいわ。絶対とは言えないけど、うちのムーン・ブラストが暴走した原因って制御コンピュータの異常しか考えられないから』

　ムーン・ブラストの構造は還元土壌を燃焼させるというその原理から、液体ロケットよりはハイブリッドロケットに近い。プリバーナーで一部のみ燃焼させた液体酸素と還元土壌を混合して燃焼室に送り込んで、そこですべての酸素と推進剤を反応させる。

　液体燃料使用の二段燃焼ロケットと流入経路《フローチャート》は変わらない。粉末化されたといっても還元土壌の反応は均質ではないから、その燃焼はコンピュータによって厳密に制御される。しかし、開発の初期段階で月面表土《レゴリス》の燃焼に関する実験はありとあらゆる条件下で行われ、ムーン・ブラストの運転制御に関するプログラムはすべて完成しているはずだった。

「実は、後続のバズ・ワゴンがもうコンピュータエラーに引っ掛かって警報を出してる。プシキャットは早々に操縦系を通信系と切り離して手動《マニュアル》で動かしてるから、クラッカーのいたずらに引っ掛かることはないと思う。プシキャットは現在加速中、ただし、こっちのプラズマロケットは低推力で加速に時間がかかるから、そっちに追いつくには時間がかかる」

『だから、救助を要請するような切羽《せっぱ》詰《つ》まった状況じゃないんだってば』

　二秒弱のタイムラグの後、のんびりとした発音の応答が返ってきた。

『船体構造にも生命維持区画にも異常はないんだし、ムーン・ブラストを一基切り離しただけで推進系も姿勢制御系も生きてるのよ。それで、現在の状況をシアトルに伝えたいんだけど、この回線でデータ中継ってできる？』

「音声だから何とか認識できてるけど……」

チャンは、受信状況を示すモニターに目をやった。本来近距離で使われることしか想定されていない低出力通信機を遠距離で受信しているから、ノイズだらけで信号の欠損が多い。

「ハードレイクがシアトルと繋がったわ」

美紀がコンソールを叩いた。

「この通信がそのまま流れてる。ご存知の通り、向こうの応答は二分近く遅れるけど、向こうの声もそのまま流れるようにした。モニターしてるから、必要なら声をかけてくれ」

『ご協力感謝します。シアトル統轄本部へ、こちらローリング・プレンティ。船体、乗員ともに健在、航行に支障はありません。現在の船体データをそちらに送ります。こちらの通信機の出力が低いので、データの欠損が起きる可能性があります。同じデータをくり返して送りますので、復元できない場合はそちらから連絡ください。データを送るから、モニターしている人はご注意』

続けて、金属質の高音が通信回線から流れはじめた。チャンが慌てて頭からヘッドセットをむしりとる。

「データ回線を直結したな」

いつ音声通信に戻るかわからないから、スピーカーのボリュームを落としてモニターを続ける。

「なにを送ってるか、わかる？」

「コロニアル・スペースの規格《フォーマット》なんか積んでないわよ。ハードレイクでも記録してるでしょうし、分析結果聞くのは後でもいいんじゃない。とりあえずの無事は確認できたんだし」

「ローリング・プレンティと連絡が取れた！」

ハードレイクのミッションコントロールで、マリオが手を叩いた。

「構わないからここととプシキャットとの回線を直接シアトルに繋ぐ！　まともな神経のミッションディレクターなら、こっちに耳を貸すはずだ！」

プシキャットの観測データを送るために開かれた回線は、そのまま維持されていた。マリオは、プシキャットとハードレイク間の通信回線をそのままシアトルに繋いだ。

ローリング・プレンティからプシキャットに送られた通常通信は、プシキャットで長距離通信回線に移され、地球高軌道上の中継衛星を介してハードレイクに送られる。ハードレイクで受信された電磁波は再び静止軌道上の通信衛星に打ち上げられ、およそ二〇〇〇キロ離れたワシントン州シアトルにあるコロニアル・スペースの統轄本部に送られた。

遅れて、統轄本部でハードレイクを介さずに中継衛星からの信号を直接受信するためのアンテナの調整作業が開始される。

「さすがに、現場の人間は反応が早いわね」

「空の上相手に仕事してれば、そうなりますよ」

中継回線に、通常回線を通じてローリング・プレンティからのデータ信号が大量に流れ込んできた。ジェニファーはディスプレイを覗き込んだ。

「なにを送ってきてるの？」

ディスプレイ上を細かい記号の列が超高速で流れていく。

「おそらく、宇宙船の事故前後の飛行《フライト》データと、現在の状況のデータでしょう。詳しい解析はシアトルに任せるとして、乗組員が無事らしいのが不幸中の幸いですね」

ディスプレイを横目で見ながら、ウォーレンがコンソールを操作しはじめた。

「うちでもデータ分析するの？」

「そうです」

ジェニファーは顔をしかめた。

「フェアじゃないわね」

「どうせ、うちのデータも他にだだ漏れしてるはずですからね」

マリオはうなずいた。

「うちはそんな余裕がないからやってませんけど、コロニアル・スペースだけじゃなくってオービタル・サイエンスも、カイロンも、地球に送られてくる他の宇宙船の通信をすべてモニターしているはずです。それに、支援するにも勝負するにも情報は必要です。ローリング・プレンティの正確な状況がわかってる方が、なにをやるにしても便利ですから」

『以上が、現状で送れるすべてのデータです』

データ通信が音声回線に切り換わった。

『乗員は全員無事、命に別状はありません。データを見てもらえばわかる通り、姿勢制御のための反動制御システム《RCS》は生きてますが、船体の不規則な回転の原因が今のところ不明なので、推進剤節約のため姿勢維持を行っていません。現在船体チェックのために船外活動《EVA》を準備中、これから正確な損害調査を行います』

「地上の支援なしに船外作業を行うの⁉」

スウが両頰に手を当てた。接続を確認したばかりのシアトルからミッションディレクターが即座に応答する。

『ローリング・プレンティ、待て！　送られたデータは、第二エンジン切り離し前後のものと合わせて現在解析中だ。状況を確認してから指示を送る、分析終了まで待て！』

『ローリング・プレンティのキャグニーだ』

はるかに離れた空域との通信とは思えないタイムラグで、プシキャットが中継してくる相手がだみ声に変わった。

『どうせ、状況を確認するまで待てとか吐《ぬ》かしてるだろうが、時間の余裕はない。これだけ離れてれば地上からの支援なんぞ期待できないんだ、見当はついてると思うが、スペース・ウォーカーは二人ほど船外に出ている。こちらのデータと判断では、残された酸素タンクからいろいろと漏れ出してる可能性があるんだ。というわけで、応急処置を先に行ってから通信設備の復旧に移る。スペース・ウォーカーからの映像がそっちに送れるかどうかはわからない、しばらくは音声回路だけで我慢してくれ』

二人のスペース・ウォーカーが回転運動の止まらないローリング・プレンティの船外に出た。目に見える状況を口頭で報告しながら、切り離された第二エンジンと並んでいるムーン・ブラストに移動していく。

「……どうする?」

音声だけを伝える通常回線に耳を傾けながら、チャンが口を開いた。

「こっちのアンテナで、向こうの宇宙服が捉えているビデオ映像を受信できると思うか?」

船外作業用に出たスペース・ウォーカーなら、移動のための機動ユニットと記録のためのビデオシステムを装備しているはずである。ローリング・プレンティの長距離通信アンテナは、現在のところ船体姿勢が安定していないから使えないが、近距離用の映像通信は船外作業の支援《サポート》のためにも使用されているはずである。

「今の補助アンテナじゃ無理でしょうね」

美紀は船体の状況をディスプレイ上に呼び出した。プラズマロケットによる低推力加速飛行を開始したプシキャットは、巨大なパラボラアンテナを主体としたメインアンテナを地球の方向にむけて通信回線を確保しており、二つの補助アンテナシステムの一つを進行方向にむけてローリング・プレンティからの微弱な通信波をキャッチしている。

「でも、メインの高利得《ハイゲイン》パラボラなら、二〇万キロ離れていてもスペース・ウォーカーからの映像をキャッチできるかも」

地上との回線は、補助アンテナで充分に確保できる。スペース・ウォーカーが作業映像の転送に使うチャンネルは国際規定で限られているから、それを探すのは難しい作業ではない。

「やってみる？」

「今、プシキャットの映像回線がふらつかなかった？」

ディスプレイに映し出されている操縦室の映像に妙なノイズが入ったような気がして、ジェニファーが訊いた。

「よく気がつきましたね。向こうの送信がサブアンテナに切り換わりました」

「なんで？」

プシキャットのサブアンテナは、ＪＰＬが無人探査機用に開発、調整したものを転用している。予備システムといっても外惑星探査機との交信用に開発されたものだから、この程度の距離ならばなんの問題もない。

「メインアンテナをローリング・プレンティに向けて、宇宙作業の映像を受信しようとしてるんです。音声回線よりも条件厳しいからなあ、うまくいくかどうか……スウ、シアトルに連絡して向こうが常用している映像回線のチャンネルを教えてもらってくれ」

「素直に教えてくれるもんなの？」

聞き返しながら、スウはシアトルと繋ぎっぱなしの回線に質問を発した。答えは、予想外にあっさり返ってきた。スウは、教えられた周波数をプシキャットに知らせた。

『忘れるな、船体の回転は止まっちゃいねえ』

柄《がら》の悪いだみ声とともに、予想外に鮮明な映像がハードレイク、ミッションコントロールセンターのメインスクリーンに映し出された。

「よし、こいつもすぐにシアトルに中継だ。プシキャット、ローリング・プレンティからの映像は捉えた。シアトルに送ってるから、その旨ローリング・プレンティに伝えてくれ」

宇宙空間を映し出していたカメラが反転して、船体上部の長大なトラスフレームを映し出した。映像に、キャグニーのだみ声が重なる。

『船に同期して動くのを忘れるな。うっかりすると、背中からラリアートくらうぞ』

フレームの中程に、複数のパラボラ、ホーンアンテナなどを組み合わせたメインアンテナシステムが見えている。正常ならば地球に向けられているはずのアンテナは、遠目にも歪んでいるのがわかる。

ゆっくりと動く黒い宇宙空間を背景にした白い耐熱塗装が施されたトラスフレームは、前半部分こそ無事だが、後半部分は所々黒く焦げつき、周辺機器にも損傷が見られる。

「……なるほど、宇宙船の形はしてる」

プシキャットが巡航加速に入ったのを確認してミッションコントロールに戻ってきていたデュークが、メインスクリーンを見上げている。

「今日、明日中に吹っ飛ぶような切羽詰まった状況じゃなさそうだ」

「そんな、デューク、他人事みたいに」

「メインエンジンを捨て飛ばしてるんだぜ。船体が無事なら上等だ。問題は残ってる第一エンジンと推進タンクだな。どの程度の損傷で済んでるのか……」

「これからゆっくり検証できますよ」

マリオも、スクリーンの映像から目を離さない。

「いい気分じゃないわね」

ジェニファーがつぶやいた。

「どうやったって手が出せない他社の宇宙船の損害調査を、じっと見ていなきゃならないなんて」

「同感ですね」

マリオはうなずいた。

「地上で見ている我々でさえそう思うんだから、一緒に飛んでる連中がどう思うか……」

機動ユニットに取り付けられたカメラは、後部に向かってゆっくりと移動を開始した。

ローリング・プレンティの回転運動は、わずかずつ加速されていた。これはつまり、推進剤タンクのどこかから漏れている噴射が止まっていないことを示している。

『爆弾処理班の気分て、こんなものじゃないのか』

一五〇〇万キロ離れた宇宙空間を加速飛行中のチャンの声がハードレイクに届いた。

スペース・ウォーカーは機動ユニットの窒素ガス噴射を使わずに、メインフレームを移動していく。

宇宙船の前半分は、カメラに映し出される映像を見る限り、なにも変わったところはない。しかし、切り離された推進剤タンクと、その後ろに接続されていたはずの液体酸素タンクが取り付けられていた部分は、白い熱反射塗装のメインフレームが黒く変色して、高熱の爆発に直撃されたことを示している。

『タンクの中の液体酸素が漏れてるってことは、真空の宇宙空間でどこが爆発してもおかしくないってことだろ。機動ユニットのスラスターは窒素ガスだから問題ないだろうけど、スイッチの火花一つでも引火すれば』

『ばん』

通信モニターの中の美紀が、センターコンソールに上げたこぶしをぱっと開いた。

『まあ、これだけの高真空なら酸素分子も拡散しちゃってるでしょうから、宇宙服がダメージ受けるほどの火炎に包まれることはないでしょうけど、その液体酸素タンクを修理しなきゃならないわけだから……』

話を聞いていたスウが、転送されてきたローリング・プレンティのデータに目を落とした。二基装備されていたムーン・ブラストの一基を液体酸素タンクごと投棄しているから、ローリング・プレンティに残されている液体酸素の量は半分以下になっている。これからの航行スケジュールに見合うだけの生命維持に必要な量は充分に確保されているが、軌道変更、地球帰還軌道、そして航行スケジュールが延長された場合を考えると、残されている液体酸素はあまりにも少ない。

生命維持システムの呼吸気供給は、ほぼクローズドサイクル化されている。呼吸により排気される二酸化炭素は水酸化リチウムで吸着され、炭素と酸素に還元され、酸素は再び船内に戻される。しかし、宇宙船が加速、減速したり軌道を変更するためには、そのための推進力が必要であり、化学ロケットしか持たないローリング・プレンティには推進剤と、酸化剤としての酸素が欠かせない。

プシキャットを通じて地球に送られているローリング・プレンティのデータは、爆発に伴う断線などでいくつかのラインが切られているらしく、完全な状況を伝えるものではない。しかし、得られたデータから判断する限りでは、ローリング・プレンティは彗星に接触することはおろか、地球に戻るにも危ないような液体酸素残量しかないことになる。

すぐに支援や補給が期待できる地球圏なら、漏洩を続ける液体酸素タンクの修理などは行われないはずだった。それはもっとも危険な船外活動であり、しかも、漏洩の原因が爆発となると、二次災害の可能性まである。

強制排除、投棄されたムーン・ブラストは、機体から充分な安全距離を取らないうちに爆発した。そのため、フレームに残された部品は少なからぬダメージを受けていた。

スペース・ウォーカーのCCDカメラが、爆発ボルトによって強制排除されたムーン・ブラストの接続跡を映し出した。全体が焙《あぶ》られたように黒焦げになっているが、画面上で判別できるようなメインフレームの変形や欠損は少ない。

しかし、その上に張り出したパラボラアンテナ、ホーンアンテナ、オフセットアンテナなどの複合アンテナシステムは、一目見てわかるほどのダメージを受けている。もとが複雑な構成だからわからないが、アンテナ本体が吹き飛ばされて基部しか残っていないところも何カ所かある。

ムーン・ブラストは、フレームから二基のエンジンを並べるようにして吊り下げられていた。残された一基は、至近距離で同形式のエンジンの爆発に直撃されたから、この部分のダメージが一番大きい。

『……よく飛んでるな』

チャンのつぶやきが予想外に大きくミッションコントロールに流れた。

ローリング・プレンティの船体が回転しているから、背景の星空がゆっくり動いて見える。二体のスペース・ウォーカーによって映し出された画面は、残された一基のムーン・ブラストがかなり危険な状態にあることを示していた。

もっとも熱反射率の高い物質である金のフィルムで覆われた液体酸素タンクの表面が、傷だらけになっている。無事な部分も、焦げたり金が剝げて下の耐熱塗装が剝《む》き出しになったりして、まともに稼動しているとは信じ難い。

「大丈夫なの？」

スウはスクリーンから目を離さない。

「一カ所だけ空気洩れしてる、みたいな簡単な状況じゃなさそうよ。こんな酸素タンク、修理しても使えるの？」

液体酸素の温度は零下一九七度。宇宙空間は寒いといっても、ぶつかる分子の量が大気中よりも桁外れに少ないから温度が計れないというだけの話で、低温度保持が地球上より楽にできるわけではない。

液化温度が保てなければ酸素はすぐに気化し、タンク内で高圧となる。それに対してタンクの外は絶対真空だから、気圧差に対する条件は地上より厳しい。

「修理するしかない」

巨大な液体酸素タンクの外側に取り付いて、二体のスペース・ウォーカーが外部チェックを開始した。目視と、手に持ったチェッカー、CCDカメラの映像などから酸素タンクの現在の状況が細密にチェックされていく。

「予備部品はないんだ。液体酸素の補給も、推進剤になる還元土壌の補給も、あそこじゃできないんだから」

「……補給の方法が、完全にないわけじゃないが……」

デュークは、ディスプレイ上の軌道相関図を見た。

「オービタル・サイエンスがバズ・ワゴンのために先行して飛ばした推進剤タンクがあと一基、この先を飛んでる。あれを使えば」

「オービタル・サイエンスが、一番を飛んでいるコロニアル・スペースのために予備のタンクを譲るの?」

「いい企業宣伝にはなると思うがね」

デュークは溜め息をついた。

「まあ、ボスのことだ、本当に必要なら、海賊行為でもなんでもしてタンクごと分捕るだろうが……」

「それも難しいでしょう」

マリオは首を振った。

「今のローリング・プレンティの飛行速度だと、バズ・ワゴンの予備タンクにランデブーするためには、かなりの減速と軌道変更が必要になります。残っているムーン・ブラストが無事で、しかも完全に使えるのならともかく、そうでなければ……」

「そうでなければ、修理でもなんでもして、使えるようにするだろうさ。そうしないと、地球に還ることすらできないんだから」

「バズ・ワゴンが加速を再開したわ」

アナハイムからの中継映像を見たスウが告げた。

「……でも、〇・一天文単位も離れてることより、彼らのほうが近いから、プシキャットは四九秒も前に知ってるわね」

9　コンパクト・プシキャット／発進四六日

液体酸素タンク及び周辺部分の念入りな調査の結果、三カ所の漏洩部分と七つの重大な破損が発見された。漏洩部分は即座に修理が開始され、残りについても将来的にタンクが破れる可能性があるため、補修作業が続けられる。

二度のスペース・ウォーカーの交代の後、ローリング・プレンティが液体酸素タンクの漏洩修理を終えたのは一二時間後だった。液体酸素タンクの破損部分の補修と並行して、他の部分のチェックが開始される。

ほとんど休みなしにスペース・ウォーカーが外に出ている状態で、ローリング・プレンティのボス、ドン・キャグニーが船体の回転運動を止めるための姿勢制御の許可を出したのは、さらにその一二時間後になった。

通常の姿勢制御の三倍以上も時間をかけた慎重な修正噴射で、ローリング・プレンティは回転運動を止めて飛行姿勢を回復した。予備アンテナが地球に向いたおかげで、地上と軌道上の大型アンテナを総動員したコロニアル・スペース側の受信体制が整ったためもあって、プシキャットの中継なしに地球との通信回線が回復する。

『それで？』

通信モニターの中のマリオが、うんざりしたような目で、操縦席に揃っている二人の乗組員の顔を見た。

『二人してやることもないのに、ローリング・プレンティにずっと付き合ってたのかい』

「だって」

「ねえ」

寝不足の顔をした美紀とチャンは、顔を見合わせてうなずいた。

「一応、一番近くにいる宇宙船の乗組員としては、のんびり寝てるわけにもいかなくって、一体どこがどうなってるのか気になるし、二次災害の可能性だってないわけじゃないし」

「まあ、なにかあったからって、すぐ駆けつけられるわけじゃないのはわかってんだけどさ。そこはまあ、付き合いってもんがあるから。向こうの船外作業のついでに状況も聞けたし」

タイムラグが大きいから、相手の声が聞こえてくるまではとりとめもなく喋り続けることが多くなってきている。沈黙を運ぶ時間が少なくなるから、律義《りちぎ》に相手の返事を待っているよりは通信効率は上がっているはずである。

『乗組員が揃って寝不足で、もし緊急事態でも起きたらどうする気だ。乗組員の健康管理は、機長の責任だぞ、そりゃまあ、ミッションディレクターにも責任はあるけど』

モニターの向こうで笑ってみせて、マリオは続けた。

『とにかく、寝不足は早いうちに解消しといてくれ。今のところプラズマエンジンは順調に噴いてくれてるから、しばらくは大きく動く予定はない』

「ローリング・プレンティの状況はどうなの？」

「そろそろ本社《シアトル》から公式発表がある頃だろ。だいたいの状況はわかってるつもりだけど、実際のところどうなんだ？」

モニターの向こうであれこれ話し込んでいたマリオが、顔を上げた。

『マスコミ向けの公式発表は、今回の長距離航行用に新しく作られたプログラムのエラーってことになってる。ムーン・ブラストがタンクとエンジンブロックごと廃棄されたのも事実とおんなじだけど、その分船体の総重量も軽くなってるから、推力比が若干悪化したくらいで航行計画全体にも変更はない』

「一般大衆向けの公式発表には興味ないってば。実際のところはどうなの？」

『実際にはなにが起きたかっていうと、シアトルが事故前後の状態から再現したＣＧ映像を送ってくれた。見てごらん』

ハードレイクからの映像回線が、宇宙空間を飛ぶローリング・プレンティに切り換わった。背景の星の位置まで合わせた凝《こ》った画像で、トラスフレームの宇宙船が航法灯だけを点滅させて慣性航行をしている。

画面の隅に、年月日まで含めた時間データが表示されている。コンマ二桁までの秒数が、スロットマシンのような勢いで流れていく。

「ローリング・プレンティが爆発した時間て、覚えてる？」

「細かい時間までは、ちょっと……」

チャンは手を振った。

「そろそろ、ムーン・ブラストの噴射をする頃だとは思うんだけどね」

画面上のローリング・プレンティがふたつ並んだノズルをカメラに向けたまま、ムーン・ブラストの明るいオレンジ色の噴射を開始した。自由に視点を変えられるＣＧ映像らしく、画面一杯に噴射炎を捉えたカメラは一気に後退した。同時に二基のムーン・ブラストを噴射させて、ローリング・プレンティが加速を開始する。

音声は、ローリング・プレンティの操縦室のものがそのまま流されていた。ムーン・ブラストの現況を読み上げるパイロットの声に、船内にまで伝わってくる振動音が重なる。

一度は加速を開始したローリング・プレンティから引き離されたカメラは、そのまま急接近してローリング・プレンティの船体下に潜り込んだ。月面上への降着が想定されている下面、トラスフレーム構造の下に釣り下げるように装着されている機関部や推進タンクが、画面の横幅一杯に捉えられる。

操縦室内の声に、緊迫感が増した。いくつもの声が交錯しているから聞き取りにくいが、どうやら予定よりも推力が高いらしい。推力調整を試みるが、うまくいかない。

エンジン不調に慣れている乗組員らしく、対応は恐ろしく早いうえに的確だった。ミッションコントロールセンターからの支援が全く期待できない状況で、次々に対応策をとっていき、最終的にエンジン停止の判断を下している。

しかし、電子回路を介して制御されるムーン・ブラストは、その通りには停まらなかった。最終的に推進剤及び酸化剤の供給を強制遮断することにより、一基のエンジンは噴射を停止するが、残り一基はコントロールを受け付けずに全開噴射を続ける。

暴走に近い噴射が停まらず、噴射ノズルのジンバル機構のコントロールまで効かなくなるに至って、ボスのキャグニーはエンジンブロックの廃棄を命令した。

全開運転中のエンジンブロックだけの切り離しはできない。推進剤タンク、液体酸素タンクから燃料が最大効率で供給されている状況で、バルブのシャットオフができないのなら、すべてを同時に切り離すしかない。

電子回路を介さない非常回路を使って、推進剤タンク、液体酸素タンクを含むムーン・ブラストは、爆発ボルトによってローリング・プレンティから強制排除された。

推進力を保ったまま本体から切り離されたムーン・ブラストは、推進剤が尽きるまで大加速を続けるか、エンジンブロックが運転限界を超えて爆発するものと予想された。

実際には、切り離されたムーン・ブラストが爆発したのは、その直後だった。

船体に結合されたままの状態で爆発したら、ローリング・プレンティは間違いなく航行不能の状態に陥っただろう。しかし、複数の結合箇所の爆発ボルトによって強制排除されたとはいえ、近距離からのエンジン爆発の直撃は船体各部に少なからぬダメージを与えていた。

「……すごいわね……」

爆発による瞬間的なダメージから回復したあと、破損した残りの液体酸素タンクからのガス漏れによって船体が回転運動に入る。あとから地球に送られた記録と、現在に至るまでの観測データから再構成された再現映像を見た美紀が唸《うな》った。

「第二エンジンが爆発する前に切り離してるのよ。もしあたしたちがあそこにいたら、同じように対応できたかしら？」

「自信ないね」

チャンは肩をすくめた。

「これだけ離れた場所で、ふたつあるエンジンの片方だけとはいえ捨てっちまおうなんて判断を即座に下して、なおかつ実行するとは、さすが、月面マフィアのボスだけある」

『とまあ、以上がシアトルからうちに送られてきた事故の再現記録だ』

通信回線の映像に、マリオが戻ってきた。

『ローリング・プレンティの現在の状況については、着々と距離を詰めつつあるそっちのほうが詳しいだろうが、地上側では電子系統のチェック、宇宙船側では残されたムーン・ブラストの本体と補機のチェックを行っている。近いうちに実動テストを行うはずだ。

これからの予定に関しては、彗星に接触する場合と接触しない場合の帰還軌道、最短と最長の時間などいくつものケースを想定して検討中らしいが、コロニアル・スペースとしてはまだレースの放棄を宣言してはいない。こっちの計算でも、ローリング・プレンティは彗星と接触した上での地球帰還軌道をとれるだけの余裕はあるはずだ』

「どういう計算したのかしら?」

「そりゃまあ、精神的な余裕とか、不安定要素とかを考えない机上の計算ってやつだろ」

飛行機の航続距離が非常用燃料を除いて計算されるように、宇宙航行には非常事態に備えた余裕が見込まれる。

「……あまり聞きたくないんだけど……」

美紀は、電子的に再現されたローリング・プレンティの現在の映像をディスプレイ上に映し出しながら低い声で言った。

「もし、今回の爆発がクラッカーによる航行妨害だとして、クラッカーが宇宙船の破壊を目的にアクセスしてきたのだとしたら、航行系以外にもウィルスを混入させてる可能性ってないかしら?」

「……ほんとに、あんまり聞きたくないこと思いつきやがった」

操縦士席のチャンが嫌そうな声を上げた。

「つまり、それって、船内空気の循環系とか、水の濾過《ろか》とか、環境関係のコンピュータが狂い出すかもしれないってことじゃないか」

「どう考えても、推進系爆発させたり航行系狂わせたりするより、そっちのほうが簡単みたいな気がするんだけど……」

「言う通りだよ。モニター見てな、マリオがとんでもない顔するぜ。コンパクト・プシキャットよりローリング・プレンティ、バズ・ワゴン、ゼロゼロマシン、どこでもいい、応答してくれ。緊急に確認したいことがある」

チャンは、通常回線で長距離宇宙船を呼び出した。口頭で、航法コンピュータ以外のステルスチェックが行われたかどうか確認する。

『何てこと思いついてくれたんだ、美紀!』

通信モニターの中で、マリオは悲鳴を上げた。

『確かに、そっちのほうが簡単で、しかも確実に航行妨害できる。彗星捕獲の条件は、最初に彗星上で到着を宣言したものだ。動ける奴がいなくなれば宇宙船が無事に破片に突入しても契約上はどうにもならない』

『なによ、コンピュータは全部チェックしたんじゃないの!?』

横のスウがモニターの中でマリオに絡む。マリオは横目でスウを睨みつけた。

『うちのは全部チェック済みだ。何のために通信回線から切り離しをしたと思ってる。だが、他の連中はどこまでどんなチェックしたかなんて聞いてない。気がついたんなら、どうせ向こうで聞いてる頃だろうが』

ハードレイクから、西海岸の端から端まで散らばっている各宇宙船のミッションコントロールセンターに問い合わせるよりも、コンパクト・プシキャットが通常回線で尋ねるほうが早い。

「どうする?」

通信パネルを指で弾きながら、チャンは他の三隻の宇宙船の現在位置をディスプレイ上で確認した。

「ほんとに聞くのか、こんな嫌な話題」

「気がつかなかったことにして忘れちゃう?」

『バズ・ワゴン、パイロットのアレックスだ』

通常回線に応答があった。

『どうした? なんか忘れもんでも思い出したかい?』

「プシキャット、チャンだ。忘れもんじゃなくてね、うちの機長が嫌なこと思いついちまって。おしゃべりチャンネルでこんな話題出したかないんだが、飛行制御コンピュータのステルスチェックの結果はどうだった？」

『おお、時限装置付きの爆弾とか、ブービートラップ付きの伝染病とか、いろいろととんでもないもんがあったぞ。とっとと地球との通信システムをコンピュータと切り離したってそっちの方針は大正解だ』

「一つならず汚染源があったってことですな」

チャンは暗い顔で通信モニターから顔をそらした。

「もう一つ聞きたいんだが、他のシステムのチェックは行いました？」

『他のシステム？』

通信モニターの中で、バズ・ワゴンのパイロットは虚を衝《つ》かれたような顔をした。

『航行と推進系だけじゃなくって、生命維持とか電気系とか、そういう場所のチェックってことかい？』

「そうだ。いやね、うちの機長が言い出したんだけど、もし、地上のろくでなしが航行妨害のためにハッキングしてきたのなら、飛行制御系よりももっと効果的な方法があるんじゃないかって」

「なんか人聞き悪いわね」

『生命維持システムを破壊するってことか！』

軌道上でテストパイロットの長い経歴を持つアレックスは、モニターの中で声を荒らげた。

『もちろん、うちのシステムは定期的なチェックを受けてるが、循環気系にしても水還元にしてもソフトから公開されているようなありふれたシステムだ。アクセスできる奴がその気になれば、簡単にシステムをダウンできる』

「武装してない宇宙船でもスターウォーズはできるんです」

美紀は、モニターを正面から見た。

「こんなところまで来て、そんなもの相手にしたくないとは思うけど、致命的なことが起きないうちにチェックしてみてもらえますか」

『了解した。クラッキングが確実になった時点で、アナハイムでもチェックはしてるとは思うがね。総司令部《ヘッドクオーター》に連絡とって、レッドシフトのうちのオペレーターを叩き起こそう』

バズ・ワゴンでも乗組員は二交代制で、レッドシフトかブルーシフトかどちらかが必ず起きて任務についている。

『つまり、こうして平穏無事に慣性航行している瞬間に、換気システムが突然有毒ガスを吐き出す可能性があるってことか。ほんとに嫌なこと思いついてくれたな』

10 シュピッツァー・ステーション／発進四八日目

軌道上に設けられた有人の天体観測施設のうち、シュピッツァー・ステーションは月の裏側にあるアルファ観測基地と並ぶ規模を誇っている。軌道上に点在する無人の観測施設や、高軌道上に展開した探査機などの管制も担当する軌道上複合体は、もっとも星に近い天文台でもある。

太陽系内の惑星に多くの無人探査機が、火星には有人の調査船まで飛ぶようになった今、天文台の関心は太陽系外の天体に移りつつあった。近いところでも、冥王星軌道より外側のカイパー・ベルト、オールト雲などがその目標になっている。

そんな状況の中で、実習訓練のために地上から派遣されている学生が主体になって、地球からはるかに離れた空間を飛ぶ四隻の宇宙船を捉えようとしていた。

「まあ、他の宇宙船の状況を外から見られるってのはありがたいけどね」

ＪＰＬのコネによってスウが直結した回線による画像データが、ミッションコントロールのメインスクリーンに映し出されている。

シュピッツァー・ステーションの学生たちは、インターネット上で公開されている彗星捕獲レースに参加している宇宙船の現在位置と航行要素から照準すべき空域を算定し、高軌道上の望遠鏡衛星を向けた。

もっとも地球に近い位置を微加速しながら飛行中のゼロゼロマシンに始まり、長めの噴射時間で二次加速を終えたバズ・ワゴン、低推力加速中のコンパクト・プシキャットなどは、地球から彗星に向かう軌道で光学望遠鏡に取り付けられた超高精度ＣＣＤにはっきりと捉えられていた。

「うちの宇宙船も初期加速が終わってからこっち外部目視チェックなんかしてないし、思ったよりもきれいに撮れてる」

光年単位で離れた天体を観測するための大規模観測機器は、一六〇〇万キロ離れたちっぽけな宇宙船を判別できるだけの精度で映し出している。宇宙船の外観は、船外カメラの映像で確認できるが、離れた場所から見るには船外活動を行うしかない。そして、プシキャットから送られてくるデータに何の異常も見られない以上、不要不急の船外活動を行う予定もない。

惑星間宇宙は、地球周回低軌道よりもはるかに大きい宇宙線、太陽放射線に曝される。船内にいても完全に防ぎ切れるわけではない。宇宙服一枚で船外に出れば、その被曝《ひばく》量は高軌道、あるいは月面上、ラグランジュ・ポイント以上になることが予想されていた。

「それで？」

マリオは、軌道上のシュピッツァー・ステーションとデータ回線で交信しているスウに声をかけた。

「最後の一隻はまだ狙えないのか？」

「本来、そのために観測プログラム組んだはずなんだけど」

メリーランド州ボルチモアの宇宙望遠鏡科学研究所、ロサンゼルス市パサディナのＪＰＬなどと情報交換しながら、シュピッツァー・ステーションは地球光や雑音電波を避けるために高軌道上に配置されたいくつかの望遠鏡衛星を使って、遠い宇宙船を狙う。得られたデータはシュピッツァー・ステーションを経てJPLに送られ、コンピュータで合成、補正されて一つの映像となる。

同じ手順で、すでにゼロゼロマシン、バズ・ワゴン、コンパクト・プシキャットの最新映像がネット上で公開されていた。あらかじめ予定されていたスケジュールの間を縫っての観測だから、最後のローリング・プレンティを捉えるにはあまり時間の余裕がないはずである。

「そのはずなんだけど」

スウは、数カ所がインターネット上でチャットしながら作業を進めている状況をディスプレイ上でモニターしている。

「なんか、目標空間の側に妙な雲みたいなもの見つけて、それでローリング・プレンティがうまく捕まらないみたい」

「雲？」

わざとらしく発音に注意して、マリオは聞き直した。ディスプレイから顔を上げたスウはマリオを睨みつけた。

「あたしが言ってるんじゃない！　だいたい空にはミルクの道《ミルキーウエイ》だって、ちょっと外に出てけばオールトの雲だってあるじゃない！」

「まあ、あそこらへんまで出かけてけば、とんでもない低気圧だからな、太陽の突風とか磁気嵐とか、なにがあっても不思議じゃないが」

「低気圧って、真空だって言いたいの？」

「おお、そうとも言う」

「馬鹿にすんな！　だって、流星雨って彗星雲から降るんでしょうが！」

「そりゃまあそうだけど、今年はクリスマスまで定常群以外の流星雨の予報なんか出てないぜ」

マリオは、目の前のコンソールにこれから先半年分の天象予報を呼び出した。

「今回の航行のために、地球帰還予定日より二月《ふたつき》先の予報までチェックしたんだ。太陽活動の活発化なんかはともかく、流星雨の予定なんか出てないけど」

「でも、ローリング・プレンティが彗星のあとを通るって言ってるわよ。バーナード・クリッペン第四彗星は、地球軌道からはずれてるから流星雨にはならないけど、ローリング・プレンティの軌道がきっちり交差するって……」

「バーナード・クリッペン第四彗星なら今頃は木星軌道の外側まで行っちまって……」

ミッションディレクターとして、太陽系内の主要天体の軌道要素は、地球近傍軌道にさまよい出してくる小惑星に至るまできっちり頭に入れてある。つい二年前に地球に最接近した大彗星は、その実寸法の割に見かけの大きさがさほどのものにならなかったため、いくつかの無人探査機がカミカゼミッションを行っただけである。しかし、頭の中に太陽系の様子を描いたマリオは、なにか引っ掛かるものを感じてふと黙り込んだ。

現在加速中で、すでにローリング・プレンティを上回る速度に到達しているプシキャットの軌道要素はほぼ一致している。ローリング・プレンティを先導機《パス・ファインダー》にして、プシキャットがあとからその差を詰めている状況である。

「パサディナから関係各所に第四彗星の通過後の記録が配信されてる」

ディスプレイ上の文字化された交信記録だけでなく、別回線で飛び交っているデータまで見たスウが顔を上げた。

「見る？」

「見る。こっちにまわしてくれ」

ミッションディレクター席のコンソールに向き直ったマリオは、コンパクト・プシキャットの軌道相関図をディスプレイに呼び出した。

彗星の通り道には、吹き飛ばされた大量の塵や氷が取り残される。地球がそこを通過する時、大気圏に大量の宇宙塵が突入し、流れ星が雨のように降る。

ＪＰＬから送られてきたのは、二年前に地球に最接近した大彗星の軌道記録だった。地球の軌道平面をかすめる形で内惑星軌道から去っていったから、地球に流星雨が降ることはない。

「……だから見逃したか……」

マリオは舌打ちした。ローリング・プレンティは間もなくバーナード・クリッペン第四彗星の残した宇宙塵にぶち当たり、そしてコンパクト・プシキャットも遅れて突入することになる。

「流星雨ったって、別に宇宙空間に流れ星がばかすか飛んでくるわけじゃないじゃない」

スウの言葉には実感がない。流星は、宇宙塵が大気圏上層部で大気との摩擦により燃え上がることにより発生する。真空の宇宙空間では、流れる星が光り輝くことはない。

「コンパクト・プシキャットの飛行速度は秒速五キロになってる」

車椅子をまわしたマリオは、通信パネルに指を走らせた。

「地球が太陽をまわる公転速度を加えれば、相対速度は三五キロを超す。ピストルの弾の一〇〇倍以上のスピードだ。小さなかけら一つでも、当たりどころが悪けりゃ死ぬぞ」

「……だ、だって、宇宙空間で流星群の密度なんてそんなに大きいもんじゃ……」

「惑星間宇宙の状況に関しちゃ、僕より詳しいんだろ」

定時連絡外の長距離回線を開きながら、マリオは言った。

「宇宙船程度の投影面積のものが、今回の流星群に突入して無傷で済む確率ってのは充分に無視できるほど小さいのか？　ハードレイクよりコンパクト・プシキャットへ。非常警報だ。繰り返す、非常警報だ。そっちの進路上にバーナード・クリッペン第四彗星の置き土産による流星群がある。対応策を取らなきゃならない、至急、姿勢制御の準備をしてくれ」

言いながら、マリオは専用ディスプレイ上に常時表示されているコンパクト・プシキャットの現在の状況に目をやった。現在の勤務体制《シフト》では、美紀が操縦室にいるはずである。

「流星群？」

プラズマロケットによる加速中は、太陽電池全開による余剰電力が大きいこともあって、ハードレイクとの通信回線は繋ぎっぱなしである。美紀は、聞きなれない単語を聞いたように通信モニターの中のマリオの顔を見直した。

「ええと、ここは地球から一六〇〇万キロも離れた内惑星間空間で、小惑星帯とか隕石群なんかないと思ってたんだけど……」

言いながら、送られてきた文字データをディスプレイ上にスクロールさせる。スウのコメント付きで送られてきたメッセージは、二年前に地球軌道を通り過ぎたはずのバーナード・クリッペン第四彗星の軌道が、コンパクト・プシキャットの未来軌道と交差していることを示していた。

『いいから、レーダーの有効半径《レンジ》を最大に上げろ！　宇宙船ぶち壊すにはレーダーに引っ掛からないような微細なかけら一つで充分なんだ！』

「だったら、レーダー入れても無駄みたいな気はするけど」

普通に航行していても、宇宙塵に衝突する可能性はある。軌道上にあるという流星群がどの程度の広がりと密度を持つものなのか考えながら、美紀はレーダーの設定を最大有効半径に拡げた。

彗星捕獲のための長期航行が決定した段階で、コンパクト・プシキャットは機載レーダーに大幅な変更を受けていた。ダイナソアA号機が搭載しているレーダーは大気圏内航行の補助にしか使えないような小型のフェイズド・アレイレーダーで、長距離空間の走査などできない。そのため、外部に追加装備する形で大型の高出力レーダーが取り付けられている。ただし、障害物のない宇宙でも通常設定での有効半径は一五〇〇〇キロほど、光速によるタイムラグがあるから目いっぱい上げても一五万キロ程度の走査しかできない。有効半径内に、他の反応はない。

「今のところ、レーダーに引っ掛かるような障害物はなし」

美紀は、フロントスクリーンに顔を上げた。ローリング・プレンティもまだ肉眼では確認できない。

「それで、バーナード・クリッペン第四彗星の跡ってのは、一体どれくらいの密度でここから先に残ってるのかしら?」

おそらく彗星跡に関する観測データなどないだろうから、前回の観測データから推測するしかない。また、彗星軌道上に残された宇宙塵は太陽風や重力に吹き流されるから、いつまでもその場に滞留しているわけでもない。じっとしていても宇宙塵や漂流物《デブリ》がぶつかってくるかもしれないのだから、気にしていたらそれこそ何もできなくなってしまう。

『今のところ正確な密度も範囲もわかっちゃいない。地球軌道上なら退避命令が出るだろうが、衝突確率が宝くじ並みなのか、ルーレットの出目当てくらいなのかもわからない。ただ、同じ場所を通るのなら投影面積がでかいほどぶち当たる確率も増えるから……』

「何の話だあ?」

ふああとあくび混じりに、ダイナソアの操縦室にチャンが降りてきた。

「まだ定時連絡の時間じゃねえだろ」

「おはよう、早いわね」

機長席の美紀は軽く手を上げた。

「起きて早々悪いけど、早くも次の緊急事態ってやつよ。この先に流星群があるって」

「流星群だあ？」

寝ぼけ眼《まなこ》のまま、チャンがパイロットシートに潜り込んできた。

「一体、いつの時代の話だよ。最近そんな設定は、深夜映画でもお目にかかれねえぞ」

「残念ながら現在の話。去年のバーナード・クリッペン第四彗星の残り滓《かす》がこの先に撒《ま》き散らされてるんだって」

「……流星群じゃねえじゃん」

「あたしが言ったんじゃないもん。地球に降れば流星雨になるけど」

「何で、今頃になってそんなもんが出てくんだよ！　出発前の航路チェックくらい、どこの会社だってやってんだろが！」

「さあ？　少なくともレーダーじゃ見つからないし、もし見つかったからって、相手が小さすぎていちいち回避機動ってわけにもいかないだろうし。だいたい、推進剤保つのかしら」

「この先？」

レーダースクリーンを覗き込んだチャンが、進行方向を指で差した。美紀はうなずいた。

「んで、マリオは何と？」

「進行方向に対する投影面積を最小にして、あとは祈るしかないでしょう。今さら軌道変えて逃げ出すわけにもいかないし、プラズマロケット停止させたら、また後で始動させるのが大変だし」

「危ないの？」

チャンは、地球から送られてきた、前方にあるはずの宇宙塵に関するデータをディスプレイ上で読んだ。きっちり観測されたものでなく推測だらけのデータだが、危険度の目安にはなる。

「見ての通りよ」

「なるほどね。こんな障害物があると知ってりゃあ、わざわざこんな軌道に有人宇宙船を飛ばさねえって程度の確率は出てるな」

有人宇宙船は、あらかじめ宇宙塵との衝突がありうることを想定して設計されている。そのため、生命維持システムや推進系、制御系は必ず複数の余裕を持たされ、宇宙船の外壁も小さな宇宙塵の直撃になら耐えるような装甲が施されている。

しかし、それでもなお、防ぎ切れないような大質量――三〇グラム以上――の小隕石が、宇宙船を破壊するのに充分な高速で衝突する可能性は残る。宇宙空間での相対速度は地上では考えられないほど高くなり、その運動エネルギーも質量兵器と呼べるほど高くなる。

『すまない、こっちのミスだ。長距離航行をするのに、事前の準備期間が少なすぎた。有人宇宙船を同じ軌道に四隻も飛ばすんだから、事前に先行偵察機《パス・ファインダー》でも飛ばせば、空間状況くらい把握できたんだが』

「にしても、よく見つけたもんだ」

宇宙船が、無傷で流星群を抜ける可能性もある。衝突する可能性も。それが外板に傷を付けるか、予備部品を損傷させるだけで航行に一切影響を与えない可能性も、あるいは乗組員の生存に関する重大な障害を与える可能性もある。

「大丈夫かしら」

「流星群を通過するのに予測されてる時間は？」

「約三時間。長めにとってるけど、正確にどのポイントから流星群に突入するかわからないから。もう少し早く気がついていれば、軌道変更するなりなんなりして避けられたかもしれないんだけど」

「反転させて、プラズマ噴射で吹き飛ばしゃいいじゃん」

チャンはふわあとあくびをした。

「え？」

「後ろから噴いてるのは、秒速八〇キロ近いプラズマ水素だぜ。隕鉄を蒸発させるのはきついけど、彗星滓なら氷やスターダストが大部分だろ。せっかく稼いだ速度が多少減速されるし、軌道計算も多少ややこしくなるけど、プラズマロケット逆噴射しながら飛んでけば、少なくともこっちの軌道上に浮遊してる宇宙塵はみんな吹き飛んでくれるんじゃねえの？」

「チャン、あなた……」

美紀は驚いたようにチャンの顔を見つめた。

「寝ぼけてるときのほうが冴えてるわね」

「そりゃどうも」

チャンは、ディスプレイ上にマニュアルを呼び出した。

「ただし、そうすると、太陽電池角固定のままで船体だけ一八〇度回転させることになるけど、そんな真似できるんかね」

『反動制御システムを最低出力にして少しずつ回していけば、太陽電池出力を上下させずに姿勢変更できる、はずだ』

あまり自信なさそうに、マリオは言った。

『ただし、当然のことながら、ちまちま船体を回して太陽電池角を変更しなきゃならないから、時間がかかる。流星群突入までに後どれくらいの時間が残されているのかわからない、すぐかかってくれ』

「へいへい」

パックのコーヒーをずるずる吸いながら、チャンは操縦システムに手をかけた。

「朝飯前に済ませましょう。済まねえか、時間かかりそうだ」

『ローリング・プレンティよりコンパクト・プシキャット』

先行しているローリング・プレンティからのコールが入った。メインパイロットのクレイが通信モニターに現れる。

『聞いたか、俺たちの行く先に小惑星帯《アステロイドベルト》があるって』

「情報が混乱しとるな」

チャンは通信チャンネルを切り換えた。

「プシキャットよりローリング・プレンティ、こっちの前にあるのは流星雨だって聞いたぜ。密度とか、相対速度とか、詳しい情報はまだ来てない。……一番近いのがおれたちだってことになると、自分で観測した方が信用できる情報は得られるか」

船外作業で船体の修理を続けた結果、ローリング・プレンティの機能はほぼ回復している。公式発表ではムーン・ブラストの暴走と切り離しによるダメージはすでに解消され、通信システム、推進システムとも性能を回復している。応急処置が大部分とはいえ、当面の航行を続けるには支障はない。

『こっちに来てる情報も似たようなもんだ。一応宇宙船の最前部に防御シールドを拡げるが、ケプラー・アラミドの傘《かさ》なんぞ気休めにしかならねえ』

ローリング・プレンティは、宇宙塵との衝突を防御するため、強化繊維と装甲板によるシールドを装備していた。

宇宙塵はどこからぶつかってくるかわからないから全方位を覆うものはできず、進行方向に拡げて居住ブロックを防御する。折り畳み式の頑丈なフレームに防弾繊維を張り付けたシールドは、地上の実験では充分に宇宙船を防御できるとの実験結果を出していた。

「そっちは流星群を捉えたか？」

『レーダーのレンジぎりぎりに、雲みたいな薄い影が出てる。地球の空で飛行機を飛ばしたことがあるなら、気象レーダーに映る雲を見たことがあるだろ』

「あるけど……」

宇宙船のレーダーが、気象レーダーと同じような反応を示すことはない。

「そんな密度の流星群なのか？」

『いや、まあ、こないだの騒ぎから、こっちのレーダーも灰をかぶったみたいに調子悪いんだがね。分解能を目一杯上げると、ほとんどのグリッドに反応がある。だいたい二キロ四方に、レーダーに反応するようなかけらが必ず一つは浮いてるってわけだ』

あまりに小さな破片はレーダーに反応しない。そして、小さな破片ほどその数は増すはずである。チャンは、機長席の美紀と顔を見合わせた。

「お聞きしにくいんですけど」

美紀が会話に加わった。

「ローリング・プレンティが無事に流星群を抜ける確率はどれくらい？」

『シアトルの計算では七六パーセント。ただし、こっちのコンピュータじゃ、傷一つなしに流星群を抜けるには、文字通り天文学的確率ってやつが必要になる』

「さすがに無傷ってわけにはいかないだろうけど……」

『こうなると、でかい図体ってのが恨めしいねえ。そっちの小さな船体がうらやましいぜ。

おまけに、自前のプラズマ噴射で行く手の流星群吹き飛ばしていくとは、うまい手考えたな』

「うまくいくかどうかは賭けみたいなもんだけど、安全空域設定しなきゃならないような危ないエンジンを全開で噴かしてる最中だから、進行方向に向けてみたら石のかけらはともかく、氷くらいなら蒸発させられるだろうと思いまして」

『いつまで流せるかわからないし、使えるかどうかも怪しいが、こっちの観測データは流しっぱなしにしてやる。流星の分布状況がわかれば後から抜けるのに有利だろう』

「先行偵察機やるんですか……」

先行する宇宙船から流星群の状況が伝達されれば、後続の宇宙船の航行は格段に安全になる。

『ボスのオーダーだ。先に言っとくが、犠牲的精神とか紳士協定とか、そんなんでパスファインダーやるんじゃないぜ。もしもこっちの船がダメージを受けた場合、後から来る宇宙船の救助をあてにするためだ。プシキャットがプラズマで進路上の宇宙塵を吹き飛ばしていくのなら、バズ・ワゴンやゼロゼロマシンが同じ軌道をとれれば安全確率はさらに上がるだろう』

「合理的なんだか他人任せなんだか……」

美紀がつぶやいた。

「了解しました。そちらの観測データ、無駄にはしないように有効に使わせていただきます。こっちのポジションも後続の宇宙船は把握してるはずですが、とにかく距離が離れてますから、基準点のない惑星間空間でどれだけ正確に軌道をトレースできるか」

『後ろの連中の腕まで心配してやることたない』

通信モニターの中で、クレイは凄味のある笑みを浮かべてみせた。

『軌道上選り抜きの宇宙船乗《ふなの》りが揃ってんだ。それよりも、自分が無事に流星群を抜けられるかどうか心配しな』

「……了解」

美紀が苦笑いしながら答えた。

『こっちはもう間もなく流星群に入る。最終軌道の算定に入るから、おしゃべりはこれまでだ。確率的名人芸ってやつを見せてやるから、目を離すんじゃないぜ』

ごく小さな破片は、近距離まで接近しないとレーダーに映らない。そして、ローリング・プレンティに限らず、軌道上宇宙船は接近のたびに回避機動をとれるほど推進剤の余裕がない。そのため、事前に流星群の分布状況をレーダーで観測し、もっとも分布の薄いところを通り抜けるように軌道を選ぶ。

それでも、衝突の確率を気休め程度に下げられるだけである。

ローリング・プレンティは、装備されているレーダーと観測システムのすべてを動員して、前方空間の走査を開始していた。精密作業用に装備されている高精度レーダーが、軌道上に散らばる小さなかけらを捉えはじめている。

「こっちの反転は間に合いそうだけど……」

美紀は、先行するローリング・プレンティとコンパクト・プシキャットの現在位置をディスプレイ上に重ね合わせた。

「それは、そん時になってから考えりゃいいんじゃないの？」

「問題は、その後ね」

空になったコーヒーパックを、シート後ろのごみ袋に詰めながらチャンが答えた。

「もう一度宇宙船を反転させて加速を続けるか、エンジンを切って慣性航行に入るか、ローリング・プレンティとランデブーするか。念のために、ローリング・プレンティとのランデブー軌道でも計算しとくか」

三〇時間以上加速を続けているから、コンパクト・プシキャットの到達速度はすでにローリング・プレンティの飛行速度を上回っている。

「ローリング・プレンティが無人探査機《プローブ》を発射した」

ディスプレイ上で、先行するローリング・プレンティが自らの軌道上に小型探査機を放出した。同期させた軌道上に先行させた探査機から流星群の情報を得て、必要ならば回避機動をとるのだろう。

「使えるのか？」

無人探査機は、先行偵察機の役目を果たすようにはできていない。探査機は特定の観測目標に対するデータ収集を行うように設計されており、次から次へと接近してくる宇宙塵の大きさや軌道を観測することはできない。

「少なくとも、軌道上にいる宇宙塵は先に無人機に衝突するんじゃない？」

「流星群ったって、こっちの進路上に静止してるわけじゃないぜ。吹き飛ばされたときの勢いや、重力に引かれたり太陽風に吹かれたりして、ゆっくり動いてるはずだ。それに、大きさがローリング・プレンティと違いすぎる」

精密観測のために高密度モードにシフトされたレーダーが、秒速三〇キロをはるかに超える相対速度で接近する宇宙塵を捉えはじめた。地球近傍軌道では、高軌道や月に上がるための宇宙船の速度は秒速一二キロ前後が最高になり、しかもその速度は地球から離れるにつれて重力で減速される。

「役に立たんな、これは」

先行させた無人探査機からの情報と、艦載レーダーの観測結果を合わせてディスプレイ上に表示して、チャンは溜め息をついた。

「宇宙塵の間隔が広すぎるし、浮いてる塵が小さすぎる。レーダーで観測して、あらかじめ回避機動をとれるようなレベルじゃない」

美紀は、通信モニターの向こうのローリング・プレンティの操縦室を見た。安全のため、席に着いているボスもパイロットもナビゲーターも、全員が宇宙服を着用している。

「どうする？　おれたちも宇宙服着とくか？」

「気休めにしかならないでしょうけど、そのほうがいいでしょうね」

美紀は溜め息をついた。

ローリング・プレンティがＳＯＳを発信したのは、その直後のことだった。

遷移軌道

1　コンパクト・プシキャット／発進四八日目

「生命維持装置の完全停止だと⁉」

正規のチャンネルが使用不能になったローリング・プレンティからの通信に、流星群に反転して突入するための姿勢制御を終えたプシキャットの操縦席でチャンは声を上げた。

「なんで？　原因は⁉　宇宙塵に致命傷《クリティカル・ヒット》でも喰らったのか」

『原因は、船内環境を維持するシステム管理コンピュータのダウン。ミキの推理があたったみたいよ』

ローリング・プレンティからの映像回線は、またも不通になっている。流星が居住区画を貫いた場合の急激な減圧に備えて、宇宙服を着ていたのが幸いした。

『循環気だけじゃなくって、通信システムまで使用不能だもの。宇宙服のちゃちな無線が使えるような近距離に他の船がいてくれたから助かってるけど、そうでなければ地球にライトでモールス信号でも試すところだわ。……受信どうすればいいのかしら。双眼鏡で地球見てたら、何かわかるようなことしてくれるかしら』

宇宙服の無線のバーアンテナを、通信機のアンテナケーブルに直結して外部との通信回線を確保している。常時動き続けるはずの換気装置まで止まってしまった司令室で、ジュリアは一番近いコンパクト・プシキャットとの回線維持を担当していた。

「また、ウイルス爆弾か何か？　ステルスチェックしたんじゃなかったの？」

『したわよ。生命維持システムだけじゃなくって、トイレの再循環センサーに至るまで全部チェックし直したんだから。そういうわけで、度々で申し訳ないんだけど、またシアトルとの中継お願いできる？』

「そりゃ、もちろんかまわないけど……」

「コンパクト・プシキャットよりハードレイク、緊急事態発生」

機長席の美紀がさっさとハードレイクを呼び出す。タイムラグバーを確認する。応答は、およそ一〇五秒後。

「先行するローリング・プレンティの電気系統が完全にダウンした模様。おそらく前に開設したチャンネルがまだ生きてるはずだから、シアトルに直接こちらからの信号を拾うようにしてもらった方が手間が省けると思うんだけど」

「それで？」

ローリング・プレンティとの距離はかなり接近しているから、宇宙服のトランシーバーが相手でも聞き取りに苦労するようなことはない。チャンは、ディスプレイ上の通信相手の現在位置を確認しながら、ジュリアに聞いた。

「何と何が使えて、何が使えないんだ？」

『現在チェック中だけど、推進と姿勢制御は現状でも使えるみたい』

「流星群の真っ只中でムーン・ブラスト噴かすつもりかよ」

『生命維持システムは完全にダウン。循環気系が停まってるし、優先度が低いからまだテストしてないけど、きっとお料理もできないんじゃないかしら』

「通信系が使えなくなってるのはわかるとして、電子系はどこまで生きてるんだ？　航法とか、レーダーとか使えるのか？」

返信が戻ってくるまでの間、感度を最大に上げた受信バンドを雑音が支配した。

宇宙服のトランシーバーまでいかれたかとチャンが心配しはじめた時、やっと返信が戻ってきた。

『レーダーもだめみたい。航法も使えないわ。すごいわよ、今の操縦室の状況を生中継してあげたいくらい』

くすっと笑って、ジュリアが続けた。

『信じられる？　ローリング・プレンティの司令室のフロントシールド開いて、クレイが軌道宇宙船で有視界飛行しようとしてるの。パイロットって、みんなああなのかしら』

「無茶だ……」

チャンは呆然とつぶやいた。

「レーダーでさえ流星群が捉えられるかどうかわからないのに、弾丸《たま》より速く飛んでくるスターダストを見て避けようなんて……」

『あれよね。オペレーターのマックスによると、無人プローブ動かしたんで時限爆弾が作動したんだろうって。ほら、プローブって彗星に接近してから放出する予定だったでしょ。だから、彗星への接近とか接触を妨害しようとして、プログラムが作動するようにしかけられていたんじゃないかってことだけど……』

『ハードレイクよりプシキャット、要請は了解した』

光速のタイムラグだけ遅れて、ハードレイクのマリオが通信モニター上に現れた。

『今アナハイムにホットラインかけて手筈《てはず》を整えてる。しかし、ローリング・プレンティがまた事故ったのかい』

「事故じゃないわよ。クラッキングによる航行妨害。推進系と制御系、こないだチェックした以外のところがきれいにダウンしてるみたい。トランシーバーによる音声回線しか使えないし、向こうの電子系が死んでるからデータ通信による状況モニターもできないと思うんだけど、ローリング・プレンティは目が塞がれて、耳も少ししか聞こえない状況で流星群の中を飛んでいくことになります。パイロットは有視界飛行をするつもりみたい」

レーダーでさえ捉えるのが難しい宇宙塵を、人の視覚で判別して、その上回避機動をとれるなどとは思えない。軌道上宇宙船は、格闘戦のような回避機動を行うための高出力モーターや無尽蔵《むじんぞう》の推進剤など持っていない。

「それで、ここから先はあたしの独断なんだけど……」

美紀は、遠く離れたミッションディレクターになるべく手際よくこちらの考えを伝えようと一瞬だけ言葉を切った。

「遠く離れた地球から、宇宙船の航行を妨害できるのなら、逆に窮地に陥った宇宙船を同じ通信ネットワークを使って救助することもできるはずよね」

『助けてくださるって申し出は涙がでるほどうれしいけど、通信の中継だけで充分よ』

「昔発射して遠く離れた無人探査機の旧式化したソフトを、地球から書き換えて全体の性能を向上させる、なんてことはJPLのお得意でしょ。パスワードだの暗号変換だのをこなさなきゃならない通信システムや、部外秘の情報いっぱいの航法システムならともかく、生命維持とか電気供給だけならそんなにややこしいことはいらないはずだわ。他社の宇宙船の方針に口を出すことになるけど、通常通信だけでもできるように通信システム回復させれば、後は極端な話、プシキャットからリアルタイムでシステム制御だってできるんじゃないかしら」

『……その手があったわね。ちょっと待って、マックスと相談してみる』

『そりゃ、確かにシステム管理するだけなら作動記録《ログ》なんぞ消えちまっても問題ないが、だからっていいのか、おい』

「そっちの現在位置はこっちのレーダー上でも確認できる。現状でも航法支援は可能だ」

チャンはさらに追い撃ちをかけた。

「ただし、こっちのレーダーでもよほど大きいものでない限り、そちらの軌道上にある宇宙塵は捉えられない。精査モードにして、やっと有効半径《レンジ》ぎりぎりになんかあるのがわかるって程度だ。そっちはもう、流星群の中に入ってるんだろ？」

『司令室じゃボスと副操縦士《コ・パイロット》のレイシーに双眼鏡持たせて、観測室にも二人ばかり張り付かせて天体観測用の光学機器で進路上を見張ってる。二一世紀にもなって、しかも地球から一六〇〇万キロも離れた惑星間空間で白鯨《モビー・ディック》探すエイハブ船長みたいなことしてるんだ、泣けるだろう』

「それも、急減圧に備えて気圧落とした宇宙船の中で、宇宙服着たまんまでね」

『船内容積が大きいから、生命維持システムはあわてて回復させる必要はない。現状で一番欲しいのは航法と誘導で、気休めにでもレーダーを回復させたいから、とにかく通信系を復活させるって』

ジュリアが、オペレーターの伝言を伝えてきた。

『今、目の前で通信パネル開いて回路の入れ替えはじめてるわ。うまくいけば、全部マニュアル制御になるけど、二〇分から三〇分で通信回線が復活するだろうって』

「大丈夫なのかよ」

チャンはつぶやいた。

「こっちのレーダーでは、ローリング・プレンティはもう流星群の中に入ってることになってる。クレイの確率的名人芸ってやつを信じないわけじゃないけど、もう、なにがぶつかってきてもおかしくない空域に入り込んでるんだぜ」

『運がよければ無事抜けられる。全システムが正常に働いていたとしても、流星群を抜けられるかどうかなんて、誰も確実なことは言えないんだ。幸いにして、今のところ視界にはこっちめがけてぶっ飛んでくる宇宙塵はない』

「そりゃ、目で見てわかるようなもんが飛んできたら、その時点でもう終わりって気がしないこともないけど」

有視界で流星群を抜ける、という状況を考えてみて、美紀はぞくっと背筋を震わせた。仮に双眼鏡や光学観測で宇宙塵を発見したとして、それが自分の乗っている宇宙船と衝突する軌道に乗っているかどうか、どの方向にどれだけの推力で回避機動をとればいいのか、どうやって判断すればいいのだろう。

『ハードレイクよりプシキャットへ、シアトルと連絡がとれました』

通信モニターに、スウが現れた。

『今はまだこちらの会話を回線で流してる段階だけど、前の設定がそのまま生きてるはずだから、そのうちプシキャットの回線に直接介入できるようになるはずです。美紀の提案については、現在検討中。向こうのディレクターとマリオが話し合ってるわ。少なくとも、プシキャットとローリング・プレンティじゃ生命維持装置のシステムも規模も違うから、プシキャットのデータをそのまま流し込んで使いまわすみたいなことはできないけど、航法の基礎データくらいは使えるんじゃないかしら。長距離飛行に出掛けてくんだからスター・チャートは測地局の最新版でしょ？』

「ぶっ飛んでくる彗星に接触して離脱《タッチアンドゴー》しようっていうだけの飛行だぜ。出発地も目的地も帰還地も飛行中ずっと見えてるんだ、星図なんぞなくたって何とかなる。ローリング・プレンティが今一番欲しがってるのはレーダーだ。ヒューズのスペース・ウォッチャー・シリーズならうちと同じだから……」

『申し訳ないけど、うちのレーダーはウェスティングハウス製』

宇宙船に使われるレーダーのメーカーは、北米大陸だけで二つ、ヨーロッパに一つ、アジアにもある。アンテナや制御系、専用素子のメーカーまで含めればバリエーションは無数に増える。

『それも、性能向上《アップデート》前のアストロ・ナインよ。この程度の性能があれば、軌道上なら不具合はないから』

地球近傍の軌道を航行する民間宇宙船に、高出力、高性能のレーダーは必要ない。しかし、ウェスティングハウスとヒューズでは基本ソフトから構成が違うので互換性はない。

『ゼロゼロマシンよりコンパクト・プシキャットへ、いや、ローリング・プレンティでもいいのかこの場合』

通常回線に、第三者の声が入ってきた。通信モニターに、ローリング・プレンティから四〇万キロほど離れた位置にいるはずのゼロゼロマシンのオペレーターが、いつもと同じ眠そうな顔で現れる。

『話はモニターさせてもらってる。非常事態なんで勘弁してくれ。うちの予備レーダーがウェスティングハウスのアストロ・ナイン、バージョンは最後から二つめだが、大した改修はないから使えるはずだ』

『ローリング・プレンティよりゼロゼロマシンへ、お申し出ありがとうございます。でも、大丈夫かしら』

『バックアップ用のロムカートリッジがある。装備当初から積んであるやつだから、初期バージョンから放りっぱなしのバグ以外に問題はないはずだ』

「こちらの観測状況を送ります」

美紀はデータ通信回線を切り換えた。

「ローリング・プレンティの現在位置と、こっちのレーダーで捉えた流星群の分布状況。進路上真正面はプラズマロケットの逆噴射でマスキングされたみたいに観測できないんだけど、他のところは見えるはずです。それと、レーダー上で確認する限りでは流星群は滞留していて、流れているわけじゃなさそうなので、正確にこちらの軌道をトレースできれば衝突の可能性を低減できるはずです」

『ゼロゼロマシン、了解。そちらの観測データはありがたく使わせてもらう』

『バズ・ワゴンよりコンパクト・プシキャットへ、観測データの受信を開始しました。飛行の無事を祈ります』

「コンパクト・プシキャット、これより流星群に突入」

宇宙空間に正確な線が引いてあるわけではない。レーダー上に捉えられた小さな宇宙塵と最初にすれ違うと同時に、チャンは宣言した。先行するローリング・プレンティはもっと宇宙塵の密度の高い空域に入り込んでいる。

『ローリング・プレンティより後続艇へ』

宇宙服のトランシーバーを使った中継で、パイロットのクレイが伝えてきた。

『レーダーが使えないから目視で観測するしかないが、隕石流の密度は心配するほどのもんじゃない。今までのところ、問題になるほど大きな宇宙塵も確認していないし、レーザージャイロに影響がでるほどの衝突もなしだ』

宇宙船の航法に使われるレーザージャイロは、三角形の経路上にレーザー光線を発射し、戻ってくる時の位相差から船体の移動を検知する。そのため、振動や動揺まで含めた船体の動きを感知することが可能である。

『通信システムは間もなく回復する予定だ。通信系統のチェックと航行電子機器《アビオニクス》との接続に時間がかかるが、うまくいけば流星群を抜ける前にレーダーを回復できるかもしれない』

ローリング・プレンティからの通信に、固いものがぶつかったような音が混じった。コンパクト・プシキャットの操縦室で、美紀とチャンは顔を見合わせた。

「プシキャットよりローリング・プレンティ。今、ごんっつったぞ、ごんって！　なにが起きた⁉」

『……犠牲者が出た』

「なに⁉」

『通信システム修理中のマックスがやられた』

『この忙しい時に下らない冗談かましてるんじゃないわよ！』

トランシーバーをひったくったように、ジュリアが通信に出た。

『大丈夫、何でもないわ。マックスがコンソールに頭ぶつけただけ。被害はこぶ一つと、あとカバーが歪んじゃったかな』

「大丈夫なの？　おどかさないでよ」

『ぎゃあぎゃあ言ってるけど心配ないわ。え、なに？』

トランシーバーに、向こうのインカムらしい切羽詰まった叫び声が聞こえた。遅れて、噴射音。そして衝撃音が再びスピーカーから流れた。

「……今度はなに？」

聞いたことの判断がつかずに、美紀はチャンの顔を見た。

「なにか注意しろって感じの叫び声、それから全開の機動噴射、そして衝突」

ディスプレイ上に捉えられているローリング・プレンティの位置を確認しながら、チャンは答えた。

流星群の中に入ってから障害となる宇宙塵が多くなっているから、スクリーン上にはノイズが多い。飛行や進行方向にすぐ影響がでるような衝突でもない限り、レーダーで確認できるのはかなり先のことになる。

「そういう風に聞こえた。もちろん、いたずら好きのボスがまたなにか口でサウンドエフェクトでも仕掛けたのじゃない限り、て条件がつくけど」

「そんなにすぐ仕掛けないと思うけど、あの人だったら絶好のタイミング狙いすますから」

「それじゃ、マックスがタイミング奪っちゃったのかな?」

『こちらローリング・プレンティ、残念だが非常事態の発生を宣言する』

トランシーバーから流れてきたのは、ボスのキャグニーの声だった。

『船体が宇宙塵の直撃を受けた。現在、閉鎖されていない居住区画に空気漏れが確認されている。乗組員がいる他の区画は閉鎖されており、なおかつ全員が宇宙服を着用しているので窒息の心配はない。現在全システムをチェック中、船体と機能がどの程度のダメージを受けたかどうかはまだわからない』

チャンと美紀はふたたび顔を見あわせた。

「冗談にしちゃ手が込んでると思わない?」

『これまた残念だが、こいつは冗談じゃない。ローリング・プレンティは宇宙塵の直撃を受けた。冗談じゃない、ほんとだぞ』

非常事態の宣言は、光速の分だけ遅れて追随する宇宙船、そして地球に伝えられた。

「冗談じゃない非常事態って、どういうこと!?」

「本当の非常事態ってことだろ」

あわてるスウと対照的に、マリオは冷静にディスプレイ上でプシキャット他三隻の宇宙船の現在位置を確認した。

「まだ、始まったばかりだ。ハードレイクよりプシキャットへ。状況が判明するまで動くな、と言いたいところだが、ここからじゃ迅速《じんそく》な対応ができない。もしなんらか動く場合は、必ずこっちに報告してくれ」

「コンパクト・プシキャット、了解」

美紀は、ハードレイクに答えた。ローリング・プレンティの正確な状況はわからないし、伝えられたとしてもシアトルのミッションコントロールセンターのような的確な対応ができるわけがない。

「とにかく、流星群を抜けるまでは現状のまま航行を続けます。どうするにしても、この中で派手な機動はしたくないわ」

ローリング・プレンティは、わかったところから船体の状況を地球に伝えている。向こうから呼び出されない限り、こちらから中継に介入することはない。

「ダメージがわからないって言ってたけど」

チャンはレーダーコンソールから顔を上げた。

「その前の段階で、ローリング・プレンティは推進系以外の全部の機械が停まってたんだ。

事故のおかげで再起動するなんてことは期待できないから、漂流してるのも同然の状況と思ったほうがいい」

「そういう意味じゃ、衝突前と状況はあんまり変わってないわよ」

「だからだろ、とりあえず人がいるところの損害チェックしただけで、観測体制も変えてないし通信システムの修理も中止してない。しかし、全システムダウンとは一体どんなウィルス仕掛けやがったんだ」

「もっと厄介なのは、ローリング・プレンティがまだ流星群を抜けたわけじゃないってことよ」

　美紀はレーダースクリーンに目を落とした。小さな宇宙塵が観測対象だから、スクリーン上には反応というよりもノイズが多いように見える。先行するローリング・プレンティもレンジぎりぎりに捉えられているが、そのまわりにも宇宙塵は多い。

「地球からのデータが正しければ、ローリング・プレンティが宇宙塵を抜けるまでに、あと二時間以上？　その間に、次のかけらが当たらないって保証はないのよ」

「無事に抜けられる可能性が七六パーセントって言ってたな」

　チャンは、流星群突入前の交信を思い出した。

「船体構造の基幹部分に痛恨の一撃《クリティカル・ヒット》喰らう確率ってのは、どれくらいあるんだろう」

「ルーレットの一点賭けくらいじゃないのかしら」

　美紀は、操縦室のフロントグラスに顔を向けた。濃い防眩／対放射線処理が施されたフロントグラス越しには、星も見えない。

「あたしたちだって、無事にここを抜けられるって決まったわけじゃないんだから」

通信回線上では、身のまわりの状況報告だけ済ませたローリング・プレンティが、肉眼のみの観測体制はそのままで慣性航行を続けている。

「これだけ離れて、おまけにデータリンクも切れてるとなれば、シアトルも支援のしようがないだろうし、動くにしても流星群を抜けてからでないと」

宇宙塵がローリング・プレンティに衝突した直後、ボスのキャグニーは船内の急速な減圧に備えて宇宙服の密閉を指令した。

それまで、非常事態に備えて船内を減圧したうえで宇宙服を着用していたが、ヘルメットのシールドは開いたままで船内の空気を呼吸していた。これから先、船内の大気圧は四〇パーセント、四〇〇ヘクトパスカルに保たれたまま、シールドを下ろして生命維持装置に接続したチューブからの空気を呼吸することになる。

正確な損害評価のために、司令室からナビゲーターのジュリアが小型のバックパックを装着して出ていった。通信回線の維持はパイロットのクレイに移管される。

非常事態に備えて、ローリング・プレンティの居住ブロックの気密ハッチはすべて閉鎖されていた。先端部にある操縦室の後方の作業ブロックをエアロック代わりに、ジュリアは急速に気圧が低下した居住区の調査に向かった。

『居住ブロックに入ります。現在、外気圧、二四〇ヘクトパスカル』

居住ブロック側の気密ハッチが開かれると同時に、宇宙服の通信システム越しに空気の抜けるような音が聞こえた。

『宇宙服が膨らんでいくわ。どこか、ここから見えないところに穴が空いてるのは間違いないわね』

船内モニターが生きていれば、どの部屋で急速な気圧低下が起きているのか、地球からでも判断できる。しかし、単純な照明や手動の開閉システム以外の、コンピュータのコントロール下にあるほとんどの電子機器がダウンしている今の状況では、すべて人が移動して観察し、確認するしかない。

『ゼロゼロマシンより先行各艇に業務連絡』

繋ぎっぱなしの宇宙船間専用チャンネルに、ゼロゼロマシンのオペレーターが現れた。

『間もなく、ラグランジュ・ポイントの太陽発電衛星から、最大出力でのレーザー送信テストを行います。テスト手順は、先に低出力のパイロットビームを目標空域に照射の後、最大出力でゼロゼロマシンの軌道上に送信ビームを照射する予定』

「なんで今頃になって……」

「今だから、よ」

美紀は、四隻の位置関係を表示していたディスプレイのスケールを変更した。四隻の船団はほとんど一つになり、はるか彼方に、出発した時よりも太陽を巡る公転によってその位置を進めた地球が浮いている。

「あれだけ大きな宇宙船に、キログラム単位とはいえイオンドライブの動力を供給できるだけの大出力レーザーよ。正確にゼロゼロマシンの軌道を照射できれば、その先に浮いている宇宙塵を全部掃除できるかもしれない」

『レーザーは範囲を絞って照射されますが、一六〇〇万キロの間におそらくビーム幅は三〇〇メートル以上に拡がるものと予想されます。最大出力で照射した場合は、それでも楽に宇宙船の船体構造を破壊できると思われるので、もし事前のパイロットビーム照射の段階でなにかあれば、至急連絡してください』

「なにかあったら連絡しろったってあーた、パイロットビームの直射くらいで、どうやって気がつけってんだ」

「命中すれば温度が上がるから、船体の赤外線放射に気をつけたほうがいいわね」

美紀は地球に対するプシキャットの姿勢をチェックした。流星群に対する投影面積を最小にして逆噴射航行中のプシキャットは、斜め前方に地球を見ることになる。どの宇宙船《ふね》よりも大きな太陽電池パネルを拡げているから、他の宇宙船よりも標的としては大きい。

『パイロットビームは三分おきに三回、発射されます。すでに第一射は三〇秒ほど前に発射され、一〇〇〇万キロほど離れた場所を光速でこちらに向かって進行中』

「本気で一六〇〇万キロも離れた宇宙船にレーザードライブで動力伝達する気なのか……」

各宇宙船のミッションコントロールに、ゼロゼロマシンを管制するSFコマンドから重要、緊急の項目付きで伝達された映像は、ハードレイクのメインスクリーンにも映し出されていた。

ゼロゼロマシンの出発時に四〇万キロ離れた宇宙船にレーザーによる動力を伝達したラグランジュ・ポイントの巨大な発電衛星は、現在、さらにその稼動面積と発電出力を増加させている。

広大な面積の発電衛星は、それ自体がレーザー砲を安定させるスタビライザーとして使用されていた。軌道上天文台並みの精密架台に載せられた大口径レーザー砲は、高々度衛星軌道一杯に拡げられた観測衛星のネットワークによって得られるデータをもとに照準される。まず、照射点を確認するためのパイロットビームが低出力で発射され、標的が確認されてから設定出力でのレーザー発射が行われる。

「まあ、でたらめに発射したところで、何かに命中する確率ってのは宝くじレベルだろうけど……」

「宝くじってのは必ず誰かに当たるのよ」

スウが冷ややかに言った。

「当たらなければ賞金が繰り越されて、結局、誰かに当たるようにできてるのよ」

「あんなでかい発電衛星の全出力が凝縮されたレーザー光線なら、そりゃ当たれば大きいでしょうね」

メインスクリーンを見上げていたジェニファーが言った。

「でも、どうなの？　これだけ離れた目標に、有効なエネルギーを伝達できるだけの効率で、しかも動いてる宇宙船にレーザーをずっと命中させ続ける、なんて真似できるの？」

「少なくとも、発電衛星の連中とサンフランシスコ《SF》コマンド、それからターゲットにされるゼロゼロマシンの乗組員は、できるって思ってるようですね。問題は観測と照準精度でしょうけど、ゼロゼロマシンの初期加速の段階で低加速していく宇宙船を正確に追尾できてますから、それより二桁くらい精度を上げられれば……」

「簡単に言うわね。精度ってそんなに簡単に出るもんなの？」

「あれだけ大きな軌道上構造物なら安定度も高いだろうし、正確にターゲットを追尾できれば不可能じゃないでしょうけど、今回の照射はどっちかっていうとテストのついでに軌道上の宇宙塵を蒸発させられればってことでしょう。照準スケジュールには他社のも含めて宇宙船はいないし、照射空域は流星群に限られてますから、気にすることもないと思いますけど」

「気にするわよ」

　ジェニファーはぶつくさ言いながら、コンソールの椅子を引いて腰を落とした。

「もし、発電衛星が正確にミーン・マシンを照準できるのなら、遠距離を航行中の他の宇宙船だって狙い射ちにできるってことじゃない」

「まあ、それだけのことをする自信がなければ、こんな大がかりな仕掛けを動かさないでしょうけど……」

　さらにもう一度、パイロットビームが発射された。照準された空間では、命中による赤外線反応が念入りに観測される。宇宙塵でも宇宙船でも、レーザーが命中すれば加熱され、それは赤外線反応となって観測網に捉えられる。

ラグランジュ・ポイントの外周に配置された観測網は、地球から一六〇〇万キロ離れて彗星を目指す四隻の宇宙船を捉えていた。ほぼ同一の軌道上を一直線に連なって航行する四隻の先頭の宇宙船、ローリング・プレンティは、すでに雲のような流星群の中に入り込んでおり、追う二番手のプシキャットはプラズマ噴射を進行方向に向けた逆噴射の形で流星群の中に突入している。

三度にわたるパイロットビームの発射でレーザーの照準と照射空間がチェックされてから、発電衛星の全電力を投入されたレーザー砲が発射された。自然界には存在しない、整然と位相の揃った同質の光粒子の集合体は、一分近くかけて惑星間空間を貫いた。

電力供給のための発射ならば、正確にミーン・マシンのラム反射スコープを追随するはずのレーザーは、計算によって予測されるゼロゼロマシンの軌道上を切り裂くように照射した。そのまま、じわじわと発射角度を変え、軌道上に存在するはずの彗星塵を蒸発させる。

発射後二分以上経ってから、地球周回軌道上の観測網はいくつかの赤外線反応、および赤外線バースト反応を確認した。

発射時の直径が一・四一メートルしかないレーザーは広大な空間を駆けるうちに拡散し、流星群を貫いた時点では三〇〇メートル以上の幅を持つ光の束となる。光線の持つエネルギーも拡散していくが、それでも宇宙空間を漂う氷のかけらを蒸発させるには充分な熱量を残している。

小さな赤外線反応は岩石を主体とした宇宙塵からのもの、そして、赤外線爆発《バースト》反応は、レーザーの直撃を受けた氷、あるいは水分を含む小隕石が蒸気爆発を起こしたものと説明された。

「思ったより穏やかね」

レーザーが照射された跡は、流星群が二次元的に走査されたことになる。ぽつぽつとしか表示されない赤外線反応を見たジェニファーがつぶやいた。

「密集艦隊に集中砲火でも浴びせたみたいに、もっと派手な花火でも見られるかと思った」

「どう思う、スウ？」

「思ってたより密度が高いわ」

スウはサンフランシスコからのデータとＪＰＬ、軌道管制局、宇宙望遠鏡科学研究所などから集めたデータを前に、暗い顔で答えた。

「クリッペン彗星は大きい彗星だったから、残された宇宙塵の道《スターダスト・ロード》もとんでもない規模だろうと思ってたんだけど、広がりも奥行きも思ってたより大きい。地球軌道をかすめる辺りまでは崩壊しながらコマ振りまいてたから、それで離れてる割には観測しやすかったんだけど……」

「シアトルがローリング・プレンティに指令を出した」

ローリング・プレンティに非常事態発生のしらせと同時にミッションコントロールセンタ

ーに舞い戻ってきたデュークが、シアトルのミッションコントロールセンターからの音声を聞き分けて言った。

「流星群の中での有視界飛行を中止して、全員船体の後方に行けと。宇宙塵はおそらく宇宙船の前方からぶち当たるだろうから、後ろにいるほど生存確率が高くなる」

「聞くかな？」

「聞かねえだろな」

ローリング・プレンティからの返答を待つ間、デュークは肩をすくめた。

「少なくとも、通信機の修理をしてるマックスは残るはずだ。となれば、ボスもパイロットのクレイも司令室から動くはずがない。となれば、観測室に残ってる二人も命令無視してる司令室の指示に従うわけがないし、損害調査中のジュリアも仕事を続けるだけだろうよ」

「度胸がいいの？　それとも命知らずなだけ？」

ディスプレイから顔を上げたスウが聞いた。マリオは顔も見ずに答えた。

「まだできることが残ってるのに、職場放棄するのは負けだって思うような人種なんだよ、あそこにいる連中は」

デュークは両手を挙げてみせた。

「度胸がいいのは確かだが、最後部に避難したからって命の保証がされるわけじゃない。目を離したすきに司令室が直撃されれば、どっちみち宇宙船のコントロールができなくなるから、帰ってくるのは辛《つら》くなる。……ほら、言ったとおりだ」

ボス直々のローリング・プレンティからの返答を聞いたデュークは苦笑いした。

突然、前触れもなしにジェニファーの前のコンソールで電話のベルが鳴りだした。

「え？　あ、あたし？」

他のスタッフは忙しそうなので、ジェニファーは旧式なワイヤードの受話器を取り上げた。自分がついている席は軌道管制卓、鳴っている電話は緊急連絡にしか使われないはずなのを、耳に当ててから思いだす。

「はい、こちらハードレイク、ミッションコントロール……劉健《リュウケン》⁉」

いきなりジェニファーの声が一オクターブもはね上がった。

「なんで、あんたがこんなところにこんな電話なんかかけてくるのよ！　この仕事が終わるまでに目の前に現れたら撃ち殺すって言ったのもう忘れたの⁉　……なによ、知ってるわよ、宇宙戦艦用のレーザー持ってるからって偉そうな口きかないで。ん？　ええ、ええ……何考えてんのよ」

今度は逆にジェニファーの声が低くなる。

「あなたが一人でそんなこと思いつくはずないもの。誰の入れ知恵？　……いいわよ、わかった。マリオ、電話に出られる？」

つい聞き耳をたてていたマリオは、思わず車椅子ごと振り向いて自分の顔を指した。

「僕……ですか？」

「ＳＦコマンドからよ。もう一度レーザーの照準テストを行いたいから、トップをいくローリング・プレンティと現在二位のコンパクト・プシキャットの正確な軌道データが欲しいって」

「んなもん、インターネットにのっけてる通りですが。そうか、逆噴射航行に入ってからデータ更新してねえや。なに？　向こうの観測データとこっちの航行データ突き合わせて誤差を詰めるつもりかな？」

「今回のテスト用のレーザー運転時間にまだ余裕があるから、もう少し遠距離の照射をしてみたいんですって。ローリング・プレンティの前方空間辺りがテストの条件に最適らしいわ」

「へえ、わかりました」

すぐに事態を了解したマリオは、インターホンを切り換えて受話器を取った。

「ハードレイク・ミッションコントロール、チーフディレクターのマリオ・フェルナンデスです。ええ、まあ、だいたいやりたいことは了解しました。プシキャットと、プシキャットが捉えているローリング・プレンティの正確な現在位置と軌道上データを送ります」

『プシキャットよりハードレイク』

スウとデュークがモニターをチェックした。美紀は、少し間を開けただけで続けて用件を伝える。

『流星群突破後の飛行計画についてのリクエストです。コンパクト・プシキャットは軌道上前方のローリング・プレンティにランデブーする軌道を取りたいので、飛行計画の算定および変更の許可を』

「そろそろそう言ってくる頃だと思ってたぜ」

つぶやくように、デュークが答えた。

「コンパクト・プシキャットが流星群を抜ける正確な時間がわからない。軌道変更するにしても、ローリング・プレンティに接近するにしても、それからだ。一番正確にローリング・プレンティの状況とベクトルを把握してるのはそっちだ。とりあえずラフプランでいいから、ランデブーのための飛行計画をよこせ。ミスやロスがないかどうか、こっちでチェックしてやる」

「いいんですか？」

スウは驚いた顔で聞いた。

「勝手に話を進めちゃって」

「できる範囲で打てる手を打っておくだけの話だ」

デュークはスウににやりと笑ってみせた。

「話を聞くだけならいつものことだし、航行計画の算定も軌道変更の許可もまだ出てやしない。もっとも、宇宙船を飛ばしてるのはあいつらだ。あいつらがやるっていうんなら、こっちで止めたりしても無駄だと思うがねえ」

「ＳＦコマンドが、大口径レーザーをローリング・プレンティの進路上に照射しますから、これから先の宇宙塵との衝突の確率はぐっと低くなるはずです。問題は、すでに狸《たぬき》の置物も同然のローリング・プレンティの損害がどれくらいで、いったいどの程度で復帰できるのか、できないのか……」

「音声回線モニターしてるだけじゃ、どうにも、なあ」

デュークは溜め息をついた。


『……ハッチが歪んで、空気漏れしてるわ』

ローリング・プレンティからの調査報告は、音声で途切れずに流れている。

『多分、この先が衝突現場……ハッチの向こうは気圧ゼロ、完全に抜けてるわね。ボス、開けてみていいかしら？』

『やってみてくれ。動力は切れてるが、手動でなんとかなるはずだ。いきなり開けて吸い出されたりしたら、ちゃんと一人で泳いで戻ってくるんだぞ』

『わかってるわ。これからハッチを開きます』

開きっぱなしの双方向チャンネルからでさえ、空気漏れの音が鳴っているのがわかる。

通常は自動で解除される機械式のロックを手動で解除したジュリアは、ゆっくりとハッチを開きはじめた。居住ブロックにまだ残っている空気が、激しい風の音とともに吸い出される。

『開きました。中、真っ暗。ライト点灯します……何よ、これ』

激しかった風の音が急速に消えていく。

『……爆発事故でもあったみたい。部屋の中がぐちゃぐちゃになってる。クレイ、あなた、部屋の中に弾薬でも備蓄してたの?』

『誰がそんなもん持ち込むか! 爆発事故だと?』

『そうとしか思えないわ。宇宙塵の直撃で穴が開いただけじゃない。いくら急激に空気が抜けたって、ここまでぐちゃぐちゃにはならないわよ』

『機雷でも飛び込んできたって言うのか』

ボスが聞いた。

『どっちかっていうと手榴弾だと思うけど。それだったら、こんなところに飛び込んでくる前に爆発しちゃうでしょう。とにかく部屋の中は爆発事故でもあったみたい。船体構造から考えると前方からの衝突で、中でこれだけやられてるってことは、外の配管でも電線でも、もし直撃を受けたのならひどいダメージを受けてると思うけど』

『よし、わかった。被害がその周辺なら、システムに受けた被害もある程度特定できる。細かい被害調査は隕石流を抜けてから船外作業で確認する。戻ってきてくれ』

『了解、戻ります』

次の瞬間、通信回線にひどい雑音が入った。聞き逃しがないようにボリュームを上げていたプシキャットの操縦室に、ジェリカンを引き裂くような雑音が満ちる。美紀とチャンは思わず声を上げた。

「なんだ、通信機までいかれたか⁉」

ものの数秒もせずに、雑音は消え去った。感度を上げたスピーカーに、波音のような空電が残っている。

『ボス、今のはなんです？』

同じ雑音はローリング・プレンティの船内にも聞こえたらしい。ジュリアが何度か司令室に呼びかけたが、返事がすぐに戻ってこない。

『こちら観測室、デクスターよりジュリア、無事か？』

『無事よ。だけど今のなに？　また何かにぶつかったの、船がどかんて揺れたわよ』

『船首の防弾シールドが切り裂かれてる。ここからでもわかる。司令室に直撃を喰らった』

「コンパクト・プシキャットよりハードレイク」

美紀の反応は早かった。即座にミッションコントロールセンターを呼び出す。

「ローリング・プレンティが宇宙塵の直撃を受けました。プシキャットはただいまからローリング・プレンティの支援態勢に入ります」

『被害の状況は？』

聞いたジュリアに、観測室で任務についていた二人のうちの一人が答えた。

『君が確認してくれ。君が今司令室に一番近い』

『了解。さっきまであたし、あそこにいたのよ』

『気をつけてくれ。ここからでも司令室の中が光るのが見えた。無事だとは思えない』

『こちら、ローリング・プレンティ司令室』

回線に、いくぶんノイズののっただみ声が戻ってきた。

『聞こえているか？　キャグニーだ』

『ボス！』

『良好に聞こえています。そっちはどうなったんです？』

『どうもこうも、いきなりコントロールパネルが爆発しやがった。このチャンネルは外にも聞こえているのか？』

「プシキャットよりローリング・プレンティ」

地球からの応答を待っていたのでは時間がかかりすぎる。美紀はチャンネルに入った。

「通信状態は良好、この回線は地球にそのまま流れています。そちらは無事ですか？」

『乗員の頭数は揃っている。ローリング・プレンティより地球へ。レーザー照射による航路上の掃海を感謝する。

残念ながら、船体に二発目の直撃を受けた。本船は主操縦室を破棄、以後のコントロールは観測室からの船体制御をもって行う。船体のダメージは不明、現在調査中だ。以後の状況は、このチャンネルをモニターして判断してくれ。

観測室、人手が必要だ、司令室に来てくれ。メインドアが開きにくくなっているが、かまわないからぶち破れ。それとデクスター、手前の出番だ、仕事の用意をしといてくれ』

「デクスターって、確か副《コ》ナビゲーターだよな」

チャンは、いくどか言葉を交わしている中年男性の顔を思い出した。

「それだけじゃないわ。確か、医者の資格も持ってるはずよ」

美紀はディスプレイ上にローリング・プレンティの乗員名簿を呼び出した。他の宇宙船の乗組員は、フルネームと経歴も含めて一通りのチェックはしてある。

「主操縦室の破棄って、それで航行を続けられるのか？」

「船体のコントロールだけなら他からでも、それこそ地球からでもできるはずだけど……」

美紀は、ディスプレイ上に公開されている、今回の航行装備のローリング・プレンティの構造概念図を表示させる。

「だけど、今のローリング・プレンティは死んでるも同然の状態だから……」

「今の速度のまま、流星群の中を飛んでいくしかないか……」

「支援態勢に入るったって……」

ハードレイクでコンパクト・プシキャットからの一方的な連絡を聞いたジェニファーは、ブルネットの髪の毛を振り乱すように首を振った。

「いったいどうする気よ、何ができるの？」

「航法支援、水先案内、緊急救難物資の受け渡しから修理の手伝いまで、できることはいろいろあるとは思いますけど」

マリオは難しい顔で、ディスプレイ上のローリング・プレンティとコンパクト・プシキャットの位置関係をにらんでいる。一度はローリング・プレンティを上回る飛行速度を獲得したプシキャットは、流星群の中で進行方向にプラズマ推進を逆噴射しながら飛行中のため、じわじわと減速中である。

「このまま減速を続ければ、流星群を出てから五時間で接触できるな」

「ランデブーする前提で飛行計画を立てとく？」

ほぼ同じ軌道を飛行中といっても、地球から一六〇〇万キロ離れた空間では二隻の宇宙船の軌道は完全に一致しているわけではない。当初の予定では流星群を抜けたプシキャットは再び飛行姿勢を反転、低加速飛行でローリング・プレンティを追い越す予定だった。最接近時でも、二隻の軌道は五〇〇〇キロ以上離れている。

「軌道計算を始めてくれ。今の飛びかただとそう大した軌道変更はしなくて済むと思うけど。それとデューク、現状のプシキャットの性能と能力で、いったい何ができて何ができないのか、シミュレート願えますか？」

「引き受けた。状況設定はどうする？　単なる一時接触の支援だけで済ますのか、それとも全員の救助まで想定するのか」

「現状でローリング・プレンティがどの程度使えるのかわかりません。最悪の状況が起きたと仮定して、ローリング・プレンティの船体保持まで考えてやってもらえますか？」

「わかった。だが、最悪の状況なら話は簡単だぜ」

「……そうは思いませんけど」

「もし最悪の事態が起きたのなら、プシキャットで接触したときに人数分のＩＤを回収してくれれば済む、そう言いたいんでしょ」

コントロールセンターのドアが開いて、山のようなデータディスクとファイルを抱えたヴィクターが入ってきた。スウが小声でマリオに聞いた。

「どういうこと？」

マリオは簡単に答えた。

「全員死亡ってことだ」

「プシキャットだけじゃなくて、ローリング・プレンティとバズ・ワゴン、ゼロゼロマシンの資料も持ってきたわ。役に立つと思うけど」

ヴィクターが、デュークのコンソールに、持ってきた山のような資料を置いた。

「ローリング・プレンティの被害状況がまったくわからない。一切の希望的観測なしで、これからの展開をシミュレーションしてみるぜ」

コンソールに椅子を引いて腰を落としたデュークは、そこらへんに散らかっているプシキャットの構造ファイル、コロニアル・スペースのデータバンクから取り出されたローリング・プレンティの概念図などを集めはじめた。

「社長？」

慌ただしく交わされるローリング・プレンティ内の宇宙服同士の交信に耳を傾けていたジェニファーは、はっとして顔を上げた。

「なに？」

「お仕事です。コロニアル・スペースのミッションコントロールに、正式な救難協力の申し入れをしてください。こちらは、ローリング・プレンティの船体と乗組員を救うためにありとあらゆる協力の用意があると」

「うちなんかで役に立つのかしら」

ジェニファーは外線電話の受話器を取り上げた。

「……役に立つことがあるのならいいけど」

「ずいぶん役に立てると思いますよ」

ローリング・プレンティからの状況報告に聞き耳をたてながら、マリオは答えた。

「司令室で爆発事故でも起きたみたいだ。スウ、なにが起きたのか見当つく？」

「聞いた話から判断するしかないけど……」

コンソールのスウは、握った手を顎に当てて考え込んでいる。

「たとえば、大気圏に飛び込んできた宇宙塵があまり強固な構造を持っていなかった場合、彗星の氷のかけらとか、そんなものだった場合、超高空で大気との摩擦で燃え上がるのは他の隕石と同じなんだけど、そのまま高度が下がって、地上に近い、いわゆる高密度大気の層に飛び込んできたら、急激に抵抗が大きくなるから、耐えきれずに爆発四散することがあるのよ。流星の大部分は地上に到達できずに燃え尽きるけど、空中で爆発しちゃって破片が散らばって、てのもかなり多いんじゃないかと思ってる」

「徹甲榴弾《てっこうりゅうだん》みたいね」

ヴィクターがぞっとしない顔でつぶやいた。

「貫いてきた後で、中で爆発するなんて……」

「今の話、有名なのか？」

「天文屋の間じゃ常識だけど、宇宙屋の間じゃどうかしら。軌道上での破片の衝突事故って、宇宙塵《スターダスト》や小隕石《メテオロイド》よりも、宇宙廃棄物《スペース・デブリ》のほうが圧倒的に多いから」

「オーケイ、余計なお世話かもしれないけど、シアトルの連中に教えてやってくれ。うちの宇宙船は……」

マリオはディスプレイに目を落とした。

「まだしばらく、流星群の中か……」

「ひどい……」

光学観測システムを通じて、人の目よりもはるかに微細な画素が敷き詰められたＣＣＤに捉えられた映像は、制御を失ったまま慣性航行を続けるローリング・プレンティを観察者の冷静さで映し出していた。

二つめの宇宙塵は、ローリング・プレンティの前面のほぼ中央にある主操縦室に真正面から飛び込んだらしい。高真空の宇宙空間から、船体の最前部に拡げられたケプラー・アラミドの防御シールドを突き抜けた氷の塊は、秒速四〇キロ近い相対速度で、月面の低重力下で鍛造《たんぞう》されたルナ・チタニウム製の前面外壁を突破、〇・四気圧まで減圧された呼吸気が満たされた船内に突入して水蒸気爆発を起こしたらしい。

宇宙空間を漂っていた氷のかけらが、かなりの質量を保ったまま音速の一〇〇倍という高速度で真空にくらべるべくもない高抵抗、高粘度の空気中に飛び込んだために、瞬間的に爆発したのである。

爆発のショックが下方に抜けたためか、ローリング・プレンティの船体は再びゆっくりと回転運動に入っていた。前回のムーン・ブラストの爆発による損傷が応急処置しかなされていないから、コントロールを失った宇宙船は漂流しているように見える。

「コンパクト・プシキャットよりローリング・プレンティ。目視観測でそちらの宇宙船を確認した。接近には三時間以上かかる。大丈夫か？」

『ローリング・プレンティ、了解。気圧の残っているブロックに、司令室にいた四人を収容、現在、応急処置してるわ。全員息はある、とりあえず生存には心配ないと思うけど』

「命に別状がないのはいいけど、どうせこっちには医者は乗ってないし……」

『医者は無傷よ、心配しないで』

「生命維持は保ちそう？　有毒ガスとか、発生してない？」

『乗員が一つの場所に集まってるから、炭酸ガスの発生は早いけど、宇宙服の浄化装置もあるし、酸素ボンベの容量もまだあるから、追い詰められるような状況にはなってないわ。なんとかここから生命維持装置だけでも作動させられるといいんだけど』

「どんなウイルスが残っているかわかりません。システムを再起動させたら、生命維持装置の作動停止だけじゃなくって、航行妨害のためなら危ないことなんかいくらだってできるんです」

『うっかりコンピュータを再起動させるなってこと？』

ジュリアの声が笑みを含んだ。

『駄目よ、どう考えたって。どれだけ航行計画を変更したからって、ここから帰るのにこのまま漂流してるってわけにはいかない。結局、システムを復活させて宇宙船を動けるようにしないと、今の軌道から一歩も動き出せないんだもの』

「呼吸気が危険範囲に入るのにまだ時間があるのなら、こちらが接触するまで待ってください。そっちとドッキングできれば、こちらのシステムでそちらの空気を浄化できます」

『ありがとう、手間を掛けるわね。でも、それからあとはどうするつもり？』

「後のことはそれから考えます」

美紀は即答した。

「今、あなたたちを救うために、ここだけじゃない、地球でもありとあらゆる方策を検討中です。あたしたちが思いつけなくったって、きっと誰かがいい方法を教えてくれるわ」

「駄目だ！」

ミッションコントロールに、デュークの何度目かの罵声《ばせい》が飛んだ。

「どう考えても、どう航行スケジュールを切り詰めても間に合わん。もしプシキャットにローリング・プレンティの乗組員全員を収容したら、誰も地球に帰ってこれなくなるぞ！」

「スウ、しばらく頼む」

スウに席を譲って、マリオは車椅子を走らせた。デュークのコンソールの前でタイヤが鳴るほどの急ブレーキをかける。

「駄目って、どういうことです？」

「プシキャットの生命維持システムは、乗組員二人を航行期間中生存させるために組み上げられてる。食料の備蓄にしても、水循環システムにしても、余裕を見て組み上げてあるとはいえ、二人の乗組員がいきなり五倍に増えるような事態は想定していない。そして、乗り組んできた人間ってのは生きている限り呼吸し、食い、排泄《はいせつ》し、排出し、有毒ガスを撒き散らす。とりあえず七人の乗組員を収容することは可能だが、そこから先、地球帰還軌道上で呼吸気の再循環システムが容量オーバーでパンクする。もっとわかりやすく言えば、一酸化炭素の濃度がじわじわ上がりはじめ、収容後二〇日で危険レベルにまで上昇する。地球帰還は、今のスケジュールじゃそれから四〇日も後の話だ」

「他にも食料とか、いろいろと問題が出てくるけど、これが最大の問題ね」

ヴィクターは溜め息をついた。

「もし、ローリング・プレンティが完全に破壊されてどこも何も使えないとしたら、プシキャットだけじゃ助けきれないわ」

「完全にローリング・プレンティの機材が使えないってことはないと思いますが」

マリオは、メインスクリーンに映し出されたローリング・プレンティの映像を見上げた。

船体のあちこちに一目見ただけでもわかるような損傷があるものの、原形は保たれており、一基残っているムーン・ブラストもまだ使用可能に見える。

「後続の宇宙船に助けを求めるしかない」

デュークはディスプレイから顔を上げた。

「問題は、プシキャットの生命維持装置の容量が小さすぎるってことだ。後続のバズ・ワゴンにしてもゼロゼロマシンにしても、プシキャットよりも乗組員の数がはるかに多いから、こっちなら収容人員が増えても問題なく対応できる」

「バズ・ワゴン、ですかね」

後続の宇宙船は、バズ・ワゴン、ゼロゼロマシンの順に並んでいる。バズ・ワゴンの現在位置はまだ流星群の中だが、プシキャットからもローリング・プレンティからも一番近い位置にいる。

「アナハイムとバズ・ワゴンに状況を説明しといたほうがいいと思うわ」

ヴィクターがうなずいた。

「そうしないと、みんなで地球に帰ってこれないから」

「バズ・ワゴンに非常事態発生！」

ミッションディレクター席に着いていたスウが声を上げた。

「なに⁉」

「船体に流星群直撃、正確な損害は不明だけど、結構ダメージ大きいみたい」

「次から次へと……」

舌打ちして、車椅子を反転させたマリオはミッションディレクター席に走った。スウが椅子を滑らせてマリオのスペースを確保する。マリオは急ブレーキでディレクター席に滑り込んだ。

プシキャットの状況を追いかけるだけで精一杯だから、バズ・ワゴンとゼロゼロマシンに関してはインターネット上で流されている情報をフォローするくらいのことしかしていない。アナハイムからの緊急情報は、定期的にインターネット上に流されるリアルタイム中継でディスプレイに表示されていた。バズ・ワゴンからのデータ回線で、船体の損傷がチェックされている。

「居住区の一部と、推進剤タンクに損傷、航行スケジュールの変更まで含めて事後処理の検討中、か」

「SFコマンドが、ゼロゼロマシンでバズ・ワゴンのバックアップに入るって発表したわ。いずれにしても、ランデブーや救助活動は流星群を抜けてからになるけど」

「どの程度の損傷で、どんな救助が必要なのかまだわからないけど……」

マリオは、四隻の位置関係を示す軌道相関図を見た。飛行軌道上をレーザー光線で掃海したゼロゼロマシンは、一基だけ運転していたイオンジェットを停止して慣性飛行に入っている。あいかわらず最後尾だが、軌道速度はすでにバズ・ワゴンを上回っており、こちらも接触するのは時間の問題と言っていい。

シアトルのコロニアル・スペースのミッションコントロールセンターと話し込んでいたジェニファーが、受話器を置いた。

「シアトルの統轄本部から、何人かこっちに来るって。必要な資材は後から送るけど、何か今のうちに用意できるものがあれば言ってくれって」

「ローリング・プレンティの船体構造と運用に関する専門家を用意するように言ってください。こっちでも向こうでも状況把握に関しては条件は同じだから、向こうの持っている知識で早急に必要になるのは、損害を受けたローリング・プレンティの状況なんです」

「それなんだけど、ローリング・プレンティは軌道上宇宙船で、母港はセレニティ基地だから、多分、今の船体の状況に一番詳しいのはセレニティ基地のスタッフだろうって」

軌道上宇宙船は、建造されてからも運用内容、飛行状況などによって構成が変更される。変わらないのはメインフレームくらいで、場合によってはコントロールシステムからメインエンジンまで換装されることも珍しくない。

「それじゃセレニティ基地へ、今のローリング・プレンティの状況に一番詳しいスタッフと連絡を取れるように頼んでください。それと、今のプシキャットのキャパシティに関する全データを送るから、向こうでも分析するようにって」

「プシキャットのデータも公開するのね」

「そうです。うちのサイトに載っけてるデータは通り一遍のカタログデータで、こっちでどんな改造《モデファイ》したかとか、吸着材がどの程度残ってるかとか、そんなことまでは公開してませんから」

ローリング・プレンティの通信システムが使用不能のままだから、シアトルのミッションコントロールセンターで得られるデータは、交信を中継しているハードレイクと同様のものでしかない。ローリング・プレンティが重大な損傷を受けたことで、コロニアル・スペースは何人かの地上運行要員《グラウンド・クルー》を、支援態勢に入ったプシキャットのミッションコントロールセンターのあるハードレイクに派遣した。

時間最優先のため、シアトルの統轄本部からスタッフを乗せたヘリコプターがシアトル国際空港に向かい、待機していたコロニアル・スペース所属のスペース・プレーンに乗り換える。

「ハードレイクよりプシキャットへ」

マリオはヘッドセットを口もとに持って言った。

「ローリング・プレンティの救助に関しては、こちらで様々な角度から検討している。まあ、なんとかなると思うから、焦らないでのんびりやってくれ」

いきなりくだけた口調で言ったマリオを、スウが驚いたような顔で見た。

「のんびりやってくれだなんて、いいの、そんなこと言って」

「現場に一番近いのはプシキャットなんだぜ」

マリオはスイッチを切ったヘッドセットをコンソールに置いた。

「ローリング・プレンティに接触するのは早くても三時間後、それまではたとえローリング・プレンティが目の前で消し飛んだって、できることはないんだ。できれば今のうちに寝といて欲しいくらいのとこなんだぜ、ミッションディレクターとしては」

マリオは、もう一度軌道相関図を見た。ほんのわずかずつ、プシキャットはローリング・プレンティとの距離を詰めて接近しつつある。

「プシキャットのスタッフが起きててもやることはないし、ローリング・プレンティに接触したら最後、次はいつ眠れるかわからなくなる」

「それじゃ、そういう風に言えば？」

「聞くわけねえだろ。スウだって、必要になったら起こすから今のうちに寝といてくれって言ったら、素直にベッドに行ってくれるかい？」

「あなたの場合、そのまま意図的に起こすのを忘れる可能性があるから嫌」

「あっそ」

ハードレイクに、コロニアル・スペース所属の宇宙飛行機《スペース・プレーン》が衝撃波とともに現れたのは、それからわずか三〇分後のことだった。

「どひゃー……」

排気速度の高いスクラムジェットエンジンの轟音を響かせて、巨大なデルタ機が高空を通過した。はるか彼方でターンして、ハードレイク最長の五〇〇〇メートル滑走路めがけて最終進入に入る。通常の航空機に比べれば機動性などないに等しいから、旋回半径も大きいし進入速度も高い。

「最新型のストラトクルーザーじゃねえか。こんな場末の空港にあんな化け物が降りてくるとは、えらいことになったもんだ」

誘導路に、牽引《けんいん》用のM1戦車と出迎えのためのマイクロバス、乗降用のタラップを取り付けた大型クレーン車を連ねて来客を待っていたガーランド大佐は、テンガロンハットのひさしに手をかけてはるか彼方でゆっくりターンしている巨人機を見やった。

地上の滑走路からブースターもなしに飛びたち、低軌道に一気に二〇トンものペイロードを投入できる宇宙飛行機は、全長一〇〇メートル近い流線型の機体を重そうに旋回させて細身の機首を滑走路に向けた。揚力を稼ぐために大きく機首を上げて、重低音を轟かせながら進入してくる。

最初、国家計画として実験機の建造が予定された単段式宇宙飛行機は、技術上の問題から中断されたり、主契約者となった会社が他社に吸収合併されたり、すったもんだの挙げ句に軍の主導でやっと初号機が軌道飛行に成功した。

じわじわと開発プログラムが遅れているうちに、ヨーロッパやアジアに計画が追随されたものの、長年にわたる粘り強い計画と蓄積がものを言って、史上初の単段式宇宙機として運用が開始されている。

ただし、運用の初期段階では、軌道に乗れるほどの高速性と、使用されている山のような先端技術から、軍用の機体の生産が優先された。充分な運用実績と、後から開発された機体が実験段階に入るのを待っていたかのように民間の注文受付が開始されたが、取得費用と運用コストの高さからカスタマーは業界の大手会社に限られている。

ブースターなしで衛星軌道に上昇し、大気圏突入して帰還するために、最高速度は宇宙空間寸前の超高空でマッハ二五を超え、成層圏でもマッハ七を出す。直線距離で二〇〇〇キロも離れていないシアトルとハードレイクを結ぶのに、時間最優先とはいえ飛ばすだけでもコストのかかる機体を投入してきたことが、今回の事態の大きさを示していた。

機体重量軽減のためにぎりぎりまで小型化された超高圧タイヤを履いた着陸脚《ランディング・ギア》を下げて、揚力係数の低いリフティングボディのシャトルのようなスピードで、宇宙機が滑走路にタッチダウンした。機首の姿勢制御装置を使って逆噴射をかけ、長い滑走路の過半を使って速度を落とす。

「ハードレイク管制塔《コントロール》へ、こちら出迎えのガーランドだ。時間が惜しい。滑走路に入ってもいいか？」

ドアを開け放したままのバスから半身を乗り出していたガーランドが、手にしたトランシーバーに言った。

『こちら管制塔《コントロール》、そっちの位置はストラトクルーザーに伝えてある。目の前に来ないうちに止まる、なんてことにはならないから、安心して待ってろ。向こうから来てくれるよ』

コントロールの言葉通り、超音速旅客機に似た巨人機はゆっくりと滑走路の端まで走ってきた。離陸時の揚力を稼ぐためか、機首のランディング・ギアは長く伸びて機体に上反角を与えているが、スクラムジェットエンジンの両側に張り出した主脚はぎりぎりまで低くされ、今にも腹をこすりそうである。

滑走中に、機首の乗降ハッチは開かれていた。顔を出していた乗組員が、マイクロバスのガーランドに手を振る。

「なんて機首の高さだい」

手を振り返しながら、ガーランドは乗降タラップの代わりに持ってきた自前のクレーン車を見た。自社で使っている六発巨人機のムリヤは軍用に開発された輸送機が原形になっているから、操縦室は高い位置に装備されていても貨物用の床は低く作られており、タラップなどなくても操縦室に昇っていけるようになっている。

オービタルコマンドでは、母機の上に取り付けられた有人機への乗り込みに、クレーンのアームに作り付けられたタラップを使用していた。場合によってはクレーンで釣り下げたゴンドラに宇宙飛行士を乗り込ませ、高い位置にセッティングされたシャトルまで移動させることもある。

「よおし、出迎えだ。タラップを付けろ！」

大型装輪のクレーン車が、誘導路から滑走路に動き出した。機首の高さにクレーンを上げていく。

『こちらハードレイク。シアトルからコロニアル・スペースのミッションスタッフが到着した。ローリング・プレンティの出港準備を整えた月面のセレニティ基地との連絡回線も確保できてる。現在、ローリング・プレンティにランデブーしてからの作業手順を検討中だ。気がついているとは思うが、ローリング・プレンティの回転運動を止めない限り、プシキャットはドッキングできない』

マリオの声を聞きながら、美紀はカメラで捉えたローリング・プレンティの映像を見ていた。前回のムーン・ブラストの爆発を至近距離で受けたときと違って、今回は横向きのフラットスピンに若干のねじれが加わっている。

宇宙空間での結合《メイティング》、ドッキングなどは、それぞれの宇宙船が相対的に静止していることを前提に行われる。

ドッキングポートが宇宙船の重心点にあり、単純な二次元的回転運動しかしていなければ、運動を同期させてドッキングするなどの方法はあるが、軌道上で急遽《きゅうきょ》建造されたプシキャットにしても、月面で改造に改造を重ねられているローリング・プレンティにしても、ドッキングポートはそんな都合のいい場所にはない。

「先に回転を止めてからでないと、着けるに着けられないか……」

うかつに制御されていない宇宙船に接近すると、接触事故を起こす可能性がある。ローリング・プレンティの自重はプシキャットの倍以上あるから、軽いプシキャットが弾き飛ばされる。

「ドッキングは後回しで、とりあえず必要な人員だけこっちに収容したほうがいいかな？」

「そんな激しい回転してるわけじゃないのよ」

美紀は、ディスプレイ上のローリング・プレンティを見てぶつぶつ言っている。

「手で押さえて止めるとか、ちょっと逆の推進力《スラスト》加えられればいいのに」

はっと気がついて、美紀はローリング・プレンティのトラスフレームに取り付けられている部品の一つを画面上にズームした。ローリング・プレンティはゆっくり回転しているから、追いかけていかないと目的のものはすぐ画面の外に流れていってしまう。

「ねえ、あれ、使えないかなあ」

「なんだ？」

チャンはディスプレイを覗き込んだ。画面のほぼ中央に、トラスフレームに取り付けられたウインチが映し出されている。

「ああ、衛星回収用のケーブル巻いてあるウインチか。使えるも使えないも、今ローリング・プレンティは完全に制御されてないから、観測室でコントロールを取り戻すのを待ったほうがいいと思うけど、あんなもの、何に使おうって言うの？」

「引き綱に使って、ローリング・プレンティの行き足を止めるの」

「ヨットやタグボートの発想だな、そりゃ」

「ケーブルでプシキャットとローリング・プレンティを結んで、最初は引きずられるだろうけど、うまく運動をキャンセルする方向に噴かしてやれば一度で止められると思うんだけど」

『ローリング・プレンティのコントロールが復活するのを待て！』

マリオは最後まで聞かずに叫んだ。

『たまたま切れてコントロール不能になってるってだけで、ローリング・プレンティの姿勢制御だって航法系だって、死んじまって使えなくなったわけじゃないんだ。今、オペレーターのマックスが観測室からコントロールを復活させようと頑張ってる』

ローリング・プレンティに限らず、軌道上宇宙船は作業の円滑化のために複数のコントロールシステムを備えている。軌道上では、どの方向からどの姿勢で作業対象に接近し、そのまま作業に入るかわからないからである。

『そっちの手が届く頃には、もう少しましな事態になってるはずだ。今はランデブーすることだけを考えていてくれ』

「了解。間もなくプラズマエンジンカット、慣性飛行に戻ります。姿勢制御用意、通常推進系、姿勢制御系再チェック」

ディスプレイ上を高速で流れていく作業項目を監視しながら、美紀はダイナソアのブースターを使いたい誘惑にかられた。液体酸素と水素を使う純化学ロケットは、燃料消費は激しいが、それだけ高い推力を一度に得ることができる。

プラズマロケットを噴射したままローリング・プレンティを追いかけ、追い越し寸前にブースターの逆噴射をかければ、一気にランデブーできる。ただし、そんな贅沢な推進剤の使い方をしたら、これから先、地球に無事戻れるかどうかもわからなくなる。

「プラズマエンジンカット、推力停止。一八〇度反転、飛行姿勢復帰します」

拡げた太陽電池の慣性質量が大きいから、簡単に機体を翻すわけにはいかない。自重の一〇〇〇分の一をわずかに上回るプラズマロケットの推力を停止したプシキャットは、ゆっくりと反動制御システム《RCS》を噴かして機体を回転させはじめた。

『怪我人二人、ボスは腕の骨折ったくらいで元気にわめいてるから心配ないが、もう一人が問題だ。パイロットのクレイは、爆発の直撃を受けている。全身打撲に加えて内臓破裂、肺に肋骨が突き刺さってるのは応急処置したけど、しばらくは動けない』

「全員、こちらに来てもらって大丈夫です。ただし、こちらには医療の専門家がいませんから、必要な機材は全部こっちに持ってきてもらう必要がありますけど」

『地球に通じてるカメラがあるだけで充分だ。こっちの状況を伝えて、できる処置があれば取る。医療機材は持ち込ませてもらえればいい』

「了解しました。ランデブーが完了したら、すぐにこっちに移動してもらえます。全員がこちらに来ますか？」

『ありがたいが、そういうわけにも行かねえ』

通信の相手が変わった。腕の骨を折ったはずのキャグニーである。

『動ける奴は、いかれちまった宇宙船の修理だ。とにかく、こいつを動けるようにしないと

「……」』

「そりゃまあ、そう考えるのが普通だろうけど……」

チャンは、フロントウィンドウの外に小さく見えているローリング・プレンティを見た。細かいディテールが見分けられるほど近づいた宇宙船は、頼りなさそうにゆっくりと機首を巡らせている。

「直ると思う、あれ？」

「司令室がもろにやられてるから、セントラルシステムがまるごと使用不能と思ったほうがいいんじゃないかしら。サブシステムが生きて復活できるのなら、まだ飛べるでしょうけど……」

「こっちで引き取って、とっとと帰ったほうが早いんじゃないかって気はするよなあ、この状況だと。バックアップに必要な機材があれば提供しますが」

『すぐに必要になる機材はない。宇宙服への充塡と充電くらいお願いすることになると思う』

ハードレイクからの指示で、プシキャットとローリング・プレンティはランデブー飛行のまま、ドッキングは予定されていない。乗員の移乗は、宇宙服を着てエアロックを使用。ローリング・プレンティの回転が止まらない限りドッキングは行われない。

「どう考えても、ドッキングしたほうが早いのよね、内部を直すにしても、回転止めるにしても。ドッキングして、こっちの生命維持装置使えるようにすれば、ろくな設備もないこっちに来てもらう必要もないし、全体の容積が増えれば、生命維持装置の限界が来るのもそれだけ先になるんだし」

「向こうの回転運動が速すぎる。こっちは五〇〇メートルもある太陽電池パネルを、でかでかと拡げてるんだぜ。向こうの運動に同期させてプシキャットを機動させてドッキングに持ち込むのは不可能じゃないが、その場合、上下方向にかかる加速度が構造許容限界を超える。本体だけならともかく、まわりにベネツィアングラスのシャンデリア拡げて飛んでるようなもんだ、いつもみたいな無茶な飛び方はできない」

「運動を遅くするだけだっていいのよ。司令室に氷が飛び込んでくるまでは、推進系と姿勢制御系だけは問題なく生きてたんでしょ。外部からのコントロールでも、ショートカットで割り込むでも、マリオの得意なルール違反でも何でもいいから、何とかならないの?」

「ハードレイクだけじゃない。地球じゃ、シアトルでも、ローリング・プレンティを今回のミッションのためにセットアップしたセレニティ基地でも、現状分析して知恵を集めてるはずだ。もっとも、おれたちが接触して正確な損害がわからない限りは、向こうとしても対策の立てようがないだろうけど」

「すぐ手が届くとこに見えてるのに」

美紀は、ダイナソアのフロントグラスの向こうに照らし出されているローリング・プレンティを見た。ところどころ煤けたり歪んだりしているが、飛ぶのに必要な部品は最低限揃っており、大破して航行不能に陥っているようには見えない。

「問題は、地球の連中はおれたちみたいに目の前に見てるわけじゃないから、なにをやらせるにしても安全確実な方法を取るように言ってくるだろう。マリオだけじゃなくって、コロニアル・スペースの連中までハードレイクに来てるとなれば、ルール違反のアクロバットみたいな無茶やらせられる心配はしなくて済むんじゃないかな」

「好きで無茶やってるわけじゃないわよ。だいたい、そのほうが効率がよかったり一発で済んだり、費用対効果が高いとか、ちゃんと理由があってやってるんだから」

「今回は、事態が事態だし、地球も慎重第一にならざるをえないから、ゆっくりやるしかないってことだ。だから、もしとっとと済ませようと思ったら、恐竜並みの反応速度の地球の指示に従うんじゃなくて、おれたちが自分で考えて、なんとかしなきゃならない。どう思う?」

チャンは、手元で操作していた小型のラップトップコンピュータのディスプレイを美紀に向けた。高精度ディスプレイには、簡略化されたローリング・プレンティとプシキャットの模式図が一本のラインで結ばれて映し出されている。

「さっき美紀が言った方法をチェックしてみた。ローリング・プレンティの構造重量はこっちの倍以上あるから、ケーブルで連結するとこっちから合わせて動かなきゃならないとか、いろいろと細かい技使わないと安定させられないけど、それでもプシキャットの重心点と向こうの重心から離れたフレームの先端を結べば、手間と推進剤は食うけどローリング・プレンティの回転を止めることができる」

「見せて」

ディスプレイを目の前に持ってきた美紀は、タッチセンサーに触れてシミュレーションされた作業手順を高速でチェックしてみた。

ランデブーと同時に、船外作業でプシキャットとローリング・プレンティをケーブルで連結する。ありあわせの部品を組み合わせて急遽建造されたプシキャットに外部ウィンチの装備などないから、ローリング・プレンティのウィンチからケーブルを引き出し、プシキャット側は重心点に、ローリング・プレンティ側は重心からできるだけ離れた位置に、ケーブルを再固定しなければならない。

「ケーブルの引き出しと固定にそれぞれ三〇分、その後プシキャットでケーブルにテンションかけてローリング・プレンティの運動を止めるのにうまくいって一五分てところかしら?」

「デュークなら、両方で仕事進めて、全部で一〇分で済ませろって言い出すだろうな。それに、ケーブルを連結したら即座にテンションをかけてローリング・プレンティの回転を止めにかからなきゃならない。のんびりほっといたらケーブルが振れたりこっちが引っ張られたり絡まったり、この状態で外洋宇宙船二隻をつないだロープほぐすような作業ってやりたい?」

「考えたくないわね。とにかく、ローリング・プレンティとハードレイクに提案してみましょう」

ローリング・プレンティからの反応は即座に返ってきた。

『検討する価値はありそうだ。細かい計算はそっちに任せるとして、こっちの装備しているケーブルは張力五〇トンまで耐えられる。船外作業《EVA》に何人必要だ？』

「五〇トンか。さすが最近の化学繊維、なんぼでも強いのがあるな。もう少し弱くても、どうせ計算上かかるテンションはもっと低く抑えますし、危なくなったら切れてくれるほうが余分に引っ張られる心配がないぶん楽かもしれないんですが、船外作業については、作業完了後、即座に宇宙船を動かさなきゃならないんで、こっちの操縦席に最低一人、張りつけとかなきゃなりません。そういうわけで二人乗りのプシキャットから出せるスペース・ウォーカーは一人だけ。そっちから最低一人は出してもらわないと、仕事がうまくいかないと思うんですが」

『どうせ、一時退避用に宇宙服を着込んでる連中ばっかりだ。デクスターはクレイに付けとかなきゃ心配だから動けないが、後の連中は問題ないだろう』

「ボス、腕の骨折ってんでしょ。力仕事だから、プシキャットに移乗して指示をお願いします。それから、そっちですぐに動かせる有人機動ユニット《MMU》は何基あります？」

『最低二基はスタンバイしてるはずだが、あと予備機が一基ある』

「では、MMU装備でスペース・ウォーカーを二人、船体構造に詳しいひとを。こちらは、ローリング・プレンティについてはカタログ程度のことしか知りませんから」

『だから、地上を無視して勝手に現場で話を進めるんじゃない！』

マリオの怒声が一六〇〇万キロ彼方から届いた。

『ロープつないで引っ張って宇宙船を止めるだと⁉　いったい、どこのマンガ見てそんな手思いついた。スペース・ウォーカーを三人も出して、その上、張力五〇トンなんて特殊繊維が切れたらどうなると思ってる。宇宙服どころか宇宙船のメインフレームまで切り裂かれるぞ！』

「地上が地味で、のんびり様子見るような消極的な手しか出してこないから、現場としては積極的な手を考えてみたんだが。そりゃまありスクが大きいのは認めるけど、その分見返り《リターン》も大きいぜ。距離を詰めて一緒に飛んでるだけだと、修理に出るたんびにエアロックから放出される空気の量もばかにならない。それに、ドッキングしちまえば仮にローリング・プレンティが宇宙船として使い物になってなかったとしても、姿勢制御や軌道変更ができる。試してみるだけの価値はあると思う。現場が暴走したでも何でもいいから、やり方を検討してみてくれ」

言うだけのことは言って、チャンは手元のディスプレイに目を落とした。

ローリング・プレンティから長めにケーブルを引っ張り出す作業は簡単だが、そのあと、それぞれの宇宙船にロープを固定するのが難しい。静止状態を維持できるプシキャットへの固定はともかく、回転運動を続けるローリング・プレンティのフレームの先端への固定作業は、タイミングも難しいし時間も限られる。

『とにかく、もうちょっとだけ待て！　駄目だって言ってもやるのなら、こっちで問題点を洗い出してみる。それと、もっと楽で安全確実な手段てのがあるかもしれない。とにかくもう少しだけ待て！』

タイムラグバーの動きからして、チャンのメッセージはまだ地球には全部届いていないはずである。放っておいたら勝手に船外活動をはじめかねないと思ったのか、マリオは入れ違いにモニターの前にジェニファーを置いてどこかへ行ってしまった。

『あ、は、はろー、元気でやってる？』

ぎこちなく手を振って微笑んだジェニファーが、じっとモニターの中からチャンを見つめた。

『無茶はまだいいけど、無理は絶対駄目よ。もし失敗したって、誰も助けに行けないんだから』

「まあ、もとから無茶なミッションでしたから、この程度のイベントは予定のうちかと」

にっこりと微笑み返して、チャンは美紀に顔を上げた。

「どっちが出る？」

「船外活動はそっちに任せるわ。そもそも、この方法を提案したのはあたしだもの。責任とって宇宙船動かさなきゃならない」

「だったら、船外活動は美紀に任せるよ」

チャンは、操縦席に座り直した。

「操船はパイロットの仕事だし、それに、たぶん、おれのほうがこの手の細かい作業には慣れてる。これでも、プシキャット作《こ》る時《いっ》に、作業船の精密操縦時間をずいぶん稼いだんだぜ」

「確かに、スペース・ウォーキングはあたしのほうが長いものね」

美紀はシートベルトをはずして浮かび上がった。

「ここは任せるわ。壊さないでよ。船外活動の準備に行ってきます。——地上の男どもをうまく操縦してくださいね」

モニターの中の社長に手を振って、美紀は操縦室から出ていった。社長と入れ違いに、マリオがモニターに戻ってくる。

『リスクが大きすぎる。せめて、ウィンチがプシキャット側に備えられていれば、テンション調節でもある程度の運動エネルギーの調整はできるんだが、張り詰めたっきりのケーブル使って振られながら、プシキャットの反動制御システム《RCS》で二倍も重量のある宇宙船を引っ張るなんて、どう考えても無茶だ。だが、まあ、どうせやめろったって地上を無視してでもやりそうだから、先にいくつかこっちで状況をシミュレーションしてみた。こんな感じになる』

通信モニターがビデオ画面に切り換えられた。

コロニアル・スペースから持ち込まれた映像データを早速使ったらしく、実写映像と見紛うばかりのリアルなローリング・プレンティの映像がモニターに映し出される。

「わざわざこんなもん作って。おーお、きっちり司令室に衝突の穴まで開けてあるわ。損傷受けたところの室内灯消してあるあたりはいいけど、マリオの仕事にしちゃ、汚し《ウエザリング》が甘いな」

おざなりに光の点を散りばめただけの宇宙空間に浮かんだローリング・プレンティが、プシキャットからの観測映像をもとにしたデータで実物と同じ回転運動を開始した。

船体構造を形作るトラスフレームの後端から、いかにもいい加減にざっと描いたような線が蛇がのたくるように延び、これまたコンピュータ映像のプシキャットに接続される。しばらく揺れていた線は、ローリング・プレンティの回転に曳かれるように張っていき、プシキャットとの間で一直線になってほんの一瞬静止した。

線の先につながれたプシキャットを引っ張るように、ローリング・プレンティが回転を再開した。引きずられたプシキャットは、加えられたベクトルそのままにローリング・プレンティの回転に巻き込まれ、重心点から接近していく。

回転するローリング・プレンティに、プシキャットが押し上げるように衝突した。一基だけ残っているムーン・ブラストにプシキャットの主構造材である推進剤タンクが押し当たり、応急処置されただけの酸素タンクからガスが吹き出す。

重なり合ったローリング・プレンティとコンパクト・プシキャットは、モニターいっぱいの白い爆発光に包まれた。

『他にも張り詰めたワイヤーが切れてスペース・ウォーカー二人をなで斬りにしてからプシキャットを真っ二つにするバージョンとか、バラバラに空中分解して生身で宇宙空間に放り出されるバージョンとか、太陽電池パネルが切り裂かれてプシキャットのプラズマロケットがどうやっても使えなくなるとか、そっちも見てみるかい』

「いらん」

『あれ、美紀どこ行っちゃったの』

「船外活動の準備に更衣室。そっちの見解はわかったから、もう少し建設的な作品も見せてくれ」

『他に外部から力を加えることによってローリング・プレンティを静止させる方法ってのもいろいろと検討中だが、MMUを束にする程度じゃ難しい。地上からぶっ飛べるような推力のMMUでもあれば別なんだろうが、軌道上をのんびり動きまわるようにしかできてないもんなあ』


「うわああ……」

エアロックから半身を外宇宙に乗り出させた美紀は、思わず声を上げた。宇宙服一枚隔てただけのすぐ外に、宇宙空間が広がっている。

金を蒸着《じょうちゃく》した濃い緑色のシールドを透かして見ても、見える宇宙《そら》の深みが違う。それが気のせい、錯覚にしか過ぎないと知っていても、美紀は遮光シールドを上げて自分の目でじかに宇宙を見てみたい誘惑にかられた。

『プシキャットよりスペース・ウォーカーへ。美紀、聞こえてるか？』

「聞こえてるわよ。データリンクは正常？」

『一通りのデータは来てるが、なにせ一人しかいないから細かい数字までモニターしてる暇はない。ハードレイクにもデータは送ってるけど、タイムラグが二分近いから緊急事態に注意してくれるなんて期待はしてないだろ。基本中の基本だけど、自分の責任は自分でとってくれ』

「わかってるわ」

『それと、ここはいつもの地球軌道上よりも太陽に近い。こっそり、遮光シールド《サンシェイド》上げて見ようなんて考えるなよ』

「だって……」

全身を船外に乗り出して、美紀は周囲を見渡した。いつもの宇宙遊泳ならすぐそばに浮いているはずの地球や、目印に使えるはずの月が見えない。

「これだけ深い宇宙空間に来たのって初めてなのよ。自分の目で見てみたいと思うじゃない」

『言っただろ、地球軌道上よりもずいぶん太陽に近づいているんだ。それだけ太陽光線も強烈になってる。網膜を灼《や》く可能性も高いってことだ』

「なんか、もったいない」

『外に出るたんびに、昼だろうが夜だろうがお構いなしに素通しのガラス一枚で外を見ようとするからだ。それと、地球も月も小さすぎて位置把握の役には立たない。現在位置の目安になるのはMMUの慣性ユニットとプシキャット、ローリング・プレンティだけだ。おまけに、ローリング・プレンティは刻々と向きが変わる。自分がどこにいるのかわからなくなって溺れないように気をつけろよ』

「了解」

慣性航法ユニットは、有人機動ユニット《MMU》の現在位置、速度を表示する。美紀は整備補給用のアダプターもろとも、エアロックの外に設置されているMMUを背負うような定位置に自分をはめ込んだ。

「MMU、作動確認、離脱して自由行動に移ります」

『了解。ローリング・プレンティとはまだ直線で三〇〇メートル離れてる。気をつけて飛んでいってくれ』

圧縮された窒素ガスを短く噴射して、美紀はプシキャットから離れた。太陽の方向を確認して、つい習慣で地球の位置を探して全天を見回してしまう。

すぐそばにあって、その強大な重力で軌道上のすべてを繋ぎ止めていた青い惑星《ほし》は、どこにもない。もう一度、太陽とプシキャットの位置を確認してから、美紀は地球を探してみた。

月よりもはるかに小さくなって、それでも地球は青いまま暗黒の宇宙空間に浮かんでいた。よく見れば大洋の表面に薄く張り付いた雲と、太陽光を受けていない夜の面を確認することができる。そばに浮いているはずの月は、濃いシールド越しでは闇に溶けて判別できない。

「こんなに離れちゃったんだ……」

気をつけて見つめていないと、すぐに見失ってしまいそうになるほど小さい。美紀は、ローリング・プレンティに向けて移動中のMMUを背負って、進路上の宇宙船を見た。

コントロールを失った宇宙船は、ディスプレイで見る以上に頼りなく見えた。支えるものも寄り添うものもない虚無の中に、薄汚れた白い宇宙船が寄る辺《べ》なく漂っている。

「……なんにもないや」

美紀は振り返ってみた。太陽面から電池パネルを偏向させたプシキャットは、美紀のあとを追うようにローリング・プレンティとの距離をさらに詰める予定である。こちらは機首をまっすぐ進行方向に向けたまま、ほとんど静止しているように見える。プシキャットから離れたばかりでまだ視界いっぱいに大きいが、ほどなくまわりに何もないことがわかる距離まで離れてしまう。

ふと思いついて、美紀はヨーコ・エレノア彗星が飛んでいるはずの方向を見てみた。かけらに分断されたヨーコ・エレノア彗星のうち最も大きい破片Aとの直線距離は、すでに一〇〇〇万キロを切れているはずである。

「……あれだ」

太陽に近い星の海の中に、美紀は小さな尾を太陽の反対方向になびかせながら飛ぶ列を発見した。先頭の一番明るい光はごく細い髪《コマ》しかなびかせていないが、残りの小さな破片はかなり長い尾を曳いている。

「地球よりもあっちのほうが近いんだ……」

減速されたとはいえ秒速二〇キロ近い速度で飛んで来ているはずのヨーコ・エレノア彗星群を見てから、美紀はまだ遠い宇宙船に目をやった。

「こちらプシキャット、美紀よりローリング・プレンティ。今、プシキャットから出ました。単独遊泳でそちらに向かいます」

『ローリング・プレンティ、了解』

指示の合間にキャグニーが答えた。

『こっちの二人、ジュリアとレイシーももうすぐ外に出るはずだ。なんだ、そうすると今回の外回りは三人とも女子か』

「活動時間が長くとれますわ」

一般に、男性よりも女性のほうが必要酸素量が少なく、持久力も高いから、宇宙服を着ての活動時間が長くなる。

「それで、結局こちらへは来ませんか？」

ローリング・プレンティとプシキャットをケーブルで結んでの運動停止作業は、双方の乗組員が乗り込んだ状態のまま行われる。

『もし成功するのなら、不必要に患者を動かす必要はない』

デクスターが、スペース・ウォーカー用の回線で答えた。

『もし失敗すれば、どっちみち生き残れない。中途半端に失敗して、しかたないから乗り換えて、なんてのが一番考えたくない展開だ』

「ご期待に沿えるように努力します」

ＭＭＵの窒素ガススラスターだけを使った移動は、あまり高い速度は出ない。美紀は、歩くよりは速い速度で漂いながら、ローリング・プレンティに向かう。

長距離を移動する時には、一気にスラスターを噴かして飛びたくなる。実際にそれを行うと、ついた先での減速やランデブーに大量の推進剤を浪費することになる。制御できる範囲で、少しずつ噴かすしかない。


「あーったくもお、どーしていっつもこーなるんだ」

ローリング・プレンティに向かって飛んでいくモニターカメラの映像がディスプレイに映し出されている。残り二つの映像は、ローリング・プレンティのスペース・ウォーカーから送られてくるものをプシキャットから中継している。タイムラグがあるから、映像にしても連絡にしても一分近く過去のものでしかない。

「だいたい、いつもこんな感じなんですか？」

心配顔のコロニアル・スペースのスタッフに聞かれて、マリオは笑顔を凍りつかせた。

「いや、まあ、今回は特別遠くに行っちまったミッションで、地上の判断では状況変化の早い現場にうまく対応できないことがありますから……」

「マリオ！」

船外活動の地上管制にまわっているデュークが声をかけた。

「美紀の使ってるユニットの充電量が規定値よりかなり低い。メンテナンス・アダプターが放っとかれたようなんだが、そっちでデータ取れるか？」

「航行中電源切れてたんじゃないすか。事前チェックしてるはずだから今回の作業分くらいは保つんでしょ」

いつもの調子で答えて、マリオはしまったという顔で船体構造担当のスタッフに目を戻した。あきらめて肩をすくめて両手を挙げてみせる。

「だいたい、いっつもこんな感じです。今回はまだ、慎重にやってる方かな」

「ご心配なく」

プエルトリコ系のスタッフは笑ってみせた。

「うちでも、現場を相手にする時はその場のなりゆきで、あとでつじつま合わせるような仕事が多くなりますから。離れていくからでしょうかねえ、軌道高度が上がるにしたがって言うことを聞かなくなっていくって調査結果がありますよ。おかげで月面の連中と仕事するときなんか大変で」

「お互い苦労しますすね」

マリオは、ディスプレイ上でシミュレート中のプシキャットの操船を見た。ケーブルを接続したら、即座に、しかも精密な操船を行わないと、うまくローリング・プレンティの回転を止めることができない。

「しかし……チャンの奴、ほんとにできるのか、こんなコントロール」

プシキャットの観測システムに捉えられた映像からの分析で、ローリング・プレンティの運動要素はすべて解析されている。いくつかの手順で、ローリング・プレンティの回転を止められるが、噴射方向と推進力を正確にコントロールしない限り運動停止はできない。噴射方向を間違えるとローリング・プレンティの運動はより複雑になり、推力が大きすぎると運動が大きくなってしまう。

船外に出たローリング・プレンティのスペース・ウォーカー二人が、メインフレームに取り付けられているウィンチからケーブルの引き出しを開始した。

ＭＭＵを背負ったレイシーが、ケーブルの先端のフックを持って逆噴射をかけてローリング・プレンティから遠ざかりはじめる。ウィンチ側に残ったジュリアが、モーターが使えないために手動《マニュアル》でケーブルを繰り出している。クランクをギアに接続してボビンを回すから、モーターを使うよりも繰り出し速度はかなり遅くなる。

『美紀はクランクについてケーブルの繰り出しを手伝ってくれ。レイシーはそのまま、ケーブルに余分な振幅を与えないようにたるみを保って。今回は全部人力でケーブルを扱うから、うっかり振れ出すとえらいことになるぞ』

船外作業中の三人に、プシキャットのチャンが指示している。ローリング・プレンティ側の機能が完全に停止しているから、プシキャット側からしか作業管制ができない。

「船外作業ってやつは……」

宇宙空間での作業は、無重力状態の上に、確実を期すためにしつこいほどのチェックが行われるから、時間がかかる。地上から管制していれば、いろいろとやることがあるのだが、タイムラグが片道五四秒もある現状では送られてくる画像とデータの監視業務しかない。

今のところ、画面上では二隻の宇宙船から船外に出たスペース・ウォーカーによる作業が滞りなく進んでいる。しかし、それは五四秒前の状況で、今、なにがどうなっているのかはわからない。

マリオは、作業スケジュールを確認した。ハードレイクで作成され、プシキャットに送信されたもので、向こうではそれに従って作業が進められているはずである。

作業の全工程が終了するまでに、三時間が見込まれていた。それからあと、二隻の宇宙船をつないだケーブルを切り離し、ドッキングするのにもまた時間がかかる。

空調設備が完全に停止してしまったローリング・プレンティの船内空気の汚染は確実に進んでいる。現在、宇宙服の生命維持装置を開放して作動させているが、効率が悪い上に作動時間も短い。今のところ、船内に残っている乗組員に悪影響が出るほどの汚染はないが、それは確実にやってくる。

「今からそんなに緊張してどうする気だ」

大きなマグカップからコーヒーの湯気を漂わせながら、デュークが来た。

「ミッションディレクターってのは、もっと落ちついてどっしり構えてるもんだぜ」

「そうは言いますけどね……」

マリオは溜め息をついて、メインスクリーンに映し出されている船外作業の状況を見上げた。

「そんなに難しい作業をやらせるわけじゃない。作業時間は、うちの美紀が一番短いくらいのもんだ。接続後の操船にしても、のんびりできないってだけで、軌道上での精密作業に比べれば簡単なもんよ」

「そりゃ、デュークなら簡単な仕事かもしれませんがね、今うちの宇宙船に乗ってるのはうちの新人《ルーキー》のナンバー一とナンバー二ですぜ。なんとかなるだろうって安心して見物してられるほど、僕はキャリア長くありませんから」

「キャリアよりは度胸の問題だな。だが、これからのほうが問題が多いんだ。この程度で神経使ってると、最後まで保たねえぞ」

「最後ですか」

マリオは、気の乗らない顔でディスプレイ上の軌道相関図を見た。

「つまりそれは、あの二人が無事にここに戻ってくるまでってことですね。気が滅入るほど先の話に思えるぜ」

「それまでに、やることが山のようにあるだろうが。うまくローリング・プレンティを止めて、ドッキングに成功したからって、今日の仕事は終わりじゃないぜ」

「わかってますよ。そのあと、全員を無事に地球に還さなきゃならない。大変だあ。ドッキングが成功し、ローリング・プレンティの損害が確定したとして、それからのことを少し相談してみるか」

マリオは、コロニアル・スペースのスタッフに向き直る前にメインスクリーンを見た。一六〇〇万キロ離れた惑星間空間で、宇宙作業は続いている。

ローリング・プレンティの全長よりも長い一五〇メートルのケーブルを引き出し、美紀は特殊繊維のケーブルをヒートカッターで切断した。

プシキャットは、太陽電池を拡げたままローリング・プレンティから一〇〇メートルの地点まで接近していた。フックが取り付けられたケーブルの先を持ったレイシーが、事前の打ち合わせで知らされていたプシキャットの推進剤タンクの重心点に取り付く。

宇宙船の重量的中心は、推進剤の使用につれて多少の変化はあるものの、さしわたし五〇〇メートルに拡げられた太陽電池パネルの接続部分の間にある。推進剤タンクに直接作り付けられていたブースタータンク結合用のサブフレームに、ケーブルのフックをかけて固定する。

一方の先端では、一度ローリング・プレンティから離れた美紀とジュリアが、ケーブルへの固定用フックの結合作業を行っていた。ローリング・プレンティの予備部品庫から持ち出されたフックを、ボルトを使って結合する。

「こんな間に合わせの方法だと、ケーブルの張力限界より先にフックがはずれると思うけど」

『船体の安全を考えたらそのほうがいい。計算上張力限界までテンションかけることはないはずだし、先にはずれてくれれば余分なダメージ受けずにすむ』

「了解。プシキャットへの固定を確認してからローリング・プレンティにケーブルを接続します。レイシー、そっちは？」

ケーブルにつないだフックを持ったまま、美紀はロープの先に浮いているプシキャットを見上げた。宇宙空間に上下はないが、宇宙空間に出ても人間の上下感覚は残る。

足元では、離れたばかりのローリング・プレンティがゆっくりと回転している。水平方向に三分三〇秒で一回転、今のところ二〇分に一回だが、横転も確認されている。

『固定確認、といってても現状じゃ引っ張ってみることしかできないけど、少なくとも力いっぱい引っ張ってみたくらいじゃ取れそうにないわ。こんなものでいいかしら？』

『大丈夫、ってことにしとこう』

レイシーのモニターカメラで作業状況を確認したチャンが言った。

『レイシーは離れてくれ。最低二〇〇メートル、できれば中心点から三〇〇メートル離れてくれれば、最悪の場合にこっちの太陽電池パネルが切り飛ばされても、避ける余裕がある』

『了解。レイシーはこれからプシキャット、およびローリング・プレンティから離れて距離を取ります。三〇〇メートル？　手早く済ませてね、溺れちゃう』

宇宙空間に身一つで放り出されると、空間失調症に陥りやすい。地球がすぐそばに見えている軌道上ならともかく、太陽しか目安がない惑星間空間では、人は容易《たやす》く自分のいる場所を見失う。

『しばらくかかるぜ。美紀、ジュリア、ローリング・プレンティ側への固定作業を開始してくれ。終わると同時に離脱、離れたところでおとなしく見てるように』

「それなんだけど、ローリング・プレンティに慣性ユニットがついてたら、制御しやすいと思わない?」

美紀の提案に、チャンの返答は少し遅れた。

『そりゃ、まあ、こっちからの観測じゃなくって、正確にローリング・プレンティの動きがわかればコントロールもしやすいと思うが』

「MMUの慣性航法ユニットをローリング・プレンティの重心に設置できれば、作業効率も安全率も上がるわよね」

『それはそうだが、美紀、何やるつもりだ?』

チャンの声に、不安な響きがこもった。美紀は、ケーブルを持ったままMMUの窒素ガススラスターを噴かして、ゆっくり回転するローリング・プレンティの回転平面に高度を合わせた。回転する船首が横殴りに美紀に接近してくる。

「ジュリアは離れて。ここから先の作業は一人でできるから、離れた場所からローリング・プレンティの動きを観測してちょうだい」

美紀はMMUを背負ったまま、巡ってくる船首のフレームに身構えた。ゆっくり動くのが基本の船外作業のあとだから、宇宙塵の直撃を受けた司令室が迫ってくるスピードが異様に速く感じられる。

「ローリング・プレンティの船首にケーブル接続。三、二、一、ゼロ!」

声と同時に視線入力でMMUを後進させる。美紀は腕ほどもある船体構造のトラスフレームに、ケーブルに繋がれたフックを引っかけた。スプリング仕掛けのセフティごとフックを押し込み、振りまわされるフレーム上で引いてみて固定を確認する。フックはしっかりとフレームを銜《くわ》え込んだ。

「固定完了！　ロープが張り切るまでに時間がないわ、姿勢制御開始して！」

『了解、そいつはわかったが、お前はどうするつもりだ！』

「このままローリング・プレンティの重心点に飛ぶわ！」

MMUを強めに噴かして反転した美紀は、回転するローリング・プレンティの中心点に飛んだ。

「運動が止まるまで摑まってるから、MMUの慣性ユニットのデータがそのままローリング・プレンティの運動データに使えるわよ」

『待てえ！　なんのためにスペース・ウォーカーを退避させると思ってるんだ。危険すぎる、すぐに脱出しろ！』

「ごめん、無線の調子が悪いみたい」

ヘルメットの中でぺろっと舌を出して、美紀は回転するローリング・プレンティのフレームの中心点に取り付いた。

移動用のグリップを握って肉体を引き寄せ、ローリング・プレンティにしがみつく。ゆっくりと、まわりの宇宙空間が回りはじめた。

「ローリング・プレンティとの同期完了」

左手でグリップを握ったまま、美紀は空いている右手をMMUのコントロールユニットに走らせた。

「急いで。ケーブルにテンションかけすぎたら切れちゃう」

『このやろ、最初っからそのつもりでやってやがったな』

「あせらないで。でも、できるだけうまくやってよ」

美紀は、ケーブルの先に繋がっているコンパクト・プシキャットを見返した。回転するローリング・プレンティよりはるかに長い太陽電池を拡げたプシキャットは、意外に近くに見える。

「ずっとこうしてるのって、結構大変なんだから」

『ばかやろ、しばらくそうやってどきどきしてやがれ！』

「美紀がローリング・プレンティに張り付きっぱなしだとー!?」

美紀のMMUから送られてくる映像は、ローリング・プレンティのフレーム上から動かない。接続を終えたプシキャットは、太陽電池パネルに余分なテンションをかけないようにゆっくりと姿勢制御しながら、ローリング・プレンティの牽引を開始している。船体の構造重量はローリング・プレンティのほうがはるかに大きいから、コントロールをミスすればプシキャットが振れ出してしまう。

「すぐに退避しろ！　まだ間に合う。どうしてわざわざ危ない場所に残りたがるんだ！」

マリオはコンソールに向き直った。声が現場に届くのは一分近く先だと知っていながら、つい叫んでしまう。

「なるほどね、確かにフレームにしがみついていればMMUの慣性ユニットのデータがローリング・プレンティと同期する。外部からの観測データよりも精度が二桁上がったぜ」

デュークは、美紀から送られてくるデータを見た。

MMUの慣性ユニットは、すべての動きを忠実に検出して移動距離と速度を計算する。現在の動きもデータとしてリアルタイムで伝えられるから、美紀からのデータがそのままローリング・プレンティの運動要素になる。

スペース・ウォーカーとのチャンネルに文句を垂れ流しながら、チャンはプシキャットのコントロールをはじめていた。ローリング・プレンティの観測データ、美紀から送られてくる慣性ユニットのデータ、一度はローリング・プレンティに対して静止状態においたプシキャットの運動エネルギーを横目で見ながら、姿勢制御用のハイパーゴリックを噴かして繋がれたケーブルに張力《テンション》をかける。

ダイナソアに比べれば全体の構造がはるかに大きいプシキャットのコントロールは反応が遅くなる。軌道上飛行しか想定されていないプシキャットの反動制御システムは低出力で、しかも、最大限に軽量化された太陽電池パネルを拡げているから、急激な動きはできない。事前にシミュレートされた動きに合わせて、チャンはプシキャットをローリング・プレンティの回転方向と反対に動くようにコントロールした。

二本あるローリング・プレンティのメインフレームにしがみついたままの美紀は、かすか出するから、じっとして待つ。うっかり動くだけでも敏感なレーザージャイロは忠実にその動きを検出するから、じっとして待つ。

『よおし、横回転が減りはじめた。縦回転を止めないとこのままケーブルが巻き込まれるから、続けていくぞ！』

もともとゆっくりとしか動いていないから、プシキャットの動きは操縦席からは感じ取れない。チャンはディスプレイだけを見ながら、反動制御システムを細かく数値制御して噴射させる。噴射終了後に各部から送られてくるデータでローリング・プレンティとプシキャットの動きを確認して、次の動きに移る。

宇宙船間の揺動によって、二隻の宇宙船を繋いだケーブルは時々弛《ゆる》む。ケーブルにかかる張力《テンション》を調整して、場合によってはローリング・プレンティの運動を一周期待ってから、次のアクションを起こさなければならない。ローリング・プレンティ側の運動要素はケーブルから力を加えられるたびに変化するから、そのたびにそれをチェックして反対側に力をかけるようにする。

「ハワイでマーリンを釣った時がちょうどこんな感じだったな」

デュークがつぶやいた。

「相手を弱らせながら少しずつ釣り上げるんだ。七〇〇ポンドを上げるのに半日かかったぜ」

「今回の相手は一五〇トンです」

マリオはあちこちのデータを矢継ぎ早にチェックしている。

「おまけに、半日もかけるわけにいかないんだ」

最終的に、ドッキングするのに充分無視できるまでローリング・プレンティの固有運動を減衰させるのに、二時間以上かかった。ケーブルを解除したスペース・ウォーカーはプシキャット側に収容され、プシキャットはローリング・プレンティにドッキングするための接近を開始した。

ドッキングポートの位置を合わせ、少しずつ距離を詰めていく。大型船は小型船と違って小回りが利かないうえに、接近するプシキャットでローリング・プレンティをうっかり弾いたりすると、再び制御されない運動を開始する可能性があるから、ドッキングは一度で決めなくてはならない。

船内に戻ると同時に操縦席に飛んできた美紀のアシストと、あとから来たジュリア、レイシーの助言を受けて、プシキャットがローリング・プレンティにドッキングしたのは、さらにそれから一時間後のことだった。

「ドッキング、完了」

双方でエアロックが固定されたことを確認して、スウが告げた。

「今のところ、ドッキングロックでしか固定されていないけど、プシキャットとローリング・プレンティは結合されて一つの飛翔体になりました」

ミッションコントロールに歓声が上がる。

船内気圧を一致させるのに時間がかかるから、すぐにハッチを開いて双方の空気を循環させるわけにはいかない。

「エアロック開放は二五分後の予定」

「ハードレイクよりプシキャットへ、ローリング・プレンティへのドッキングを確認した」

マリオは首に引っかけたヘッドセットに言った。一六〇〇万キロ彼方のプシキャットは、すでに次の作業に移っているはずである。

「念のために言っとくが、互いの電子回路の接続は避けてくれ。ローリング・プレンティに潜り込んだウィルスの正体は、まだ完全には判明してない。こちらからできるのは電力供給と、必要な物資の提供だけだ」


「プシキャットへようこそ」

美紀が気密ハッチを開くと同時に、滞留していたローリング・プレンティの空気がプシキャットに流れ込んできた。あらかじめ全開に設定されていた換気装置《サーキュレーター》が、プシキャットの機内にくらべてずいぶん汚れた空気を浄化するために吸い込みを開始する。

向こうに開かれていたローリング・プレンティ側のハッチから、片腕を可動ギプスで固めたボスが顔を出した。

「ありがたい、これで生き延びたぜ」

無事な左手で敬礼して、ボスは笑ってみせた。応急処置された傷が増えているせいか、生で見ると一段と迫力のある悪人面である。

「早速ですけど、こちらへどうぞ。ハードレイクのうちのミッションコントロールに、コロニアル・スペースの地上要員《グラウンド・クルー》が来てます」

「邪魔するぜ」

片手で器用に身体を泳がせて、キャグニーはプシキャットに入ってきた。

「ローリング・プレンティ、ボスのキャグニーだ。乗船を申請する」

「プシキャット、機長の美紀です。乗船を許可します。操縦室で通信が繋がってます。突き当たりまでいけば声の聞こえる方が操縦室ですから」

「ローリング・プレンティへの乗船を許可する」

通りすがりに、キャグニーが言った。

「好きに見てまわっていいぜ。もっとも、無事に動ける場所はそんなに残ってるわけじゃないがな」

流星群に突入する前から、ローリング・プレンティの交信回線は切れている。現状報告と顔見せのために、キャグニーはプシキャットの操縦室に降りていった。

『司令室は宇宙塵の直撃を受けて壊滅状態だ。詳しい分析はそっちに任せるとして、おそらく、飛んできたかけらが気圧のある船内に飛び込んで、一気に熱爆発を起こしたと思われる。爆発事故が起きたときに司令室にいたのは四人、目の前で爆発くらったクレイの怪我が一番重い。残りの全員も衝撃による打撲傷だの軽い火傷だのくらってるが、ほぼ軽傷。マックスが頭にこぶ作ったのとおれが右腕をやられちまったくらいで、あとは大したことはない』

「だから、右上腕部単純骨折だろうが」

シアトルから飛んできた宇宙医《スペース・ドクター》が画像を見てぶつくさ言う。

「どうせあんたのことだから心配してないがな。無重力状態じゃ治りは遅いぜ。せいぜい熱心にリハビリすることだ」

無重力状態では、地上にくらべて骨にかかる力がはるかに少ないため、骨の中のカルシウムがどんどん流出していく。トレーニングによってある程度の強さは維持できるが、筋力と同様に衰えていくのは止められない。この状態での骨折治癒は、地上にくらべてはるかに遅くなる。

『クレイに関しては、あとでデクスターがじきじきに報告する。おれがここで言えることは、無線で伝えたことと同じ。全身打撲に火傷、内臓も破裂したがこいつはもう摘出済みで、今のところ命に別状はない。専門医が乗っていてくれたんで助かったぜ』

「血まみれデクスターなら、大丈夫だろう」

『機材に関しては、ローリング・プレンティに積んできている分でなんとかなっている。問題は、操縦装置と生命維持装置だ。こいつがまともに動いてくれないことには、地球に帰れない。おれの見たところ、この二人乗りのプシキャットの生命維持装置じゃ、ローリング・プレンティ全員の命を地球までもたせることはできないだろう』

いきなり問題の本質に切り込まれて、シアトルから来たスタッフたちは無言のうちに顔を見合わせた。タイムラグがあるから、キャグニーは一方的に報告を続ける。

『これからさらに詳しい損害調査を行うが、これから先の方策について検討しといてくれ。任務を続行するのか、すぐに地球帰還軌道を取るのか。いずれにせよ選択肢は限られているはずだ。これから画像データを送る。検討材料にしてくれ。では、また後で』

通信モニターからキャグニーが離れた。替わって、個人装備のビデオカメラで撮られたらしい船内の映像が映し出される。

「さすが軌道ギャングのボス。状況判断は的確で、しかも容赦がない」

ディスプレイに映し出された事故直後の映像を見ながら、マリオが唸った。

「社長、そろそろこっちも腹くくる必要がありますよ」

「なんのこと?」

何でもなさそうな顔で、コーヒーカップ片手のジェニファーが聞いた。

「救助活動に入った時点から、こういうことになるんじゃないかって可能性は考えてたんですが、当初の予定を大きく変更しなければならない、かもしれないってことです」

「はっきり言いなさいよ。この上、なにがどうなるっていうの?」

「プシキャットとローリング・プレンティの乗組員全員を無事に地球に還すためには、ヨーコ・エレノア彗星への接触をあきらめなければならない、ってことです、はっきり言うと」

ジェニファーは、目の前のディスプレイを操作した。惑星間空間を映し出す。

現在、コンパクト・プシキャットは地球から一六〇〇万キロ離れた空間にいる。ヨーコ・エレノア彗星はさらにそこから直線距離で一〇〇〇万キロ近く離れた場所にいて、当初の航行計画で予定された邂逅《かいこう》地点に向けて飛行を続けている。

コンパクト・プシキャットが地球軌道から出発したとき、ヨーコ・エレノア彗星はまだ当初予定されていた制御軌道上にいた。分裂による重量変化やジェットの噴射により、その軌道計算は未だに細かい修正を加えられているが、列を組んで飛んでくる彗星のかけらたちは、その半数以上が地球の重力に捉えられることが予告されていた。

「ほっといたって、近づいてくるのよね……」

ジェニファーは、ヨーコ・エレノア彗星群の予測軌道を地球の未来位置と重ねて溜め息をついた。

「高軌道上で迎撃するのなら、わざわざ長距離用の宇宙船なんか仕立てる必要なかったんだわ」

「予測不能の未来ってやつですよ。少なくとも、コロニアル・スペースとオービタル・サイエンスは、今回の飛行で彗星への到達をあきらめたと言えるでしょう。うちと、ゼロゼロマシンの直接のオーナーであるカイロン物産も、人命救助を優先させてますから、レースとしてはほとんど成立しなくなってますね」

「世界中の賭け屋《ブック・メーカー》が大損するわね」

ジェニファーがくすっと笑った。

「しかたないわ。これが手の届くところにやってくる最後の宝の山ってわけじゃないでしょうし、美紀やチャンに助けた宇宙船を乗組員ごと見捨てて彗星に飛べっていったって聞くわけがないし。だいたい、そんなことしたらこの業界でこれから仕事できなくなるわ。だけど、ちょっと悔しいわね」

ジェニファーはディスプレイから顔を上げた。

「今回の問題で、せっかく彗星を目指した長距離宇宙船が軒並み到達できないと確定したら、軌道船の運用に余裕がある大手が地球のそばで彗星を迎撃するための宇宙船を出すんでしょ。これだけ苦労して、結局資金力のある大手に勝てないんだから、ちょっと癪よね」

「悔しがるのは、連中が無事に地球に戻ってくるのが確実になってからにしましょう」

ディレクター席から離れたマリオは、コロニアル・スペースの一団が陣取っている一画に向かった。

「ごめんなさいね」

ジェニファーは、コンソールで軌道図を見ているスウに声をかけた。

「せっかく来てもらったのに、あなたには彗星のかけらも軌道上の研究室もあげられそうにないわ」

「気にしないでください」

ディスプレイから顔をあげて、スウは肩をすくめた。

「その分の埋め合わせは、あの悪ガキにしてもらうつもりですから。でも……」

コンソールに目を戻して、スウはぶつぶつとつぶやいた。

「まだ、順位はトップなんだし、一人だけ、小さなカプセル一基だけ彗星に向かわせるなら、今からでも間に合うんだけど……」

「よく、無事で生き残りましたね」

ディスプレイ上には、地球に画像回線で送られるローリング・プレンティの被害部位の映像が映し出されている。あとから手持ちのビデオカメラで撮られた映像は、宇宙塵の直撃という偶発事故がどれだけの被害をもたらすかを語っていた。

「もっとでかい宇宙塵なら、即座に全壊していたかもしれん」

ダイナソアの機長席で、ボスはうなずいた。

「もっとも、それだけでかいやつなら事前に確認できるだろうから、避けるなりなんなり方法はあるんだが」

ふわりと操縦席から身体を浮かせる。

「そういうわけで、ローリング・プレンティの損害調査を続けなきゃならねえ。地上から何か言ってきたら教えてくれ」

「了解です。で、そちらとしてはどうするつもりなんです？」

「直るもんなら直してレース続行といきたいところだが」

キャグニーはダイナソアの天井に取り付けられている乗降ハッチで身体を止めた。

「クレイがあの様子じゃ、寄り道してる暇はねえ。とりあえず、帰ろうと思ってるが」

「もし、宇宙船が直らないようなら？」

「そんときゃ、おれたちゃギャングだぜ」

キャグニーは乗降ハッチの上に身体を引き上げた。

「手近の宇宙船乗っ取るなり、使えるようにでっち上げるなり、いくらでも手はあるさ」

あとに残されたチャンは、プシキャットのセンサーに現れるローリング・プレンティの重量と重心をチェックした。ローリング・プレンティに残っている推進剤、船体構造を合計した総質量は軽く一五〇トン以上、プシキャットの倍以上になる。

「つまり、推力比が三分の一以下になってしまうってことだから、こりゃどうやっても、ローリング・プレンティ抱えたまんまじゃ地球にゃ戻れねえってことか」

かなりの余裕を見込んであるとはいえ、プシキャットのエンジンと推進剤の量は目的のための最良のバランスを求めて設定された。

推進剤を積みすぎれば噴射時間は長く取れるものの加速が悪くなり、結果として航行計画そのものが長くかかることになる。そのために算定された推進剤の搭載量は、軽量小型のプシキャットが彗星に接近するための軌道変更と、地球に向かうための再加速に、最低限の量でしかない。

計算上は、ローリング・プレンティとドッキングしたままでのプラズマロケットの運転は可能である。全体の質量に比べれば推力が微々たるものだから、ドッキングポートにかかる負担も少ない。

しかし、全体の重量が三倍になっているから、得られる最終到達速度も三分の一になってしまう。

「とすると、何とかして全体の重量を軽減するしかないんだけど、そこら辺どう考えてるんだ、マリオの奴」

2　ハードレイク／発進四九日目

『主操縦室、および周辺機器の再使用は、ほぼ絶望と思ったほうがいい』

月面からの映像回線で、今回の船体構造のフィッティングを行ったフライトオフィサーが言った。

『こちらでも損害状況をチェックしてみたが、乗組員が一人も死ななかったのが不思議なくらいの状況だ。あの連中なら修理が不可能とは言わないが、それには時間がかかりすぎる。時間をかければ再びローリング・プレンティをコントロールできるようになるだろうが、その頃には地球に戻る軌道をとっても間に合わない。引き返し不能点《ポイント・オブ・ノーリターン》を過ぎちまう』

セレニティ基地からの映像通信に、顔を見合わせた地上要員たちは声もなくうなずいた。

ローリング・プレンティに限らず、今回の長期ミッションはすべて彗星に接触して戻ってくるという前提で立てられている。生命維持装置、食料、空気などの必要物資はすべてそれに合わせて準備され、余分を見込んであるといっても無限に搭載されてはいない。

セレニティ基地の見積もりでは、ローリング・プレンティの修理は不可能ではない。ただし、その修理が終わるのは彗星との最接近点を過ぎてから、予定された地球帰還軌道をはるかに外れてからであり、それから地球に戻っても余計に時間がかかってしまう。

そして、その期間、生き延びるだけの物資はローリング・プレンティには備えられていない。

『次善の策として、観測室側のサブコントロールを使って宇宙船をコントロールしながら、修理しつつ目的地を目指す、あるいは帰るって手もあるが、いずれにしてもタイムリミットがなくなるわけじゃない。セレニティ基地としては、レースの放棄、必要なら船体も放棄して乗員の無事帰還にシフトすることを進言する』

シアトルから参加しているフライトディレクターが言った。

『船体の放棄はできない。少なくとも、全員を無事に地球に還そうと思ったら、いまローリング・プレンティがドッキングしているコンパクト・プシキャットでは容量《キャパシティ》が少なすぎる。ぎりぎりまで必要酸素量を切り詰め、乗員の行動を薬物その他で制限したとしても、コンパクト・プシキャットだけでは全員を地球に連れて帰るわけにはいかない。生命維持装置の容量に限界があるから、遠からず船内の環境がパンクする』

「いいですか?」

ハードレイクの状況は、プシキャットにも届いている。二分近いタイムラグのあるプシキヤットの操縦室をちらっと見て、マリオは口を開いた。

「全員を無事に地球に還すために、プシキャットとローリング・プレンティの構成と構造計画の大幅な変更を提案します」

『しかし……』

「この件に関してはうちの社長の了承を得ています。法律的、金銭的な話は後で担当部署に話し合ってもらうとして、残念ながらのんびりしてられるほど時間がありません。少なくともいま、プシキャットもローリング・プレンティも彗星邂逅軌道をとっており、地球に戻る軌道にはない。地球はご存知の通り公転軌道上を秒速三〇キロで動いているから、早いうちに連中に動き方を指示してやらないと、ここから二〇〇〇万キロも離れた宇宙で迷子になっちまう。とにかく、事故っちまったローリング・プレンティも含めて、全員がほっといても無事に戻ってこれるようにするのが、僕たちの仕事だと思いますけど?」

『マリオの言う通りだ』

シアトルの統轄本部から、ミッションディレクターであるヴァンデンバーグが言った。

『少なくとも、我々はもう単独ではミッションを遂行できない』

「無事帰ってくるってミッションが残ってますよ。そのために、いくつか方法を考えてみたんですが……」

「なるほどね、ローリング・プレンティの居住ブロックごと生命維持装置を切り離し、居住空間を増加させたうえで地球帰還軌道をとる、か」

ディスプレイに映し出された新しい船体構成図を見て、チャンはまわりを見回した。ダイナソアの機内をそのまま流用したプシキャットの決して広くない操縦室に、美紀だけでなく、ボスをはじめとするローリング・プレンティの主要スタッフが四人も入り込んでいる。

「操縦室まわりと居住ブロックの一部分は使用不能だが、使えるブロックを繋ぎ合わせて居住部分を増やすのは悪い案じゃない。だが、その場合、プシキャットの電力供給が追いつくのか、それと推力の低い非化学ロケットしかないプシキャットで充分な速度を出せるのか。居住ブロックだけでも、現在のプシキャットの二倍を抱え込むことになる。フレームだの推進機関だの、使わない装備をあらかた捨てたとしても、重量増は押さえられないぞ」

「あわせて二〇トン近くね……」

美紀はディスプレイ上に表示される追加予定重量を見た。本体重量に、必要な生活物資、液体酸素、居住ブロックから排除できない装備などを全部あわせると、プシキャットの重量が三割近く跳ね上がることになる。

「増える重量に対しては、プラズマロケットの噴射時間を増加させることで対処します。単純計算で、プラズマロケットの噴射時間を三〇パーセント増加させれば、軌道変更に必要な推進力を得ることができますから」

「推進剤は足りるのか？」

ボスは、ダイナソアの操縦室を見回した。最低でも常時二人が詰めており、乗組員全員分のシートが備えられているローリング・プレンティに比べれば、シャトルを改造したダイナソアの操縦室はいかにも小さい。

「ハードレイクじゃ計算中ってことだけど、何とか、ぎりぎり……」

ボスは、言葉尻を濁した美紀を見た。

「で、こっちの計算では？　プラズマロケットってのは、運転したっきり何カ月もほったらかしにして、再整備もしないで噴射しても、前と同じ信頼性と効率を保つような魔法のエンジンなのかい？」

「正直言って、数字にすればほんの一パーセントとか二パーセントでしかありませんけど、推進効率は確実に落ちてきてます。今回の再加速でまた何十時間も運転しましたから、加速室の損傷は積み重ねられているはずですし、また運転したとしても前と同じだけの推力を得られるかどうかはわかりません」

「地球を目の前にしてガス欠って話になったら、元も子もないんだ。まあ、狙い定めて一〇〇万キロまで戻ってくれれば、地球からの救助船が拾ってくれるだろうが、そこまでは自力でたどり着かなきゃならない。推進剤は液体水素だったな」

美紀はうなずいた。

「水素ガスをプラズマ化、電磁加速して噴射しています」

「ムーン・ブラストの推進剤タンクには液体酸素と還元土壌がまだ残ってるが、そいつじゃ使えねえか。レイシー、うちのムーン・ブラストは使えるか？」

「ローリング・プレンティの機能が失われたのは制御系だけですから、理屈から言えば、姿勢制御も主推進システムも使えるはずですけど、第一エンジンが制御不能になった挙げ句に使えなくなってますから……」

「重量軽減のために廃棄するにしても、推進剤詰めたタンクごとエンジンを捨てるのはもったいないと思うんだが、どうだ？」

「ローリング・プレンティの機能を一部回復して、切り離し前のブースターに使う案はハードレイクでも提案されました。軌道変更にあわせた正確な噴射は効かないけど、多少なりともベクトルの足しになれば、それだけ必要な推進剤を節約できますから。問題はふたつ、はたしてムーン・ブラストの制御系を復活させられるか、そして……」

「もう一度、ムーン・ブラストに全開かますだけの度胸があるか」

美紀がつぶやいた。操縦室に不思議な沈黙が満ちた。

「地球に帰るのなら、軌道変更のための噴射は一瞬でも早いほうがいいんでしょ。他にできることがないなら、早くやることを済ませましょ」

笑い出したのはボスだった。

「正論だ。マックス、状況の整理は終わったのか？」

言われたオペレーターが顔を上げて、持っていたラップトップコンピュータの表を返して、ディスプレイを全員に向ける。

「まだ、実際に外に出てこの目で確かめたわけじゃないが、おそらく、ここと、ここ、ここら辺を開いて制御系を繋ぎ直せば、主推力《メインスラスト》のコントロールは復活する。うまくいけば、ローリング・プレンティの反動制御系《RCS》も使えるようになるはずだ」

「どれくらいかかる？」

「早ければ一時間」

ボスの質問に、マックスは即答した。

「ただし、これは最大限に楽観的な予想だ。スペース・ウォーカーの稼働時間限界まで粘っても、何も直っていないかもしれない。それは、現場に行って、実際にいかれた場所を開いてみないことにはどうしようもない」

「電力はともかく、貴重な酸素の無駄遣いは避けたいもんだ。まあ、いざとなれば、推進剤タンク開いて液体酸素だけ抜き取ればいいが……」

ボスは、操縦室内を見回した。

「出られるのは、ベイツにマックスにレイシー、ジュリア。動ける奴には全員出てもらおう」

「手伝います？」

美紀が声をかけた。

「直接の手伝いはできないだろうけど、後方支援くらいはできると思いますよ」

「ありがたいが、まだ勤務体制《シフト》も決めてないんだ。先に出るのはとりあえず四人、機長には機内で待機していてもらおう」

言ってから、ボスは舌打ちして口を押さえた。

「いかん、ここはおれの宇宙船《ふね》じゃねえんだ。いや、とりあえず機内にすぐに出れる奴がいてもらったほうが、非常事態に対処しやすいってことなんだが」

「……そうでしたね」

ローリング・プレンティで最年少のジュリアよりも美紀のほうがまだ若い。しかし、プシキャットの機長は美紀だから、ここでの最高責任者も美紀である。

「では、ボスにはここで船外作業の指揮をとってもらいます。すぐにはじめます？」

「早いほうがいい。が、その前に、地上に了解をとっとく必要があるだろうなあ」

『うわあ、こりゃひでえ』

船外活動の交信が、ミッションコントロールセンターに流れている。目の前に見える状況をあれこれ報告しながらの修理作業だが、聞こえて来る声は文句に悪口、放送禁止用語が多い。

聞き流しながらでも、ローリング・プレンティの状況があまり良くないのはわかる。

『こんなもん手をつけなきゃなんねえのか。末期患者の延命治療にもならねえぞ、こりゃあ』

「言いたいこと言っとるなー」

マリオは感心しながら一八〇〇万キロ彼方の船外作業をモニターしていた。

各スペース・ウォーカーの手許の映像は地上にも伝達され、作業の様子はプシキャット側の船外カメラでも可能な限りフォローされている。

投棄した第二エンジンの爆発、宇宙塵の二度にわたる直撃を受けたローリング・プレンティの損害は小さくなかった。コントロールとセントラルコンピュータが集中している司令室に直撃を受けたため、ここからの制御は不可能、船体の前半分の反動制御システムも使用停止になっている。反動制御システムの推進剤であるハイパーゴリックは混合しただけで点火するから、うっかり使用すると供給線内で爆発する可能性がある。

機能回復のための船外作業が開始されてすでに三時間以上経つが、ミッションコントロールにもたらされているのは被害の大きさを確認する報告だけだった。

「ドッキング後、原因不明の揺動は起きてないから、どっかからガス漏れとか、不慮の化学反応とか、そういうことにはなってないらしいけど。でも、なあ……」

「マリオ、ちょっといい？」

いきなり後ろから声をかけられて、マリオは嫌そうな顔で振り向いた。

「なんだ？　スウがそんな声出す時って、だいたいろくでもないことになるんだけど……」

「当たり」

スウは、悪そうな顔でぺろっと舌を出した。

「あんまり聞きたくないニュースが二つと、あと計算が一つ。どれからいく？」

「聞きたくない」

マリオはむっつりとスウから目をそらした。

てわけにもいかねえか。何なの、今度は」

「うちと同じようにバズ・ワゴンに接触していたゼロゼロマシンが、再加速を開始したわ。これから先、たぶん軌道変更のためのレーザー照射を受けると思う。バズ・ワゴンは宇宙塵の直撃による機能を回復、二隻ともレースに復帰するそうよ」

「なに⁉」

マリオは思わず声をあげた。位置的にはまだ二隻ともプシキャットの後方にいる。

「無傷のゼロゼロマシンはともかく、バズ・ワゴンはレース放棄したんじゃないのか⁉」

「彗星邂逅軌道をとっても、地球帰還軌道をとっても、たいした違いはないのよ。どうせヨーコ・エレノア彗星は地球近傍軌道に向かって飛んでくるんだし、今からレースを切り上げて最短の軌道で地球に帰ってきても、その途中で彗星に寄っても、気にするほどの時間の差はないわ」

「とすれば、レーザードライブが届かなきゃ危ないゼロゼロマシンよりも、自前で推進剤抱えてるバズ・ワゴンのほうが有利ってことか。かといって、今からローリング・プレンティ放り出すってわけにもいかないしなあ……」

マリオは、軌道相関図を見た。それまで接近航行《ランデブー》していたバズ・ワゴンとゼロゼロマシンが、二つの点に分かれている。

「この時点で、後続の宇宙船にSOSを発信したらどうなるの？」

「そりゃまあ、まだ軌道変更にかかったわけじゃないから、通りすがりに助けてくれるだろうが、こっちで何とかなるものを押しつけるわけにもいかないだろ」

「それなんだけど……」

スウは暗い顔で、声をひそめた。

「こっちの予定では、ムーン・ブラストで軌道修正のための加速かけた後に居住ブロックだけ残してローリング・プレンティを切り離し、あとはプラズマロケットで帰ってくるんでしょ」

「今のところ、そういうスケジュールで飛ばしてるけど……」

「プシキャットに残る重量と、今ある推進剤の量で計算してみたんだけど、もしもプラズマロケットの効率が今より落ちたら、地球に帰ってこれなくなるわよ」

「……なに⁉」

「計算ミスならそれでいいんだけど。プシキャット本体の重量増、それから推進剤の液体水素の現在の残量、それだけならぎりぎりまだ帰ってきて余裕があるんだけど、もし、これから先、プラズマロケットの推進効率ががた落ちになったら……見てくれる？」

スウは、マリオの目の前に自分のラップトップコンピュータを拡げた。グラフ表示された計算結果を見て、マリオは頭を抱えた。

「プラズマロケットの効率が九〇パーセントだと⁉　なんて数字で計算しやがった！」

「今回の運転停止寸前の効率が、計算してみるとそれくらいになるのよ。こわいからプシキャットの飛行データと付き合わせてみてないけど、流星群の中で逆噴射してる時のスピードの落ち方が計算とずれてたから……」

「……モハビに連絡とって、プラズマロケットをメンテナンスなしに始動、停止を繰り返した場合のデータがあるかどうか聞いてみてくれ。できれば、長時間運転のあと停めて、また動かして、っていうシークエンスがいい。もし実験データがないのならすぐに試してみるようにと。それから、その場合、プラズマロケット本体にどんなダメージが蓄積されて、どういうことになるか、予測してわかるかどうか。こいつはしばらく借りていいか？」

スウは、パサディナから持ってきた私有物である携帯端末とマリオの顔を見比べた。

「いたずらしないでよ」

「そんな暇あるかい。計算確認するだけだ」

「ローリング・プレンティにランデブーする前のデータで、何とか効率九七パーセントは出てるが……」

自分の航行データを確認したチャンは、覗き込んでいたディスプレイから顔を上げた。

「それにしても、運転効率九〇パーセントとはまた悲観的な数字出してくれたもんだなあ。太陽電池の発電効率が落ちたわけじゃないから、ロスはほとんど加速室かい？」

「他に推力ダウン起こしそうなところはないものね」

美紀は、ディスプレイ上にプラズマロケットの運転記録を映し出した。プラズマ励起室での変換効率も、そこでの推進剤流入量も、当初の設定値から大きな変化はない。加速室に投入される電力も制御されているから、最終的な推力ロスは加速グリッドの摩耗《まもう》による効率低下の可能性が一番高い。

「それで？　最終的にどの程度まで効率が落ちたら駄目になるの？」

「二〜三パーセントの推力低下くらいはあらかじめ予定に織り込まれてるけど、五パーセント以上の効率低下が出てくるとかなり厳しい。推進剤の量は積めるだけ多めに積み込まれているが、効率が落ちるってことは、早い話が噴射速度が落ちるってことだから、同じ速度を得ようと思ったら、それだけ噴射時間が長くなる。つまり、推進剤をそれだけ大量に使うことになる。推力が五パーセント落ちたら、同じ速度を得るために推進剤が五パーセント余計に必要になる。実際にはもう少し多めに必要になるかな」

「比推力が変化するのか、プラズマロケットってやつは」

船外作業の指揮の片手間に、ボスがエンジン関連の表示を覗き込んだ。

「使い込んだエンジンといっしょで、パワーも燃費も落ちるんですよ。地球を出てからの運転時間はもうとっくに一〇〇時間以上ですから……」

「一〇〇時間以上も整備《メンテナンス》なしで平気で運用できる推進機関ってのも、大したもんだが……」

化学ロケットの燃焼時間は秒単位で計測され、一回の飛行ごとに点検整備を受ける。一回の運転時間は数分どまりで、消耗部品を交換していったとしても、総計一〇時間以上の運転時間を保証されているロケットエンジンはほとんどない。

「いずれにせよ、推進剤が足りない、地球に帰れないってことかい」

「結論から言えば、そういうことです」

チャンはうなずいた。

「まだ不確定要素が多いんで、たとえば、プラズマロケットの効率が楽観的な数字を出してくれるとか、あるいはその前段階でムーン・ブラストによる軌道変更を正確に行うとか、推力重量比の問題だからとにかくありったけいらない部品捨てて身軽になってからプラズマロケット運転するとか、まだいくらでも取れる手はあるんですけどね」

「おもしろくねえ話だな」

ボスは不満そうなうなり声を上げた。

「そういう運任せの飛行ってのは好きじゃない。楽観的観測を重ねてひとつでも現実が勝った場合は、全部がぶちこわれちまうんだ」

「要するに、どこかで推進剤を補給できればいいんでしょ」

「あのな……」

チャンは溜め息をついた。

「この惑星間空間のどこに、そんなもんが浮いてるって言うんだ」

「なければ、採《と》ってくればいいのよ」

「どこから」

「あそこ」

美紀はフロントグラスに顔を上げた。視線の先が意味するものにチャンが気がつくのにしばらく時間がかかった。

「……ヨーコ・エレノア彗星に？」

「そうだ、彗星にたどりつけば手つかずの水資源がいくらでもある。必ずしも一番でかい破片Aにたどりつく必要はない。タンクに一杯の氷でも水でも手に入れば、その後、そいつを電気分解でもなんでもして、酸素と水素が充分に手に入る。プラズマロケットに注入する水素はどうせガス状態で、電気分解直後のガスをそのままぶち込みゃ済む。貴重な彗星のサンプルを待ちかねてるスウお嬢さんには申し訳ないけど、ボトル一本分くらい冷蔵庫にとっとくことはできるはずだ。検討してみてくれ。今回のレースを捨てることにもならないし、帰還の可能性を上げることもできる。まあ、それだけこっちはえらい労働量《ワーク・ロード》抱え込むことになるけど、それはまあ、毎度のことだ。幸いにしてローリング・プレンティの乗員が増えてるから、おれと美紀だけでやるよりもずいぶん楽になる。この方法が、なんにしても最善だと信じてる。これは今ここにいるプシキャットとローリング・プレンティの乗組員、全員の一致した意見だ。前向きな答えを待ってるぜ」

一方的に喋って、チャンはヘッドセットのマイクをおろした。

「聞くと思うか？」

「選択の余地ないわよ」

美紀はあっさり肩をすくめた。

「もし、プラズマロケットが予定の推力を発揮してくれなかったら、これ以外に自力で帰る方法はなくなるんですもの」

「しかしまあ、とんでもない方法考えたもんだ」

船外作業から戻ったばかりのマックスが、ローリング・プレンティから持ち込んだ自分のコンピュータのタッチセンサーを弾きながら言った。

「ローリング・プレンティのムーン・ブラストを運転して軌道変更してから、最経済軌道で小型機を一機ヨーコ・エレノア彗星に向かわせて水をすくって帰ってくる、ねえ。確かに、推進剤に使う液体水素はプシキャットにあるし、液体酸素もかなりの量がローリング・プレンティに残っている。RCSのハイパーゴリックを移せば、軌道上機動《オービタル・マニューバ》もできるだろう。ただし、その場合、残されるこっちは姿勢制御をする程度の推進剤しか残さない計算になるぜ」

「救命艇が戻ってくるまでやることはない」

ボスは狭い操縦席のフロントウィンドウを見た。

「こんな小型艇にはもったいないような太陽電池パネルがまるごと残るんだ、生き残るのに不自由はあるまい。それに、小型機の発進はありったけの還元土壌を使って軌道修正をかけたあとだ。今のまま惑星間空間で地球をはるかにかすめて迷子になるわけじゃない。機首は地球に向けられる。時間はかかるだろうが、地球からの救命艇も期待できるぜ」

「さらにくわえて」

マックスは、コンピュータのディスプレイから顔を上げた。ポケットから出した小さな計算尺をかしゃかしゃと動かす。

「軌道上宇宙船の作業艇にはこんなエンジンは普通はついてないのに、最大推力七五トンの二段燃焼ロケットまでついてる。ミツビシのLE－9だ、ロケットダインよりも信頼性は高い。スペース・プランニングの社長ってのは軌道上で格闘戦闘でもやらせるつもりなのかい」

「いや、あのひとは、とにかくパワーのあるエンジンが好きなだけで……」

「そうなのよ、いまだに小さなポッド一基を彗星に着陸させるだけなら、プシキャットは後ろの二隻よりもずっと有利な位置にいるのよ」

「このやろ……」

マリオは殺意のこもった目でスウをにらみつけた。

「いったい、いつの間に宇宙の彼方に飛んでったはずの美紀と結託しやがった。どうして二人揃って似たようなこと考えてやがるんだ！」

「可能性の問題よ。今いる場所と機材でなにができるのか。JPLは機材の使いまわしと間に合わせに関しては、魔法みたいな方法教えてくれるから……」

「有人宇宙飛行に必要なのは可能性じゃない。安全性と確実性だ！　てめえ、何週間ここにいやがる。有人宇宙飛行に関しちゃ、もう素人だなんて言わせねえぞ。保証できない可能性なんぞ、馬にでも食わせちまえ！」

「確実に、安全に帰ってこれる可能性よ」

スウは辛抱強くマリオにディスプレイを示した。

「このまんまじゃ帰ってこれないかもしれない。でも、ちょっと手を伸ばして彗星から氷を採ってくれれば、少しくらいプラズマロケットの効率が落ちても、プシキャットが重量過大になっても、彼らを確実に地球に連れて帰れるわ」

しばらくスウを睨みつけてから、マリオは頭を抱えた。

「ったく、余計なことばっかり思い付きやがって、こいつ……」

コンソールの上の携帯端末のディスプレイには、スウが一人で考えていた彗星到達プランが表示されている。コンパクト・プシキャットからダイナソアA号機を切り離し、単独飛行で彗星に到達する飛行計画は、今ある機材だけで達成可能との計算結果がでている。

マリオが最低限のチェックをかけたが、致命的な見落としや計算間違いはない。理屈の上では、そしてそれだけなら、この飛行は可能である。

「他に何か取れる選択肢があるのなら教えて。それが、安全で確実なものなら、喜んでそれに従うわ。だけど、もし、そうでないのなら……」

「従うってのは、こっちの指揮に入ってる場合の台詞だろうが」

「プラズマロケットの推力はこれ以上低下する可能性もあるのよ。でも、推進剤さえあれば、どこからだって帰ってこれるんだから」

「だから！」

「いいかしら？」

いきなり違うテンポで声をかけられて、マリオとスウはジェニファーを見た。

「話題は、向こうと同じ？」

ミッションコントロールの一画では、コロニアル・スペース側のスタッフがプシキャットから提案された新しい飛行計画について議論を続けている。

「そうです」

仏頂面《ぶっちょうづら》のまま、マリオはうなずいた。

「各方面に広く意見を求めてるところですから、社長もなにかご意見があればどうぞ」

「今さらあなたに言うことなんかないわよ」

ジェニファーは肩をすくめた。

「あなたの仕事は、乗組員を無事に地球に帰すこと。他のことはどうでもいいわよ」

「……いいんですか、そんなこと言って？」

マリオは不思議そうにジェニファーの顔を見上げた。

「ミス・モレタニアがどんな顔してるか」

「心配することないわ。みんなが無事に戻ってくれれば、後はどうにでもなるんだから」

「……デューク！」

仏頂面に戻って、マリオはディスプレイを睨みつけた。呼ばれたデュークが、コロニアル・スペースのスタッフの輪から離れてくる。

「あいよ、どうした」

「どう思います、プシキャットの提案」

「……いい度胸してやがるぜ」

デュークは、メインスクリーンに映し出されているプシキャットの操縦席を見上げた。一八〇〇万キロ彼方では、ムーン・ブラストを使うための作業が続いている。

「よりによってあの問題児《トラブル・メイカー》のA号機に、単独で月まで往復するよりも長い惑星間航行やらせようってんだからな」

「……一番気になってるのはそこなんですよ」

マリオは、ミッションディレクター席のディスプレイにこれからの予想軌道を映し出した。

「何がよかったのかわかりませんが、この時点までA号機は奇跡的に故障らしい故障を起こしてません」

「奇跡的にってのが気になるが、まあそこらへんのコメントはヴィクターに任せよう」

「せっかくここまで来たのに、プシキャットから切り離して単独飛行。今まで必ず何かやってたA号機が、どう考えても無事に戻ってこれるとは思えないんですが」

「苦労してるだけのことはある、正しい認識だと思うぜ」

マリオは、今までに何度もダイナソアA号機のミッションを指揮している。そのたびにトラブルが起きなかったことはない。

「行かせりゃ何か起きるってわかってるシャトルを、こんなミッションに、しかも現場任せの準備で出す気にはなれないんですが」

「まあ、毎度毎度トラブる機体なのは確かだが、そのトラブルのために失敗したミッションは今のところ一つもないんだぜ」

「だから、そのために地上や軌道上でどれだけ苦労してるか。毎回なんとかつじつま合わせられるから、A号機がいまだに現役にとどまってるんですよ」

「知ってるよ。あいつとの付き合いは、おれが一番長いんだ」

「デュークが現場でパイロットやってるんならともかく、プシキャットの乗組員は残念ながら若いだけが取り柄の新人《ルーキー》二人です」

「前回のミッションでは、何とかうまくA号機を手懐《てなず》けたらしいじゃないか」

「今回もうまく行くとは限りません。だいたい……」

「トラブルのネタなんてのはどこにでも転がってるんだ」

手を挙げて、デュークはマリオの台詞を止めた。

「おれたちは、そいつをなんとかするためにここにいる。あとは、飛んでる連中を信用できるかって問題だろう」

マリオは、ディスプレイの軌道相関図を見た。ドッキングして一つの飛翔体になったプシキャットとローリング・プレンティ、その後方から遠からず大幅な軌道変更を行うはずのバズ・ワゴン、ゼロゼロマシンの現在位置が少しずつ変化しながら表示されている。

「ばかやろ、この○犬の息子の母親強○○地獄のクソッタレ！」

マリオは、いきなり悪口雑言を噴き出した。たて続けにスウが聞いたこともないような下品な単語を並べたてて、溜め息をつく。

「結局、責任とらされる仕事だってのは初めっからわかってたんだ。もう二度とミッションディレクターなんかやらねえぞ」


「通った……」

ハードレイクからの返信を聞いたチャンは思わず声を上げた。

「ムーン・ブラストの噴射前に、できる限りの軽量化を行うか」

ボスは、ハードレイクから送られてきた軌道変更のための噴射準備計画を見た。

「いらない部品を全部取っ払ったところでローリング・プレンティの空重量にも届かねえが、速度を稼ぐにはいい」

「してみると、いらない部品の排除を開始したほうがよさそうですね」

マックスは、ディスプレイから顔を上げた。

「やっとこのがらくたと縁が切れるかと思うと、せいせいするぜ。いいですね、ボス」

「許可する。生命維持区画は後回しにしろ。まだ引っ越しの準備もしちゃいねえ」

「わかってますよ。プシキャットよりジュリア、レイシー。ローリング・プレンティ本体のブロック切り離《バージ》しの準備を始める」

マックスは、ディスプレイに映し出された回路図を横目で見ながら船外作業中の二人に告げた。

「回路修復やドッキング位置その他に、影響がないところから切り離していく。まずはメインとサブのアンテナシステムからだ」

ブロック構造をとっている軌道宇宙船は、船内から、あるいは船外からでも各部品を切除できるようになっている。

主要部品は爆発ボルトで結合されており、内部、あるいは外部からの機械的操作で切り離していける。ただし、主要構成部分の切り離しには船長、あるいはそれに準じる責任者の許可と専用のキーが必要になる。

『了解です。キーロックは?』

「エアロックまで取りに来てくれ。シューターから外に出す」

「ほれ美紀、シートに座ってろ。しばらく、マリオの愚痴《ぐち》に付き合わなきゃならねえ」

「はいはい、まじめな顔して聞いてましょう」

機長席に戻った美紀は、通信モニターに向き直った。

アクセスパネルを開き、赤い鍵でキーロックを解除、横の大きなダイヤルを回す。

『作動確認!』

爆発ボルトを使った切り離しシステムは、電子的な干渉を避けるためにすべて機械化されている。タイマーの作動を確認して、スペース・ウォーカーは安全距離をとって離れる。

基台から閃光が走り、パラボラ、ロッド、ホーンアンテナなどを組み合わせた複合アンテナシステムが、センターフレームから切り離される。強制切断されたケーブルや部品の破片を閃かせながら、爆発の勢いでゆっくりと離れていく。

「これで、ローリング・プレンティの通信システムは完全に使用不能だ」

船外カメラに捉えられた映像の中で、うっすらと歪んだままの通信システムが小さくなる。

「続いて予備システム、燃料電池区画とサブコンピュータの排除にかかる。ジュリアは安全装置の解除、切り離し《バージ》準備、レイシーはベイツとメインコントロールの片付けにまわってくれ。航行記録の回収を忘れないように。最終的に、ドッキング状態のまま残る居住ブロックはAとBの二つだけだ。残りのブロックは全部捨てていくことになる。私物で回収が必要なものは各自の責任で回収しろ」

ボスは、コンソールからマックスに振り向いた。マックスは、損害状況がほぼ明らかになったローリング・プレンティの回路図にあれこれ書き込みを加えて、チャンや美紀と話し込んでいる。

「そっちはどうだ、ムーン・ブラストのコントロールは何とかなりそうか？」

「コントロール系のケーブルを直接繋いで、手動制御するのが一番簡単で早そうです」

ディスプレイ上の回路図から顔もあげずに、マックスは答えた。

「手間かけてメインコントロール復活させても、どうせすぐ捨てるんじゃもったいないし。

だいたい自動制御じゃ、どこにウイルスが生き残ってるかわからない。少々手間はかかりますが、外にいくつかパネル繋いで直接制御した方が確実でしょう」

「今度はメインブラストの手動制御か」

回路図にあれこれ描き込まれた追加を見て、チャンは額を押さえた。

「全開にしたところで、ドッキング状態、しかもムーン・ブラスト一基だけじゃ最大加速はコンマ二Gくらいにしかならないけど、でも、この回路図だと……」

「そう、コントロールパネルを、機関本体、センターフレーム、推進剤タンクに繋ぐことになるけど、いちいち船内にケーブルを引き込むと余計な手間がかかるから、現場で操作してもらおうと思ってる」

「宇宙服一つで船体構造にまたがって、エンジン噴かそうてわけか」

チャンは呆れ顔で両手を挙げた。

「ロデオドライブだね、まるで」

「問題は、エンジンコントロール用のパネルをいったいどこから持ってくるかってことだが、メインコントロールは見事に爆発しちまってるし、パネルまわりの一式なんか予備パーツとして持ってきてないから、観測室のサブコントロールを外に持ち出すのが一番早い、かな」

「さらに加えて、共食い整備のつじつま合わせか。こんな無茶やってるのは、うちだけかと思ってたけど」

「月面ってのは低軌道より不便なところなんだ。何せ注文出したところで、地球から届けてもらおうっていうと時間も金も桁違いだからねえ、全部その場のありあわせでなんとかするように鍛えられちまうんだよ」

「しかし……」

実際にムーン・ブラストを噴射する時の体制を考えて、チャンは唸った。姿勢制御はプシキャット側で行わなければならないし、航法制御もこちらからしかできない。エンジン本体の制御は船外で行うから、ドッキングしたままの複合飛行体を最低でも五人で寄ってたかって動かすことになる。

「違う。船外に三人、船内に二人、全体を指揮するのがもう一人は必要だ。船外でコントロールパネルのセッティングを行うってことは、エンジン制御のデータはどうするんです？」

「モニターカメラの映像で何とかなる。あとは、各自のスキルに期待しよう」

「期待して何とかなるものか」

「君たちにも頑張ってもらう必要がある」

マックスは、美紀とチャンの目の前でディスプレイを切り換えた。

「不必要なパーツはすべて排除、残っているのはセンターフレームと居住ブロック、それにムーン・ブラストだけっていう態勢になるけど、軌道上でありあわせにドッキングしただけの複合体だ、当然ムーン・ブラストの推力軸線と複合体としての宇宙船の重心は一致していない。幸いにして切り離し予定のパーツの反対側にプシキャットがドッキングしてるから、そう大きくずれてはいないが、このままなんの仕掛けもなしに全開すれば、そのうち全体がくるくる回りはじめる」

簡易化された概念図を見たチャンがうなずいた。

「そりゃまあ、重心点と推力軸線がずれてれば、まっすぐは飛んでくれないわな」

「そういうわけで、噴射開始後にムーン・ブラストのノズルを振って重心点と一致させる必要がある。噴射と推力、エンジンそのものの制御はこっちで行うにしても、宇宙船としてのコントロールを行うのはプシキャット《ここ》だ。軌道変更のためのベクトル、姿勢制御、微調整、すべてここから指示してもらわなきゃならない」

美紀はチャンと顔を見合わせた。

「そして、ムーン・ブラストの噴射を終了してから、残った液体酸素とこちらの液体水素を集める。そのうえで、ダイナソアを切り離して単独飛行の準備を整えて、彗星に向かって飛び立たせる。どうせたいした到達速度《デルタV》は期待できないから、そのぶん時間の余裕がなければ彗星に届かない」

「ありあわせの推進剤で出せる速度なんぞ、知れてるものね」

美紀は軌道変更後のプシキャットの予測軌道と、そこから単独で放たれるはずのダイナソアの予定軌道をディスプレイ上に重ねた。

二次加速による到達速度は、後続のバズ・ワゴンもゼロゼロマシンもほぼ似たようなレベルに達している。彗星到着のタイミングを早めるとしたら、あとは、どれだけ軌道変更を遅くまで待てるか、つまり接近して来る彗星との直線距離をどれだけ縮められるか、そして、そのあと現在の進行方向に対してほぼ直角に飛んで来る彗星に向かってどのような軌道変更をするか、ということになる。

残っている宇宙船の中でもっとも加速力に恵まれているのは、主推進機関に酸素／水素系の二段燃焼エンジンを使っているバズ・ワゴンである。しかも、バズ・ワゴンは軌道上にもう一基、未使用の予備推進剤タンクを先行させており、この回収に成功すれば取りうる軌道の幅はさらに広がる。

瞬間的な加速力でこれに次ぐのは、同じ化学ロケットであるムーン・ブラストを装備していたローリング・プレンティ。残り二隻のコンパクト・プシキャットとゼロゼロマシンは、それぞれ電気推進の非化学ロケットで推進効率には優れるものの、推力が圧倒的に低いため瞬間的な加速など期待できない。

「賭け率《オッズ》はどうなってるの？」

「地球からの定時連絡では、バズ・ワゴンが再びトップに返り咲いてる。続いてゼロゼロマシンだが、こいつはこれだけ離れてもレーザー動力のイオンドライブができるかどうか不安定要素が大きいから、さほど賭け率は上がっていない。プシキャットとローリング・プレンティは——聞きたい？」

笑ってみせたチャンを、美紀は見返した。

「言いたそうね」

「ローリング・プレンティの賭け率は、一気に二桁もはね上がった。うちのはまだ負けてるけど、それでもチケットは買えるぜ」

「今のうちに買っといてもらおうかしら」

それまで一切賭けには手を出していなかった美紀がつぶやいた。

「帰ってから、いい記念になるもの」

「ああ、それだったらいいのがあるぜ。プシキャットとローリング・プレンティが無事地球に還るかどうかの賭けだ。さすがにこっちは合衆国じゃなくって、ヨーロッパのブック・メーカーだけど」

「……買ったの？」

プシキャットからでも、クレジットカード決裁で買い物をしたりチケットを買ったりすることはできる。もっとも、現物を受け取ることはできない。

「当たり前だ。全員、無事帰還にひと財産。合理的だろ」

「帰れなきゃ、買っても意味ないものね」

美紀は、まるで他人事のようにうなずいた。

3　ハードレイク／発進五〇日目

「無茶だ……」

プシキャットの船外カメラが、配置についたスペース・ウォーカーたちを映し出している。

「無茶苦茶だ……」

それぞれが背負った有人機動ユニット《MMU》に取り付けられたモニターカメラが、ローリング・プレンティの船内から持ち出されて仮接続されているコントロール・ユニットを映し出している。

「軌道上宇宙船の主推力《メインスラスト》を、よりにもよって手動《マニュアル》制御するなんて……」

メインタンクのバルブ部分は、適当なコントロールパネルがなかったために、船内から持ち出された携帯端末がセンサーともどもデータ取りのためにくり付けられている。

各部署からのデータはコンパクト・プシキャットの操縦室に集められ、ムーン・ブラスト始動前の点検を行っている。

「何とかなるもんだなあ」

コロニアル・スペースの船体担当は、同じデータをモニターしている月面のセレニティ基地と連絡を取っていた。ムーン・ブラストは地球軌道から月軌道にかけて広く使用されており、推進剤補給は月面で行われるから、運用データの蓄積もそれに関わる現場要員も月面のほうが多い。

「必要なデータは全部集まっている。ムーン・ブラストの始動中止を勧告するような要素はどこにもない」

『確かに、そんなに複雑なことさせるわけじゃないから、要所要所の制御を人力で行えば直接コンピュータを介さなくてもエンジンを動かせる、それは、まあ、理屈だが』

セレニティ基地のチーフメカニックは、送られてくるデータ画面から目を離さない。

『前に、コントロール不能になった無人機を遠隔制御で動かしたことがあるが、今回に似たケースはそれくらいしかない。あれは月の孫衛星軌道上で、通信用の孫衛星を使ったタイムラグはないようなもんだった。今回みたいなタイムラグじゃ、異常が起きても地上からは対応できない。現場に任せるしかないだろう』

「宇宙船て、ほんとにどうやっても飛ぶのね」

スウは、ディスプレイ上に映し出された現在のプシキャットとローリング・プレンティの状況を見て感心している。

発進前の準備作業で、ローリング・プレンティは加速とその後の航行に必要な部分以外の大部分を切り離され、ほとんど骨だけのような状態になっていた。すでに直撃を受けた居住ブロックの半分とメインコントロールブロックは切り離され、センターフレームとそれに付随する反動制御システム《RCS》、ムーン・ブラスト、それに居住ブロックの一部だけが、ドッキングしてプシキャットに残っている。

切り離された各部分は、爆発ボルトによって与えられた排除時のベクトルで、プシキャットとほとんど同じ軌道要素を保ちながらゆっくりと本体から離れ続けている。必要最低限の部品取りのあと、高価な観測機器ともども廃棄された観測ドームも、司令室も、予備タンクや補助システムも、一定の間隔をおいて同じ軌道を飛び続けている。

惑星間軌道を飛ぶ切り離された部分は、このまましばらくは太陽の周囲を回り続けるはずだった。長い年月の果てに少しずつ太陽に引かれ、最後には太陽の重力に呑み込まれると予想されている。

二隻の宇宙船に残った複合部分が、制御された飛行を続けていた。横に拡げた太陽電池パネルを除けば、全体の寸法は強固なフレームを持つローリング・プレンティのほうが大きい。しかし、全体の印象としてはコンパクト・プシキャットにローリング・プレンティが抱えられているように見える。

「信じるんじゃない！」

マリオは思わず声を上げた。

「これは今回だけの特別なケースだ。毎回こうだと思うな！」

「まあ、推力があって人さえ乗ってれば、何だって飛ぶけどな」

デュークはのんびりとコンソールから顔を上げた。

「だから、そういうことを言わないでください！」

「ほいほい。プシキャット側のチェック終了、いつでもエンジンをかけられるぜ」

計算上は、ドッキングロックだけでも、プシキャットはローリング・プレンティのムーン・ブラストから引き剝がされる心配はない。しかし、念のために補強用のケーブルが何本か、プシキャットの主構造材になっている推進剤タンクからメインフレームに張られていた。

ムーン・ブラスト制御のために船外に出ているスペース・ウォーカーも、フレームに命綱を繋いでいる。

「推進部、最終チェック終了、異常なし」

「推進剤タンク、配管、すべて異常なし」

「ローリング・プレンティ側もすべての発進準備を完了した」

コロニアル・スペースのオフィサーが、ミッションコントロールのローリング・プレンティに関する表示をすべて緑《オール・グリーン》に変えた。いくつも消えている箇所があるから、概念図が投影されているローリング・プレンティのスクリーンにグリーンの表示が出ているのは、ムーン・ブラストに関する部分だけで、あとの無数の項目はすべて消えている。

「マリオ、仕事よ」

ミッションディレクター席のマリオに、スウが声をかけた。

「わかってる。ハードレイクよりコンパクト・プシキャット及びローリング・プレンティ、すべての発進準備完了を確認した。軌道変更開始のための噴射を開始してくれ……いいのかよ、ほんとに」

「ハードレイクから発進許可が来ました」

機長席の美紀は、全乗組員にオープンになっているインカムに告げた。

「ムーン・ブラスト、始動手順開始してください」

「ムーン・ブラスト始動開始！」

操縦室で席を取らずにモニターを見ているキャグニーが野太い声を出した。

「これがローリング・プレンティ最後のお務《つと》めだ。ヤローども、気合入れていけ！」

『ジュリア、予備バルブ開放、酸素タンクからの圧力を始動圧力まで上昇させてくれ。還元土壌の供給開始、補助動力ユニット始動。副燃焼室、開放用意』

液体酸素は気化圧力があるから放っておいても流れ出すが、粉末化された還元土壌が詰められたタンクからは推進剤は自然には流れ出してこない。推進剤タンク内に設置されたスクリューを回転させて、一定量を送り出す必要がある。

二つのタンクの配管をまとめる位置にコントロールパネルを接続していたジュリアが、始動手順に従ってバルブの開放を開始する。同時に、推進剤タンクの前面に制御用の携帯端末を繋いだベイツが、ムーン・ブラスト始動のための補助動力ユニットを始動、還元土壌の攪《かく》拌《はん》を開始する。

『推進剤酸化剤混合確認、点火！』

動き出した推進機関に時間的余裕は少ない。早口で状況を確認しながら、主推進機関の最前部にコントロールパネルを仮接続していたマックスは、すばやくムーン・ブラストの点火シークエンスを開始した。

「点火確認、燃焼開始！」

二つのタンクから副燃焼室に送り込まれたガス状酸素と還元土壌《レゴリス》は、高圧電流により点火される。珪素、アルミニウム、カルシウムなどの成分からできた月面表土は、純粋酸素に囲まれて猛烈な化学反応を開始する。爆燃反応した推進剤は、その勢いのまま主燃焼室に突進、ここでさらに大量の酸素と還元土壌を吹き込まれてそのすべてを反応させ、推進力として噴射される。

『ジュリア、ベイツ、バルブ全開！　推力上昇、燃えろ‼』

叫びながら、マックスはコントロールパネルで副燃焼室から主燃焼室への流入量、酸化剤、推進剤の追加量を細かく調整する。直径三メートルのノズルから、真っ白な炎が吹き出した。

「推力六〇パーセント、燃焼確認！」

レーザージャイロにより検出された加速度から、すばやく現在の推力が計算、表示される。

美紀は、操縦システムに両手両脚をかけたまま、ディスプレイの表示を読み上げた。

地球を発進してからほとんど感じることのなかった加速度で、シートに押さえつけられる。

計算上は地上の重力の一〇パーセントほどのはずだが、無重力に慣れた身体にははるかに重く感じる。

「加速、軌道変更開始！」

それまでの進行方向とほぼ直角に船首を向けた宇宙船が、火を噴いて動き出す。

「船体が微速回転を開始！　推力軸線がずれてる、X軸プラスコンマゼロ二、Y軸マイナスコンマゼロ四修正！」

『ノズルジンバルコントロール、Xプラスコンマゼロ二、Yマイナスコンマゼロ四、出力上昇、燃焼異常なし！』

マックスはムーン・ブラストの首振り機構《ジンバル》に修正値を入力しながら、主燃焼室への流入量を上昇させる。ロケットエンジンは出力最大の時がもっとも安定して運転できる。推進剤に液体ほどの均質が期待できないムーン・ブラストは、とくにこの傾向が大きい。

「推力八〇パーセント、推力軸線、重心と一致！」

ムーン・ブラストの白い炎を噴いて、プシキャットを抱えたままのローリング・プレンティの船体が加速を開始した。

『バルブ、接続部異常なし！』

『推進剤、酸化剤タンク異常なし！』

『副、主燃焼室異常なし、出力全開！』

ジュリア、ベイツの報告に続いて、最終制御担当のマックスが告げる。美紀は、ディスプレイ上の数値を読み上げた。

「推力一〇〇パーセント！」

プシキャットの操縦室に表示される推力が、予定値に達した。

「軌道確認、進路確認、飛行は正常」

「おそらく、実際に飛んでいるロケットの噴射をこれだけ間近で見てるのは、あいつが初めてだろうな」

ボスは、船外カメラに映し出されているマックスの状況と、その手許を映すMMUのモニターカメラの映像を見ている。その向こうに、白いムーン・ブラストの炎がまるでコロナのように揺れている。

「真空の宇宙空間でなきゃ、衝撃波で吹き飛ばされてるところだぜ」

「プシキャット、ローリング・プレンティは軌道変更を開始しました」

ムーン・ブラストの運転が安定するのを待って、データリンクで送られてきた軌道要素の変化を確認したスウが、ミッションコントロールセンターにアナウンスした。

「ムーン・ブラストの運転時間は一八分を予定」

ローリング・プレンティは、推進剤にしか使いみちのない還元土壌にくらべて、酸化剤以外にも色々と用途の多い液体酸素を多めに積んでいる。タンク内の還元土壌をすべて使いきつて、ローリング・プレンティは噴射を終了した。

「到達速度、秒速プラス二・八キロ。彗星に追いつくには、少し足りませんね」

「計算のうちだ。予定通りだろう」

美紀が示した軌道相関図を見て、ボスはうなずいた。それまで彗星に向けて直角に交差する軌道を取っていたローリング・プレンティとプシキャットは、彗星の進行方向にあわせて軌道を変更するための噴射を行った。

彗星に接近、接触するためにはほぼ垂直に軌道をねじ曲げる必要があるが、今のままの軌道要素では追いつくこともできない。

「さて、本体に残っている液体酸素と姿勢制御用のハイパーゴリックをこっちに移しちまおう」

「こっちは」

シートベルトをはずして、美紀はここ何週間も仕事場になっているプシキャットの操縦室を見回した。

「これを単機で飛行させるための準備をはじめます」

「せっかく片付けたのになあ」

チャンが操縦士席からふわりと浮かび上がった。

「地球に還る前にまた分解する破目になるとは、考えもしなかったぜ」

「プシキャットは軌道修正噴射を終了」

スウは、プシキャットから送られてきたデータを読み上げた。ローリング・プレンティに残されていた還元土壌はこれですべて使い切ったことになる。

「以後、プシキャットはローリング・プレンティに残っている推進剤をダイナソアに移動させ、単独飛行のための準備に入ります」

「軌道変更を確認。まあ、これで最悪の場合、あそこから一歩も動けなくても地球のそばまでは帰ってこれるわけだ」

ディスプレイ上に表示されたプシキャットとローリング・プレンティの予想軌道を見て、マリオは息をついた。彗星に追いすがる軌道をとったために、プシキャットは地球圏に向かう軌道に乗っている。最接近時でも地球から三〇〇万キロ離れたところをかすめるだけだから、地球を巡る軌道に乗ることはできないが、タイミングをあわせて救助船を到達させるには無理な距離ではない。

「で、他の宇宙船《ふね》はどうしてる?」

「ゼロゼロマシンはまだレーザーの送信テスト中」

スウが答えた。

「自前の電力で、イオンジェット一基だけ使っての噴射は続けてるけど、これじゃあ推力が小さすぎるから、彗星の接近には間に合わないわ。バズ・ワゴンは、二基目の予備タンクとのランデブーに入ってる」

「つまり、我々はまだかろうじてトップをキープしてるわけかい」

マリオはもう一度軌道相関図を見直した。これから先、彗星からの直線距離はまだ軌道変更をしていない他の二隻のほうが減っていくが、そのままでは彗星と交差するだけで接触はできない。

「この期に及んでまだレースが成立してるってことのほうが、奇跡に近いような気がするけど」

ジェニファーは、メインスクリーンに映し出されているプシキャットの現状を見上げている。ムーン・ブラストの制御を終えたローリング・プレンティのスペース・ウォーカーたちが船内への引き揚げを開始している。次の船外作業は、プシキャットからダイナソアA号機を独立して飛ばすための準備になる。

「迎えの宇宙船はどうするの」

「コロニアル・スペースがセレニティ基地で運行予定を調整しているそうです。ただし、まだプシキャットが自力で地球圏に戻れる可能性がありますから、彗星からの水資源回収作業の成否が確認されてから出航を決めると思いますけど」

「早く決まって欲しいわ」

ジェニファーは、この三日間で突然運用人員の増えたミッションコントロールセンターを見回した。

「ここしばらく、寝不足なのよ。とにかくあとのことが決まれば、ぐっすり寝られるもの」

「最初に言ったはずですよ。社長の今までの人生の中で、一番スリリングな季節を約束するって」

「一番美容に悪い毎日をすごしてるわよ」

言ってから、ジェニファーはふと首を傾げた。

「いえ、二番目かな、今までの人生の中では」

興味深げな顔で、スウがコンソールから振り向いた。

「一番は何だったんですか?」

「つまんない話よ」

ディレクター席に向き直ったマリオを放っておいて、ジェニファーはスウの耳元に口をよせた。

「離婚する寸前。あのあとはぐっすり眠れたわぁ」

「……そうですか」

気の抜けた顔で、スウはコンソールに向き直った。アナハイムからの最新情報が、パサディナ経由で入っていた。斜め読みしたスウは思わずアナウンス用のマイクのスイッチを入れて声を上げた。

「オービタル・サイエンスからの最新情報よ！　バズ・ワゴンが、二基目のタンクの回収に失敗したわ！」

「なんだって⁉」

くるりと車椅子を回したマリオがダッシュした。

『正確に言うと、回収は成功したんだけど、中に入ってるはずの液体酸素と液体水素の量が少なくなりすぎてたのよ。知ってのとおり、推進剤タンクは我々よりも先にクリッペン彗星の流星群を抜けてるでしょ。その時に、宇宙塵の直撃を受けたらしいのよ』

通信モニターの中で、バズ・ワゴン乗り組みの女医イライザが言った。

『おかげで、今、軌道修正の再計算をこっちとアナハイムでやってるわ。どたばたして、もう、大変』

「タンクなら、宇宙船よりも投影面積が小さいのに」

バズ・ワゴンからの直接通信に、美紀は答えた。

「それに、タンクのテレメトリーデータはとれてなかったんですか？」

『いくつか、タンク内の圧力低下を示すデータはあったんだけどね。ここまで来てさらに推進剤を追加できるかどうかで、このあとのスケジュールが大きく違ってくるもの。大丈夫、今ある推進剤だけでも彗星に追いつけるし、地球に帰れるわ』

「つまりそれは……」

横で聞いていたマックスが、取り出した計算尺をちゃかちゃかと動かしはじめた。

「バズ・ワゴンの航行スケジュールが、かなり下方修正されると思って間違いないのかい？」

『少なくとも、力任せに彗星に追いつく、みたいな真似はできないわね』

イライザは意味ありげに笑ってウィンクしてみせた。

『でも、心配することないわ。うちの艇長《スキッパー》がお得意の軌道魔法《オービタル・マジック》見せたるって魔法陣と呪文の用意してるから』

4　コンパクト・プシキャット／発進五二日目

「美紀が一人で飛ぶ!?」

チャンは思わず声を上げた。

「ちょっと待て、プシキャットは二人乗りだろうが！　なんで今さら単独飛行なんて考えるんだ！」

「いろいろと考えたんだけど、それが一番合理的だから」

ここ二日間の突貫工事で、船体制御システムが持ち出されたためにずいぶんすっきりしてしまったプシキャットの操縦室で、美紀は濃い遮蔽板があげられたままのフロントグラスに顔を上げた。

「航法アシストは、ここからでもハードレイクからでも受けられるわ。でも、使える推進剤はいくらかき集めたって限られた量しかない。だとすれば、一人で飛ぶのが一番よ」

「パイロットとしては、機長に詳しい説明を求める権利があると思うが」

言いながら、チャンはキャビン後方に残っている機材のチェックを再開した。

「まず、限られた推進剤でミッションを達成するには、機材のできる限りの軽量化が必要だってこと。いらないパーツは全部はずしてくし、機材も最低限まで切り詰めるけど、一人で飛べばもう一人分の体重、空気、食料、それからシートや宇宙服の生命維持装置なんかも置いていけるわ」

「信頼性は？　一人で飛ぶより、二人のほうが何かトラブった時には対処しやすい」

「少しでも機体を軽くしたほうが、ミッション全体の信頼性が上がるもの。トラブったら、まあ、何とかするわよ」

チャンのほうを向いて、美紀は笑ってみせた。

「今までだって、何とかなったんだから。それに、二人で飛び出していったらプシキャットが乗っ取られちゃうかも」

「おれが一人で飛ぶって選択もあったはずだ。残るなら機長がいたほうがいいと思うけど」

「あたしのほうが体重が軽いわ」

美紀は、操縦席まわりのチェックに入った。

「それだけじゃない、必要酸素量も、必要カロリーも、みんなあたしのほうが少なくて済むわ。これはつまり、必要量を減らせるっていうことになるし、同じ量を積んでいくのなら、あたしのほうが何かあっても長く生き残れる」

「そりゃ、美紀は小さいけど……」

チャンは、シートまわりのチェックを続ける美紀をちらっと見た。

「実際にはそんなにたいした違いにはならないはずだぜ」

「二割違うわ。充分な差だと思うけど。それに、あなたは男でしょ。女のほうが、こういう時の耐久性は高いわよ」

「そんなのは統計上だけの問題だぜ」

「あと、もう一つ、気がついてると思うけど、これは本当だったらやらなくてもいいミッションだもの」

「え？」

チャンは思わず美紀に向き直った。美紀は顔も上げずに続けた。

「正確に地球に戻れるかどうかはまだわからないけど、このまま仮に何もしないで飛び続けたとしても、充分、地球からの救難船が来るまで生き延びることはできるわ。地球は準備を整えてるから、予備の推進剤を送ってもらうこともできるし、必要なら新しい宇宙船が来るまで待ったっていい。バズ・ワゴンやゼロゼロマシンがレースを続行してるのも、あたしたちがまだ降りてないからよ」

彗星との直線距離は、いまだに軌道変更を開始していないバズ・ワゴンが一番近い。しかし、彗星への到達条件である接近、接触にはプシキャットが一番有利な場所と軌道要素を持っている。

「降りてないっていやあ聞こえはいいが、要するに自力で地球に戻るためには他の方法がないってことだろ」

「まあ、そうなんだけど。でも、まだ自分たちだけで何とかできるのよ。だから、待っててくれない？」

「勝手なこと言いやがって……」

「それに、ほら、まだ他の宇宙船も彗星めざしてるから、万が一の事態が起きても助けてもらえるし。それに、あそこに水取りに行こうってあたしが言い出したんだし」

「言い出しっぺが責任取らなきゃならないんなら、社長をロケットにくくり付けて飛ばせばいいんだ。おれたちゃ、金もらう代わりに仕事しにここに来てる、だから、確実に仕事をこなそうと思ったら、成し遂げられる可能性の高い方法を選択しなきゃならない。わかったよ、ちきしょーめ」

チャンは仕事を再開した。

「ダイナソアの装備重量に比べれば微々たる量だとはいえ、確かに一人乗りなら軽量化できる。機長命令とあれば従うしかねーだろ」

「ありがと」

「だけど、食料も生命維持装置の消耗部品も空気も、搭載量を減らすことはしない。使わなければ死重量《デッドウエイト》が増えるけど、無事戻ってくれれば帰り道で役に立つ」

「必ず持って帰ってくるわよ」

美紀は操縦席まわりのチェックに戻った。

「地球に帰るのに充分な量の水といっしょに、ね」

「ローリング・プレンティに残っていたハイパーゴリックは移せるだけプシキャットに移し終えた」

マックスが、プシキャット全体のコントロールのための機材がダイナソアの機内からごっそり移された観測ドームで言った。

半球形のドームを占領していた観測機材は居住ブロックの通路やドッキングポートなどのデッドスペースに放り出され、代わりに積み上げられ、仮固定されただけの電子機器やコントロールパネルが壁一面を埋めている。一見して、無重量状態で営業中のジャンク屋の倉庫にしか見えない。

「これで、すべての発進前の作業は終わったわけだが」

マックスは、プシキャットの操縦室に比べればずいぶん広い空間を見回した。とは言っても、いまだに動けないクレイを除く八人全員が集まると、詰め込まれているという感じになる。

「実は、タンク容量の問題で、まだかなりの量のハイパーゴリックがローリング・プレンティ側に残っている。もう使いみちのないムーン・ブラストの機関部と推進剤タンクはとっとと放り出すとして、この残っているハイパーゴリックの使いみちに関して提案があるんだが」

「何です？」

「ローリング・プレンティの反動制御システムは、ダイナソアが戻ってからプラズマロケットによる最終加速が始まるまでの間にメインフレームごと切り離す予定になっている。そこで、まあ、大した加速にはならないんだが、残ったハイパーゴリックで最後の修正加速をかけようと思う」

「どの程度速度を稼げる？」

聞いたボスに、マックスは携帯端末のディスプレイを向けた。

「いろいろと切り離したって言っても、全体の重量がまだ百何十トンも残ってますから、雀の涙ほどにしかならないんですけど。でも、残りをガス欠、エンストするまで使いきれば、秒速にしてコンマ〇二キロ、軌道要素も最大六度くらいは修正できます」

「コンマ〇二キロも稼げるのなら上等だ」

ボスは、最低限の操縦室の用を果たすようになっている観測ドームを見回した。

「ここから噴かせるのか?」

「いえ、例によって制御システムの移動を優先させたんで、ここまではコントロール引っ張ってきてないんですが、ダイナソアの発進時の船外作業で外に出たついでにやろうかと思ってます」

「また土壇場の追加かい」

ボスは苦笑いした。

「発進前に軌道要素の変更が加わることになる。発進後、メインスラストの噴射前に飛行計画の修正をすることになるが」

「手間で速度が稼げるのなら安いものです」

美紀はマックスのディスプレイを覗き込んだ。

「ローリング・プレンティの反動制御システムは噴射が終わると同時に切り離し、地上とこちらで最終の飛行計画修正をしてからメインスラストの噴射、タイムラグを計算しても発射時間は三〇分も遅れないでしょ」

「事前にシミュレーションして修正をかけるから、ハードレイクでやってもらうのは検算と確認だけだ。早ければ、五分か一〇分ですむ。ただし」

マックスは、ディスプレイにローリング・プレンティから切り離されたあとのダイナソアの飛行予定軌道を映し出して、美紀に示した。

「限られた推進剤を最大限有効に使うには、すべての操縦を可能な限り正確に行う必要がある。時間がないのは百も承知だけど、完全に正確な噴射を行えば、飛行途中での軌道修正なしで彗星にたどりつくことも可能だ」

「そりゃまあ、理論上はそうなるけど……」

美紀は目の前に表示された予定軌道を見て息を呑んだ。厳密に算定されたダイナソアの飛行計画は、直径わずか一キロほどの彗星に向かって修正なしでたどりつくために、異常なまでの精度を要求していた。

「できるんですか、こんな飛行」

「確かに、こんな精度は今の宇宙飛行技術をはるかに超えている。だが、物理的にありえない飛行じゃないし、こういう軌道をとることは可能だ。もっとも、正確な軌道に乗ったかどうか確認できるのは、ここを出てから二時間もたってからになるけどね」

「つまり、この軌道めざして飛べばいいんですね」

美紀はもう一度、小さな高精度ディスプレイに映し出された飛行計画を見つめた。ローリング・プレンティの反動制御システムを使った軌道修正でどの程度の速度を加えられるかわからないから、表示されている数値は最終決定されたものではない。

「そう。理想軌道をとれれば、最小の推進剤と最短の時間で最大限の効果があげられることになる」

「ベストを尽くします」

笑みを浮かべて、美紀はマックスに敬礼した。

「ダイナソアの発進準備は完了した。まあ、美紀が戻ってきてくれる前に、水を電気分解して発生した酸素と水素を選り分けるプラントをでっち上げなきゃならないとか、プラズマロケットの運転までに、できるだけのもの外に放り出すとか、まだいろいろ用事は残ってるんだけど、とりあえず目の前の仕事としては、ダイナソアA号機の切り離しと発進だ」

観測ドームに移動したプシキャットの操縦室で、チャンはハードレイクとの定時連絡を行っていた。

「データリンクはそちらに送っている通り、しばらくは二機分のデータをモニターしてもらうことになる。パイロットは予定通り美紀が一人で飛ぶ。美紀は今シャワー浴びて支度してる最中だが、もうそろそろ、あー、来た、あああああー!」

乾ききっていない濡れ髪のまま観測ドームに飛んできた美紀を見たチャンは、思わず声をあげた。

「み、美紀、頭、あたまー⁉」

「似合う?」

まとめていなければ半径七〇センチに散らされる黒髪が、きれいさっぱりショートカットになっていた。シャンプーの匂いを撒き散らしながら、チャンの前の通信モニターを覗き込む。

「美紀です。パイロットの発進準備は完了。そちらの確認が済みしだい、ダイナソアA号機の切り離し作業に入ります。次の通信は、ダイナソアのコクピットからになるかな」

こちらのメッセージを送り出してから、美紀はチャンに向き直った。

「そういうわけで、あと、よろしく」

「かみ、髪の毛どうしたんだよ！」

「切っちゃった」

「んなの見りゃわかるわい。なんで、どうして？」

「だってさ、A号機で出発したら、しばらくお風呂入れないのよ」

プシキャットの居住ブロックにはシャワー設備が備えられている。しかし、小型シャトルでしかないプシキャットのキャビンは実質的に操縦室だけになる。

「短い方が楽かなと思って。それに、ほら、軽量化にもなるし」

「軽量化ったって、おい」

「レイシーは似合うって言ってくれたんだけどな。駄目？」

「そういう問題じゃなくって、びっくりした。いや、まあ、そのうち慣れるとは思うけど」

「子供の頃以来よ、こんなに短く切っちゃったの」

気になってはいるらしく、美紀は無重力のために立ち気味の自分の頭を軽く撫でつけた。

「あともう一つ、宇宙で髪切るのって感覚が違っちゃって駄目ねえ。ここじゃ結構うまくいったと思うんだけど、地上に戻って一Gで鏡見てみたらどうなるのかわかんない。……それまでには、また少し伸びるからいいか」

「そういう問題か、おい」

「A号機に行ってるわ。ハードレイクからの返信は向こうで受けるから。じゃ、行ってくるわね」

まだ半分近く残っている通信モニターのタイムラグバーを確認して、軽く手を振った美紀は身体を浮かせた。放り出された観測機材のあいだに身体を滑り込ませて、居住ブロックの中に戻っていく。

『美紀ー！　頭、髪の毛どうした⁉　何があったんだ⁉』

地球からの遅れた反応を聞いて、美紀の後ろ姿を見送っていたチャンははっと我に返った。モニターに向き直る。

「ええと、単独飛行で風呂入れなくなるから。あと、軽量化のために切ったそうだ。……だったら、積んでく食料をダイエットメニューにした方がよかったんじゃないか」

『女の子が髪切るってのはいろいろとあるのよ。そんなに騒ぐことないじゃない』

モニターの向こうでは、マリオがスウにたしなめられている。

『軌道修正データを送るわ。ダイナソア切り離し前の軌道修正はこれに従ってちょうだい。うるさいわねえ、どうせダイナソアがエレノア彗星に到着するまで五日以上かかるのよ、美紀がどうしてヘアスタイル変えたかなんて、その間にゆっくり聞きゃいいでしょ』

「えー、修正データを受け取った」

別回線で送られてきた軌道データを確認して、チャンは言った。このデータに従って、可能な限り正確に軌道修正を行わなければならない。

「これで何とかなる、と思う」

『あ、行っちまった。そりゃ出発してからだって時間はあるが……』

モニターの中でマリオが考え込んだ。

『軽量化か。推進剤が二〇グラムは稼げたかな』

『なんて計算してるのよ、ばか』

モニターの中で、マリオがまたスウにどつかれた。

『美紀よりチャンへ、聞こえる?』

首に引っかけていたインカムに美紀の声が入った。

「こちらチャン、よく聞こえている。通信回線は異常なしだ」

『こちらはダイナソアに入りました。電力供給を内部電源に切り換えて独立させたから、以後はダイナソア・アルファで呼んでください。これから発進前の最終チェックを開始します』

「プシキャット、了解。マックス、ベイツ、聞こえてますか?」

チャンは、船外に出ている二人のスペース・ウォーカーを呼んだ。ダイナソアの切り離し準備と、ローリング・プレンティの反動制御システムを使用した軌道修正のために、船外作業が続いている。

『こちらベイツ、感度良好』

「ハードレイクから、軌道修正のための数字が届きました。こちらの計算値と照合中……コンマ二桁以下で誤差が出てるな。噴射時間は正確な数字が出ないだろうけど、角度はどっちを採用する？」

『ハードレイクからの修正数値を送ってくれ』

船外カメラでは、ほとんどフレームしか残っていないローリング・プレンティのところどころに残されている反動制御システムにコントロールパネルを接続したマックスが、携帯端末を開いて数字を確認している。チャンは、マックスに地球から送られてきた数字を伝達した。

『なるほどね。観測設備は整ってるが一八〇〇万キロ離れてる地球と、ありあわせの設備しかなくても二〇〇万キロしか離れていない、しかも着々と接近中のこちらと、どっちの数字を使うか』

「手動《マニュアル》コントロールじゃ、ここまで正確な数値制御ができるかどうかはわからないけど」

『パイロットだろ。どっちを信用する？』

「ハードレイクだ」

チャンは即答した。

「向こうを信用できなきゃ、どこも信用できないぜ、と言いたいところだが、向こうのほうが関わってる人間が多い。こっちの観測結果も送ってるし、おそらくダイナソアの発進時の制御のほうが難しいんだ。たまには地上の数字も使ってやろうぜ」

『了解した。軌道修正はミッションコントロールからの修正数値で行う。はじめていいか？』

「そっちの準備がよければ、カウントダウンを開始してくれ」

『了解した。関係各部署に伝達、二〇秒後にローリング・プレンティの反動制御システムを使用した軌道修正を行う。問題があれば今のうちに言ってくれ』

『ダイナソア・アルファ、了解』

『ローリング・プレンティ、ドッキング・ポート了解』

『ベイツは命綱を確認した。てめえはちゃんと結んであるんだろうな、マックス』

『もちろんだ。一五秒後にハイパーゴリックの噴射開始、予測される加速度はZ軸プラス方向、コンマ〇一。最終修正数値確認、全系統異常なし、止めるなら今のうちだぞ』

一〇秒後、ローリング・プレンティに残されたハイパーゴリックを使いきるための軌道修正噴射が行われた。ドッキングしているフレームの端から、小さな炎が噴き出し、複合飛行体の速度と軌道をわずかに変化させる。

ダイナソアがプシキャットから切り離され、独立したシャトルに戻ったのは、それから三〇分後のことだった。

切り離された速度のままゆっくりとプシキャットから離れながら、美紀は発進準備を整えた。

軌道変更をしたために、目的地となるヨーコ・エレノア彗星は斜め後方から接近してくる。

振り返れば、それは太陽の光で星が見えなくなる宇宙空間で、明るい恒星や惑星ともども数少ない輝く目標として確認できる。

耐熱防護処置を施されていない他の破片は、太陽風に吹かれて長い尾を幾筋も平行に曳いている。先頭の、一番明るく輝いている輝点の尾が一番細く、短い。それは、一番大きな破片Aにまとわりついている耐熱防護膜がまだその役目を果たしていることを示していた。

ダイナソアの後方、ヨーコ・エレノア彗星が同じ視界に捉えられるそのどこかで、ラグランジュ・ポイントから発射されたレーザー光線を受けたゼロゼロマシンが、イオンジェットによる加速を開始しているはずだった。慣性航法で等速直線飛行を続けるプシキャットとの距離は、加速時間が増えるにつれてじわじわと縮まってきている。

ダイナソアの目標飛行到達地点はヨーコ・エレノア彗星Aの予想未来位置で、今、そこには何もない。美紀は、フロントグラスのヘッドアップディスプレイに重ねて表示される円環中央《レティクル》の輝点を見つめた。一瞬でも早くスタートすれば、同じ時間だけ早く彗星に到着できる。

「ダイナソア・アルファ、発進準備完了、カウントダウン開始します」

美紀は、コンソールにメインエンジンの自動運転開始シークエンスを指示した。二段燃焼ロケットの燃料供給ポンプが回転を開始、副燃焼室に液体酸素と水素を送り込む。

『ダイナソア、発進します』

チャンは、プシキャットの操縦室に改造された観測ドームを開いて、その光景を肉眼で見ていた。深い闇の中にぽつんと浮かぶ白いリフティングボディ機が、蒼白い炎を噴き出して弾かれたように動き出す。

出力全開で軽いダイナソアA号機を飛ばした場合、発進時の加速は軽く3Gを超えるはずだった。長い無重力に慣れた身体には耐えがたい加重のはずだが、ダイナソアの状況を読み上げる美紀の声にはそんなストレスは感じられない。

『燃料系、推進系、すべて異常なし。こちらの計器では予定軌道に乗っているけど、そちらの観測ではどうかしら？』

「少なくとも、計測限界まで見て正確な軌道だ。問題は、彗星が予定通りの場所に予定通りに飛んできてくれるかどうか、だな」

『そこまで面倒見きれないわ』

美紀は、定められた軌道に従ってダイナソアを飛ばすことに全神経を集中している。

『ジェットによる速度変化や軌道変化まですべて計算に入れたデータでしょ、大丈夫、すぐに捕まえてくるわよ』

ローリング・プレンティのセンターフレームとのドッキングをまだ解除していないプシキャットから、ダイナソアが離れていく。小さな機影は、遠からず星の海に溶けて見えなくなる。

ダイナソアを単独飛行に飛び立たせてから、プシキャットはハードレイクに次ぐ第二のミッションコントロールセンターのようになってしまった。

ダイナソアにも、プシキャット同様、地球と直接交信できる無線設備は積み込まれている。光速度によるタイムラグは厳然と存在し、地球との通信時間はこれからも増えていく。離れていくから、プシキャットとダイナソアのあいだにもタイムラグは生じるようになる。だが、遅いとはいえプシキャットはダイナソアを後方から追いかけていく形で飛行を続けているから、ダイナソアが彗星に到着する寸前、最長でも八〇万キロしか離れない。往復五秒、かなり間は抜けることになるが、会話は成立する。

より彗星に近いプシキャットとダイナソアのほうが、地球よりもはるかに観測精度も軌道精度も高くなる。また、プシキャット側にローリング・プレンティの乗組員が増えたこともあって、航法支援を含むバックアップはそのほとんどがプシキャットが直接行っていた。

二隻の宇宙船と二隻分の乗組員をコントロールすることになったハードレイクも、人員の増員が行われた。シアトルから緊急派遣された人員は正式に出向の扱いになり、追加装備がいくつか送り込まれ、増えた人員が居住するためのトレーラーハウスが駐車場にずらりと並んだ。

場末の乾湖《ドライレイク》空港だったハードレイクは、史上最遠距離で起きた宇宙船事故の救難を行い、予定外の航行スケジュール変更にもかかわらず、なおもトップ争いを続ける彗星レース参加宇宙船のミッションコントロールセンターとして、世界中の耳目《じもく》を集めることになった。

急遽ハードレイクへの増員を行ったコロニアル・スペースはまだしも、スペース・プランニングには広報を専門に行う社員はいない。それまでに社長自らの営業活動とコネ、マリオが管理するインターネット上の広告くらいしかなかった弱小会社は、マスコミの取材攻勢にさらされることになった。

ここで、ジェニファーとともにスペース・プランニング側の広報を一手に引き受け、その卓越した手腕を発揮していっさい業務に支障を与えなかったのが、ミス・モレタニアである。

「マスコミ相手に愛想振りまくような仕事する破目になるとは思わなかったわ」

オフィスに戻ってきた社長に、ミス・モレタニアは高速でタイプを打ちながらあっさり答えた。

「あら、そうですか？　わたしは、もし、最後まで残るようなら、こんなことになるんじゃないかと思ってましたけど」

「だって、他にやること、考えること、いっぱいあるんだもん」

「コロニアル・スペースのような大手企業や、国家組織が手掛けるほどの大仕事ですのよ」

ミス・モレタニアは、タイプライターの横に積み上げられた取材申し込みのプリントアウトの束を見て溜め息をついた。

「一セントにもならない余分な仕事が、山のように増えるだろうって思ってましたわ。そうそう、これから先のことも考えたほうがいいと思いますよ」

「先のこと？　美紀やチャンが無事帰ってこれるかどうか？」

「もっと先の問題です。例えば、彗星が手に入ったらどうするおつもりです？　軌道上に一〇〇〇万トン単位の巨大彗星なんぞ浮かべたら、維持管理だけでとんでもない手間がいるようになりますわよ」

「そうだったわねえ……」

ジェニファーは考え込んだ。

「劉健の奴からダイナソアのE型分捕ったって、母機に使える機体がないのよねえ。またガルベスに探してもらわなきゃならないかしら。昔みたいに打ち上げのたんびに大佐から大型機借りるのもなんだし」

「そういう目先の問題じゃなくて、もっと将来的なことです！　どうせややこしいことになるんだろうけど、軌道上最大の資源の所有権が手に入るかもしれないんですよ！」

「そういう建設的な問題は、美紀やマリオに任せるわよ」

ジェニファーは、窓の外の、ミッションコントロールセンターが入っている空港ビルを見た。

「あたしは、とにかく乗員がみんな無事帰ってくるのが確定するまでは、とらぬタヌキの皮算用までやる気になれないもの」

5　ダイナソア・アルファ／発進五七日目

手を伸ばせば届きそうな近距離に、皺《しわ》の寄った銀色の熱反射膜をまとった彗星の残骸がいる。

慣性航行のままの速度差で、ダイナソアA号機はいくつかの破片を追い越し、先頭のヨーコ・エレノア彗星Aに接近しつつあった。

「そういえば、月と地球以外の天体をこんなにそばで見るのは初めてだわ」

すでに宇宙服を着込んでいる美紀は、減圧を開始したダイナソアの操縦室から彗星を見ていた。

通常の彗星は、汚れた雪だるまといわれる宇宙塵と氷の塊である。真空の宇宙空間では太陽に近づくにつれて表面の成分、電離ガスなどが蒸発を開始、これが太陽風に吹き飛ばされて長い尾を形成する。

密度は薄いが、彗星を取り巻く髪と呼ばれるガス《コマ》の直径は月の公転軌道直径を上回り、一〇〇万キロに及ぶことも珍しくない。だが、その中心にあるのは直径一キロから一〇キロほどの水やメタン、ドライアイスなどの氷をまとった小惑星である。

アルミを蒸着された薄い熱反射膜に覆われていなければ、コマが太陽に照らされて光り輝くから、本体は確認できない。だが、彗星はその本体に表面の気体を繋ぎ止めるほどの重力が発生するほどの質量を持たないから、大気圏突入を前提に設計されたシャトルなら、速度差さえ押さえればさほど無理なく接近できる。

破片Aは、その進行方向、地球に向けてできた熱反射膜の裂け目からガスを噴き出していた。噴き出たガスは拡散し、太陽風に吹き飛ばされて、太陽から離れていく。しかし、それによって形成される尾の太さは、反射膜に保護されていない他の破片よりもはるかに細い。

『オーケイ、だいたい破片Aの状況はこちらでも確認できた』

ダイナソアからの観測データを受け取ったプシキャットのチャンが、通信モニターの向こうで言った。相手の返事が聞こえるまで、約五秒。

『前の観測データよりも速度が落ちてるな。こりゃ、太陽重力による減速よりも幾分大きい。これなら、うまくすれば地球周回軌道に乗せられるかもしれないが』

「大きいわよ」

美紀は、窓の外に見える銀色の星から目を離さない。

「長径で一キロ、総重量でも五〇〇〇万トン。ちょっとでも間違えて地球に落としたら、とんでもないことになるわ」

『ニュー・フロンティアじゃ、プロジェクトの手間だの費用だのまで引っかけて、こいつのことを恐怖の大王って呼んでたそうだ。大丈夫、月より離れた軌道に乗せようってんだ、そんなに簡単に命中させられるほど地球は大きくない』

サブモニターに、航行データが送られてきた。地上で再検討を加えられた、彗星への接近プランである。

『ランデブー飛行経路は変更なし。ジェットが噴き出している進行方向には近づかないように。相対速度は大したことはないが、間違いなく機体が振られる。太陽に照らし出されている後ろ側なら、ガスが噴き出していてもすぐに吹き飛ばされるから、レーダーやセンサーをかき乱されることもない。そのかわり、いつ破れても不思議はないってとこが問題だな。というわけで、昼と夜の境界面のちょいと影より、って辺りをお薦《すす》めする。ダイナソアはあまり接近させすぎないように。分離の衝撃と太陽活動の直撃で熱反射膜はかなりのダメージを受けているはずだ。今のところ機能を果たしていても、いつ破れて水蒸気や煙が噴き出してくるかわからない』

「了解……すごいわよ」

銀色の小惑星は、回転運動をせずに静止しているように見える。ぎらぎらと光るその表面をよく見ると、滑らかな熱反射膜がところどころ波打っているのがわかる。

「きっと中で溶けちゃってるところがあるんでしょうね。ゆっくりだけど、熱反射膜がうねってるところがあるもの」

『接近点《ランデブー・ポイント》はできるだけ安定した場所を選べよ。彗星上の間欠泉《かんけつせん》なんて、あんまり考えたくない』

「わかってるわ」

ゆっくりと彗星に接近していくダイナソアの機内で、美紀はシートから離れた。

『それと、ハードレイクからの伝言だ。彗星への到着を宣言する時は、爪先でも指先でもいいから、とにかく宇宙服の一部分を彗星に触れておくように。それが契約書の勝利条件だそうだ』

「彗星に立つっていうのは難しそうだから、摑んどいたほうがいいかしら」

ヘッドセットを頭から外して、マイクやテレメーターが仕込まれた宇宙服用のスヌーピーキャップをかぶる。

「宇宙服側の通信機テスト。聞こえる?」

『通信状態は良好だ』

「ダイナソアを自動操縦に切り換えたわ。もし、外に出ている時に何かあったら、そちらからコントロールしてね」

『了解。気をつけて行っておいで』


ハッチを開けて、ダイナソアから半身を乗り出して宇宙《そら》を見上げた時、美紀は轟音を聞いたような気がした。

頭上に、巨大な銀色の彗星が飛んでいる。

熱反射膜がなければ、ここまで本体に接近すれば噴き出すコマのために視界はガスで覆われ、何も見えなくなるはずである。巨大な質量を持つ彗星の破片は、重い音を立てて宇宙空間を進んでいるように美紀には思えた。

「美紀よりプシキャットへ。これより船外活動《EVA》を開始します」

美紀は、貨物室《カーゴベイ》を大きく開いたままのダイナソアを見た。ハンドグリップを移動してカーゴベイに移動、プシキャットから持ってきた有人機動ユニット《MMU》を装着する。充電量、窒素ガススラスターの容量、ともに満タン。

美紀は、貨物室の大部分を占めるタンクを見た。ここに、彗星の氷を詰めて帰らなければならない。

「彗星の掘削《くっさく》作業は、太陽の反対面でやったほうがいいだろうなあ」

太陽の直射を受けている側の表面温度は、熱反射膜がなければおそらく摂氏二〇〇度近いだろうが、影になっている反対側の面は零下一〇〇度以下に冷えているはずである。真空の宇宙空間では、液体は瞬間的に沸騰《ふっとう》するから沸点の意味は余りないが、温度は低いほうが氷の形態を保ちやすい。

スラスターを開き、窒素ガスを噴射してダイナソアから飛び立つ。レーザー測距儀《レンジファインダー》であらかじめ距離を測定してあったので、MMUのパネル表示とあわせて現在位置を確認することができるが、そうでなければあまりに巨大な対象物と小さなダイナソアの間で感覚が狂ったかもしれない。

全面に太陽光を受けて、銀色の彗星核はゆっくりと美紀に接近してくる。高反射率のアルミニウムは、まるで鏡のようにその表面に歪んだ太陽の姿を映し出している。太陽に背を向けているのに、遮光シールド越しでもまぶしい。

着陸の瞬間に押しつぶされそうな気がして、美紀は脚から着地するように宇宙服ごと反転した。

アルミを薄く蒸着した熱反射膜は、太陽帆《ソーラー・セイル》と同じ高分子フィルムでできている。太陽熱と光を反射するのが目的で、宇宙規格の例に洩れず軽ければ軽いほどいいという薄膜は、ミクロン単位の厚さしかない。引っ張り強度は驚異的に大きいが、それは断面積に比しての話で、傷があれば簡単に破れてしまう。

「これだけ大きいと、太陽の光による推力もばかにならないでしょうね」

つぶやきながら、美紀は彗星の表面に近づいていった。MMUを操作して、ゆっくりと夜の面に廻りこんでいく。

「うわあ……」

高反射率の滑らかな表面は、鮮やかな星空を映し出していた。美紀は、穏やかな湖が星空を飛んでいるような錯覚にとらわれた。小刻みに窒素ガススラスターを噴かしながら、その表面に降下していく。

「現在、距離五〇メートル、四五……高度四〇メートルって言ったほうが雰囲気出るわね。夜の湖面に降りていくみたい。沈まないように気をつけなくっちゃ」

その表面に微かな窒素ガスの推進力を叩きつけて、美紀はふわりと彗星に降り立った。着地点を中心に、まるで細波《さざなみ》のように同心円状に熱反射膜の揺れが伝わって映りこんだ星々を揺らす。

「着陸しました。ただいま、彗星に到着……」

ニュートン力学に従えば、彗星は微弱な重力を発生している。しかしそれは人の感覚で捉えられるものではない。美紀は、彗星から浮かび上がらないように注意しながら、ゆっくりとまわりを見回した。

「願わくば、この小さな着地が未来への大きなプレゼントになりますように。ええと、彗星到着の宣言て、なんか決まった台詞とか言わなきゃならないの？」

『勝利条件は、地球に向かって到着を宣言する、だ。このチャンネルはそっくりハードレイクに流れてるから、いいんじゃないの？』

「それじゃ、かっこいいスピーチとか、もっともらしい一言とか、柄じゃないから省略するよ。美紀はヨーコ・エレノア彗星に着きました。ダイナソアに戻って、水資源回収の準備をはじめます」

『今の気分は？』

言われて、美紀はもう一度周りを見回した。熱蒸着処理を施された影の面は、逆さになった自分の姿まで映し出す鏡のように見える。

「……鏡の星に降りたみたい。外から見ると、星の王子さまみたいに見えるんじゃないかなあ、サン・テグジュペリの」

『なるほどね。将来、小惑星開発が進んだらそう思う奴が増えるだろうな。おめでとう、美紀』

プシキャットからの声が明るくなった。

『たぶん、地球以外の天体に最初に降り立った人間は、月、火星に続いて君で三人目だぜ』

「ありがと。でも一人で来たんじゃないわよ。それに、火星や月みたいに再び訪れるのに時間がかかるようなこともないと思うわ」

『今、一番、何をやりたい？』

美紀は、銀色のまぶしい反射膜で覆われた地平を見回した。

「お風呂に入りたい」

『……なんだって？』

通信に妙な間が入った。

「だってそうでしょ。この反射膜の下には、程よくあったまった水があるのよ。温泉みたいなものなのに、こんな宇宙服《もの》着てるからお湯かぶることもできないんだもの、くやしいったらありゃしない……」

『ええと、美紀？』

チャンの声は困っているように聞こえた。

『知らないようだから教えてあげるけど、今回のミッションと会話はすべて地球に中継されてる』

「知ってるわよ、それくらい。社長、仕事はちゃんとしましたから」

『ハードレイクだけじゃない。こいつは大事業なんだ。レースの結果を気にしてるのはブック・メーカーと客だけじゃない。これはインターネットだけじゃなくって、地上波や衛星放送で世界中に中継されている』

「……うそおお」

それだけ言うのが精一杯だった。

「どうしよお……そういうことはもっと早く言ってよ」

『では、我々がそれを進呈しよう』

「え？」

チャンのものでない声が通信に入ってきたので、美紀は思わずヘルメットの上から耳を押さえた。

『ミーン・マシンよりダイナソア・アルファ、こちらディック・ディスタード、ゼロゼロマシンの船長《キャプテン》、ディック・ディスタードだ』

美紀の無線に、後続の宇宙船からの通信が入っていた。

「あ、はい、こちらダイナソアの美紀、ただいま船外作業中」

『彗星到着、おめでとう。こちらの現在位置はそちらから五〇〇〇キロ、現在の航行予定では四時間後にそちらに到着の予定だ』

「五〇〇〇キロ……」

美紀は思わず太陽の方向を見返した。ゼロゼロマシンは、地球に向かう彗星に追いすがるように飛んでくるはずである。

『今回のレースの勝者を我々の宇宙船《ふね》に招待したい。受けてくれるかね？』

「勝者って、そんな。こうしないと地球に帰れないから。最初に彗星に到着できたのは事のついでみたいなもんで……」

『美紀？』

チャンの声を聞いて、美紀ははっとして背筋を伸ばした。

「あ、はい」

深呼吸してから、あらためて答える。

「喜んで、受けさせていただきます」

『楽しみにしてるぜ』

『バズ・ワゴンよりダイナソア、彗星到着おめでとう』

三つめの相手が通信に入ってきた。

「あ、ありがとうございます」

『こちらの到着は二〇時間後だ。デザートくらいは残しといてくれよ』

『もっと急いで来い』

ゼロゼロマシンの船長が答えた。

『早くしないと、パーティーは終わっちまうぞ。なんなら加速できるように、そっちのタンクめがけてレーザーでも照射するように地球に要請してやろうか』

『ばかやろ、少しずれたらバーベキューにされるようなレーザー推進なんか、危なっかしくて使えるかい。これでも燃料系横目で見ながら全開で飛ばしてるんだ、ちったあ待ってろ!』

お祭り騒ぎのミッションコントロールセンターで、マリオは一人冷静にマイクのスイッチを入れた。

「ハードレイクよりプシキャットへ。心配することはないって美紀に伝えてくれ。今君は世界一の有名人だけど、地球に帰ってくる二カ月先にはとっくに別のニュースが一面になってるから」

「二カ月先のトップニュースってわかる？」

スウがマリオの背後から言った。マリオはマイクを切ってスウの顔を見上げた。

「何を言い出すんだ？」

「ヨーコ・エレノア彗星の地球圏到着に決まってるじゃない」

「そうか……」

「やったわね、マリオ！」

満面に笑みをたたえたジェニファーが、大きく腰をかがめて車椅子ごとマリオを抱きしめた。

「え、ええ、まあ、今回は何とか……」

甘い匂いの集中砲火を浴びたマリオはどぎまぎと答えた。

「あなたのおかげよ、ここまで来れたのは」

「……でも、まだ、当面の推進剤回収してプシキャットに戻るとか、ヨーコ・エレノア彗星を地球軌道に安定させるとか、まだ仕事は山のように残ってますよ」

豊かな社長のブルネット越しに、スウと目が合ってしまう。

「そうね、頼りにしてるわよ、ミッションディレクター」

とどめにほっぺたにキスなんかされて、元気よく肩を叩かれる。

「ああ、デューク、やっと成功したわよ！」

行ってしまったジェニファーの後ろ姿を見送りながら、スウがマリオの耳元に小声で囁《ささや》いた。

「嬉しそうだったじゃない」

「……おまえもやってくれる？」

横目でスウを見返したマリオが、どうだというように笑ってみせた。

「ばか」

マリオの頬にスウの唇が急接近した。近いほうの頬にキスマークがあるのに気づいて、スウはマリオの首根っこをつかんで無理やり横を向かせ、社長と反対側の頬を選んで素早くキスする。

「な、なにをする⁉」

マリオは思わずスウを見上げた。

「ごほうび」

顔色一つ変えずに背筋を伸ばしたスウは答えた。

「少しは見直したわ、かっこよかったわよ」

微笑むスウの顔を見上げたまま、マリオはなにが起きたのかわからない顔でキスされた頬を触ってみたりなんかする。

「……」

「ほら、ミッションディレクターってこういうときって、なんかかっこいいこと言ってくれるんじゃないの？」

「……あ、ありがとう、手伝ってくれて……」

スウは物足りなさそうな顔で唇をとがらせた。管制卓でベルが鳴った。

「あ、お仕事だ」

くるりと身を翻して、スウは自分のコンソールに舞い戻った。マリオは呆然とその後ろ姿を見送った。

「な、なんだったんだ、今のは」

「今頃になって顔赤くなってきちゃった、こら、落ち着け、スウ！」

席に着いて素早く深呼吸しながら、スウは映像回線つきの通信回線を開いた。

「……社長！」

映像回線に出た相手と話し合って、スウはマリオに顔を上げた。お祭り騒ぎのミッションコントロールに、アナウンスのスイッチを入れる。

「ゼロゼロマシンのSFコマンドから、お祝いの言葉と連絡が入ってます！　彗星の軌道制御作業と、それからこっちの推進剤の採集に関する共同作業の申し込みです‼」

「ええ⁉」

コロニアル・スペースのスタッフと笑いあっていたジェニファーが、まるで指示を求めるようにマリオの顔を見た。マリオは承知している風にうなずいた。

「受けてください。人手は多いほうがいいし」

マリオはメインスクリーンに映し出されているヨーコ・エレノア彗星の極大接近映像を見上げた。

「それに、もしこっちで断ったって、向こうは一緒に飛んでるんですから」

「わかった。スウ、今行くからちょっと待っててもらって」

飛んできたジェニファーに、椅子を滑らせてスウが場所をあける。

「……あんたー⁉」

通信モニターのにやにや笑いを見たジェニファーは思わず声を上げた。

「何でこんなときにでしゃばってくるのよ。せっかく気分いいのに、地球上で一番見たくない顔なんか映さないで！」

『彗星への一番乗りおめでとう』

こちらの罵声が向こうに届いていないかのように、劉健は平然と挨拶した。

『正直、君たちがここまでやるとは思わなかった。見直したよ』

「ざまあ見さらせ」

うそぶいてから、ジェニファーは誇らしげににっこりと笑った。

「あたしは何もやってないわよ。どう？　優秀なスタッフが揃ってるでしょう」

モニターの中の劉健は少し意外そうな顔をしてうなずいた。

『今回は素直に負けを認めよう。ところで、訊いていいか？』

「なによ」

『トップを取れなかったのに、君のところのシャトルが彗星に到着したら、どうしてうちのスタッフが大騒ぎして喜ぶんだ？』

今度はジェニファーのほうが眉をひそめてみせた。思わせぶりにモニターを覗き込む。

「なによあなた、まだそんなこともわからないの。教えてあげる。あなたのところの宇宙船が彗星に到着すればわかるわよ」

ジェニファーは業務用の顔に戻って続けた。

「共同作業の申し込みは、謹《つつし》んでお受けするわ。これから先、スペース・プランニング《うち》だけじゃどうしようもないもの」

『感謝する』

何かすっきりしない顔のまま、劉健は首を傾げていた。

「もう一つ、おまけに教えてあげる」

ジェニファーは艶然《えんぜん》と笑いながら付け加えた。

「今日は、きっと、バズ・ワゴンが到着するまで仕事にならないわよ。ゼロゼロマシンの到着と同時に、SFコマンドのミッションコントロールセンターにもピザとビールを届けてあげたら、あなたの人望がボーナス点付きでアップするんだけどな」

予告もなしにミッションコントロールセンターのドアが開いた。ワゴンに山のような料理と、二台目のワゴンには山のようなビールその他を積み上げて、レストラン・アメリアズのウェイトレスたちが入ってくる。

通信モニターに背を向けて、ジェニファーは全員の注意を喚起するために両手を叩いた。

「さあ、みんなあたしのおごりよ。お祝いしましょ‼」

ゼロゼロマシンの鋭角的なシルエットが、太陽を背にして星空に浮び上がってきた。イオンジェットの噴射はまだ続いているらしく、彗星に機関部を向けて逆噴射を続けながらじわじわと大きくなる。

『ゼロゼロマシンよりSFコマンド、現在ヨーコ・エレノア彗星Aとの距離一〇〇〇メートル。これより最終減速を開始する』

主機関である、放射状に七基並べられたイオンジェットエンジンは激しい光を放射している。地球から送られてくるレーザーのエネルギーによって超高速に加速されたキセノンイオンが、ビーム砲のように発射されている。

最後部のイオンジェットエンジンから張り出すように設置されている軌道上機動システムのノズルが火を噴いた。ささやかな推力しかもたらさないイオンドライブの逆噴射に加えて、ハイパーゴリックの長めの噴射が、ゼロゼロマシンの進行速度を一気に減速する。

ダイナソアは、カーゴベイを大きく開けて彗星に寄り添うように飛んでいた。速度を合わせたゼロゼロマシンが、安全距離を置いて静止する。

『推力カット、エンジン停止、レーザーコンタクトカット』

あらかじめ予定されていた時間通りに、地球からのレーザー送信が停止する。イオンジェットの光が急激に弱くなり、加速グリッドに薄赤い残光を宿す。

「こんな形してたんだ、ゼロゼロマシンって」

美紀は、ダイナソアのウィンドウからその様子を見ていた。細い船体にレーザービームを受けるためのラム反射スコープが大きく張り出している。

最後に地球から出発した実験宇宙船であるミーン・マシンことゼロゼロマシンは、終始プシキャットからもっとも離れた位置を飛行していた。最後尾を守りつづけ、三位に浮上したのは流星群を過ぎてからである。

「ずっと一緒に飛んでたのに、見るのは初めてだなんて」

乗組員とはいくどとなく話をしているが、宇宙船の姿形に関しては公開されているデータを参照するしかない。同じ距離を飛んできたはずのゼロゼロマシンは、様々な改造を施された上に実験飛行を繰り返し、今回の飛行のために急遽居住ブロックや推進剤タンクを増設されたため、プシキャットよりはるかに遠くから来たように見えた。

『ヨーコ・エレノア彗星Aの軌道最終測量完了。ほとんどの数値は予想の範囲内に収まってます』

『コンパクト・プシキャットとのランデブー完了』

「ようこそヨーコ・エレノア彗星へ、そして、地球からもっとも遠い場所へ」

美紀は、拡げたカーゴベイから、備えつけのクレーンで推進剤タンクを引き出す作業を中断して、ゼロゼロマシンに呼びかけた。

「ここより遠い場所には、今、誰もいないわ。あたしたちが、地球から一番離れている宇宙船よ。……歓迎の台詞のほうが、到着宣言より難しいわね」

『おまけに、かかった費用は四隻合わせても火星有人探査の一〇分の一以下だ。記念にペナントでも残しておきたいところだな。我々は平和のうちに、もっとも安くここまで来たって文句はどうだい？』

最初に月面に着陸した有人宇宙船が持ち込んだ記念碑に刻まれていた言葉をひねった台詞に、美紀は思わず吹き出した。

『さあ、こっちに来い。シャンパン・シャワーの準備ができてるぜ』

ハードレイクから四時間遅れて、サンフランシスコ、マウンテンヴューのＳＦコマンドでお祭り騒ぎが始まった。

「なるほどね」

ミッションコントロールセンターを見下ろすガラス張りのプレスルームで、後ろに立つ暝《メイ》耀《ヨウ》に話しかけた。

「ここは、いい業界だな」

「なにがです？」

「彗星に到達したのはライバル会社じゃなくて、あいつら宇宙屋だってことさ。レースに負けたのに、どうしてさほど悔しくないのか、ずっと考えていたんだが、どころか嬉しいのか、ずっと考えていたんだが、やっとわかった。ジェニファーはいいことを教えてくれた――

劉健は、ミッションコントロールセンターのアナウンスシステムに直結しているマイクを取った。

『諸君、彗星到着おめでとう。君たちは立派に仕事をやり遂げてくれた。そこで、プレゼントがある』

劉健は瞑耀に合図した。瞑耀はスーツの内懐《うちぶところ》から取り出したトランシーバーに何事か囁いた。

ミッションコントロールセンターの大扉が開いて、アンブロシア・ホテルから取り寄せた大量の料理が運び込まれる。

『さあ、やってくれ』

ＳＦコマンドから、ひときわ大きな歓声が上がった。

ゼロゼロマシンから一六時間遅れて、盛大な逆噴射とともに彗星同期軌道にバズ・ワゴンが入った。地球から二〇〇〇万キロ離れた場所で、三隻の宇宙船が船団を組む。

地球からの指示により、側面の熱反射膜を剝がしてジェットを噴出させ、地球圏に彗星を捉えるための軌道制御作業は三隻の共同で行われた。

熱反射膜の裂け目から採取した彗星の氷でタンクをいっぱいにしたダイナソアが破片Aから離れたのは、ヨーコ・エレノア彗星Aの軌道変化が確認されてそれからさらに二日後のことである。

ゼロゼロマシン、バズ・ワゴンの二隻はこれから彗星とともに地球に帰還する。そして、プシキャットに戻ったダイナソアがプラズマロケット推進によって追いついてくるのは、それより少し遅れるものと予測された。

6　ハードレイク／発進六四日目

ローリング・プレンティのメインフレームを切り離したプシキャットからプラズマロケット運転開始の報が届いた日、巨大な超音速機がジェニファーあてに到着した。

「何これ……」

目の前で停止した白い耐熱塗装の大型機を見上げて、ジェニファーは呆然とつぶやいた。

「スペース・プレーン？　大昔の」

「いや、違う……」

隣のガルベスは目を剝いたまま動かない。

「ノースアメリカンXB－70、ヴァルキリー……合衆国空軍《USAF》がうちのハスラーの次に開発した超音速爆撃機だ」

「爆撃機？　軍用機なの、怪獣みたいに見えるけど」

「なんでこんな機体が飛べるんだ。二機作られたうちの一機は墜落しちまって、残り一機がデイトンの空軍博物館に飾ってあるだけだぞ」

「旧ノースアメリカンのパームデール工場に残っていた、先行量産型を偵察型に改造した機体だそうだよ」

低くなっていく、いまどき珍しい純ターボジェットの音を聞きながら、先にＡＷ６０９で到着していた劉健が言った。

「作りかけたところで開発計画が全面中止になって、予算も何もなしに放っておかれたものを、ニュー・フロンティアの空力研究所がテストベッドに引き取って予備部品をかき集めて飛べるようにしたらしい」

「とんでもないエンジン装備してるのねえ、こんなの整備できないわよ」

渡された分厚い整備マニュアルをめくりながらヴィクターが首を振った。

「ゼネラルエレクトリックに発注したら、予備部品のストックが出てくるかしら」

「ターボジェットの六発？　Ｊ93てなに？」

ヴィクターのマニュアルをスウが横から覗き込む。

「おっきー……」

ハスラーよりも全長で軽く倍以上ある機体を見回して、ジェニファーは劉健に向き直った。

「で、なんなのよ、これ」

「君のところのハスラーじゃ、ダイナソアE型機は運用できないだろ」

劉健は、地上からでは見上げるような巨大なデルタ翼の上を指で差した。

「こいつなら、ブースター抱えたE型機を超音速で成層圏の上層部まで上げられるぜ。一番乗りのプレゼントと、賞品のダイナソアのおまけだ」

「おまけ……」

ジェニファーは、呆れ顔でダイナソア本体よりもはるかに大きな超音速爆撃機を見上げた。

「いやね、一通りのテストプログラムはもう消化しちまって、あとは博物館かコレクター向けに払い下げるしかないっていうから、ここなら動態保存してもらえるんじゃないかと思って」

「うちは博物館じゃない」

ジェニファーは、ぎろりと劉健を睨みつけた。

「何考えてんのよ」

「せっかく彗星レースに勝利した会社が、母機のあてがないなんてかっこがつかないからね。これから大変だよ、軌道上にあんなもの置いとくと、こんなところだけで仕事ってわけにもいかないだろう」

「余計なお世話よ!」

牙を剥いてから、ジェニファーは機首の高い前世紀の超音速爆撃機を再び見上げた。

「いいわ、もらっといたげる」

「ついでに、これも受け取ってくれ」

ジャケットの内懐から出した分厚い封筒を見て、ジェニファーは嫌そうに目を細めた。

「なによ」

「ヨーコ・エレノア彗星の開発計画に関する、いくつかの合弁申込書だ」

「あっそ」

指先だけで、ジェニファーは劉健の出した封筒をつまみ上げた。

「いいわ、受け取るだけ受け取ってあげる」

「ダイナソアとヴァルキリーに関する書類は、両方とも機内に積んである。受け取りと必要書類は、次に来る時までに作っといてくれ」

「いいけど、あなた、まだここに来るつもり？」

劉健は楽しそうに肩をすくめた。

「まだって、これから始まるんじゃないか、新しい時代がさ」

笑いながら、エンジンを始動させた垂直離着陸機に歩き出す。

「なあにが新しい時代よ」

顔だけは営業用スマイルで見送ったジェニファーのもとに、難しい顔をしたヴィクターとガルベスが来た。

「なに？　せっかく新しい飛行機もらったのに、なんて不景気な顔してるのよ」

「いや、そいつだがな、今簡単に計算してみたんだが」

ガルベスはマニュアル片手にヴィクターの携帯端末のディスプレイを覗きこんだ。

「どう考えても、こいつ、今のハスラーの八倍は金がかかるぞ」

「そりゃあこんなに大きいんだから、少しくらいはお金が……八倍ですって⁉」

現用の空中発射母機であるハスラーは、エンジン換装や改造、近代化改修などでコストダウンも徹底されている。しかし原形になったのは前世紀の旧式爆撃機であり、ヴィクターの手腕とミス・モレタニアの切り詰めをもってしてもその運行費用は決して安くない。

「確かに、これだけのキャパシティを持ってる航空機は今はもうどこにもないけど、こいつをうちで使おうと思うと、格納庫から建て増ししなきゃならないわよ」

「劉健ー‼」

本格的にローターを振り回しはじめたＡＷ－６０９に向かってジェニファーは叫んだ。副《コ》パイロット席に着いた劉健がにやにや笑いのまま手を振っている。

「あんた、また人のところに厄介物押し付けたわねー！」

ＡＷ－６０９は、ローター音を残して白昼の残月が浮かぶ空に飛び上がった。

ほどなく、地球は二つめの小さな月を持つことになった。

創元SF文庫版あとがき
来なかった宇宙時代へ

そもそも『彗星狩り』の発想の元は、一九八八年開始の庵野《あんの》秀明《ひであき》監督のOVA、「トップをねらえ！」の第二話でした。

ガンバスターのパイロット候補となった二人が、太陽系外から亜光速で接近する未確認天体に接触して帰ってくる話。どこかにタッチして帰ってくる話という構造をそのまま頂いております。

もうひとつ、宇宙スケールのレースで参考にしたのは、パリ・ダカールラリーです。一九七九年に開始された、フランスのパリを起点にアフリカ大陸セネガルの首都ダカールをゴールとする長距離ラリーは、砂漠を疾走するオフロードレーサーともども日本のテレビで何回も放送されました。

二〇〇九年からはダカールの名前はそのままに場所をかえつつ現在も開催中ですが、印象的だったのは初期のバイク参加者の紹介。

一人で運転からナビゲーション、場合によっては整備までしなきゃならないレーサーは、それだけで他の参加者から尊敬されるそうです。そして、あまりの過酷さに、最初は敵だと思ってたライバルがどんどん同じ困難に立ち向かう仲間になっていくという。

趣味だけではじめたような『星のパイロット』の第二作を、彗星による水資源獲得レースとしたときに決まっていたのはこの程度の構想だけでした。まあだいたいいつもといっしょです。

そもそも、スタートからゴールまで全部地球から観測可能つまりぜんぶ見えてる、厳密な物理法則に支配される宇宙空間でレースが成立するのか？

前半で、最初に出発する宇宙船によりそのあとのスケジュールが全部決定する、みたいなこと書いてますが、実際にやってみなきゃどうなるかはわからない。やってみるというのはつまり可能な限り全てを想像して書き記していくといういつもの執筆作業なわけですが、少なくとも書いていけば設定決めてその先を見通してみたり歩き出すことが出来ます。

全部が同じ組み合わせの化学ロケットだと芸がないし、勝負はどれだけ予備タンクを先行させるかで決まってしまうので、残りの参加各艇の推進機関は還元した月面土壌《レゴリス》を酸化させて噴射するものと、あとは電気推進二種。

作中でムーン・ブラストと呼称されている技術はその何年か前に新聞記事で読んだものですが、その後どうなったかなあ。月面開発が本格化しないと技術開発難しいもんなあ。

イオン推進は、小惑星探査機はやぶさですっかりお馴染みになりました。

宇宙船ごとの設定を決めたら、次はそれぞれの宇宙船を作って飛ばさなきゃなりません。

軌道上で宇宙船を組み立てるためには必要な資材を調達して軌道上に持っていき、さらにそれを組み立てるための設備も整えなければなりません。必要な手順を考えてひとつひとつクリアして、得られたのは「宇宙開発とは手間のかかるものだな」という実感でした。小説でやっても大変なんだもの、現実はもおーっと大変。

執筆しながら決めなきゃならないのは宇宙レースだけじゃない。執筆時点で二〇年か三〇年先とぼんやり考えていた近未来の社会設定もそれなりにやらなきゃなりません。ジェニファーが使ってるケータイがわざわざ液晶のタッチディスプレイって書いてあった旧版をチェックして、時代だなあと自嘲しつつ普通にディスプレイだけに書き直したり。

そういうわけで、作中、有線電話の使用頻度が多めになっております。次にチェックするときには全面的に書き直した方がいいかもなあ。

そうやって書いた長編で、なんと星雲賞の日本長編部門を受賞することになるのは一九九九年の話。前年刊行作品が対象とはいえ、期待もしてなかったんで驚いたのなんの。ずうーっとライトノベルというSFの本流から離れたところでやってましたんで、これでやっと「おまえはここにいていいんだよ」って認められたような安心感を貰いました。

未来予測ってのは難しいもので、もしタイムマシンなどの手段で確実な未来を知っていたとしても現在の読者に読ませる以上はそのまま書くわけにはいきません。本作を書いてた頃はやっとケータイが珍しくなくなって、一般家庭でのネット常時接続がまだ夢だった頃。未来はどこでもネット接続で高性能なスマホで触り放題とか知っていたとしても、読者視線で馴染めないと思ったらすっぱりカットするのが娯楽作家の務め。そしてまた、執筆時に予測出来なかった未来になった今の状況を見ながら原稿チェックするのも作家のお仕事。

もちろん、執筆当時の笹本は現在のようなネットワーク環境とスマホの隆盛を予測出来ておりません。当時ケータイは持ってたけど、受信専門だったし、そもそもメモリー出来る電話番号が一〇件しかなくてメモ帳一緒に持ち歩いてたっけ。

そして、未来予測と社会情勢の変化を同時に行いつつ話を作る、という作業も、新作のために進行中です。

宇宙開発関連の変化はまだ予測が楽なんだ、厳密に科学法則に支配されるから。千年先でも月や火星の軌道は変わらないし、定数や法則も変化しない。新しい法則が発見されたり発明されたりして画期的な魔法が現実のものになるかも知れないけど。

それにくらべたら、人間が暮らす社会のほうが変化が激しいのよねえ。もっとも、そっちに関しては読者に馴染みのない世界設定に明らかに予想と違ったのは、宇宙開発の進行が遅い！　あたりかなあ。その一点でこの話がまだ近未来に留まってられるんですが、現実世界では完成した国際宇宙ステーションが着々と設計寿命を消化しつつあり、月の観測基地建設も火星への有人飛行もまだ具体化していません。一方で民間宇宙開発は官製の確実性に縛られる開発ペースを着実に追い越しつつあります。

「どんだけシミュレーションするよりどんどん飛ばして墜とした方が早いし得られるものが

でかいんじゃー!!」

初期の垂直離着陸式ロケットで派手な事象を連発したスペースXの総帥イーロン・マスクがだいたい似たようなことを言っておりまして、これはうちというかＩＳＴ《インターステラテクノロジズ》のロケット開発でも実感しているところでもあります。

ＩＳＴの観測ロケット、ＭＯＭＯ二号機がみんなの目の前で離床直後に墜落、炎上爆発したときにも居並ぶ報道陣に説明したっけなあ。

「我々は何も失ってはいないのです」

「スタッフはだれ一人怪我をしていませんし、そりゃ機体も壊れて射場にも損害出てますが、これは同時に打ち上げ機体を回収してじっくり失敗原因を究明出来るということです。打ち上げ後の機体のデータも取れてるはずですから、貴重なデータは確保しています。つまり、我々は打ち上げ失敗という貴重な経験を得て、次回の成功確率を上げることが出来るのです」

失敗の甲斐あって、次の三号機でＩＳＴのＭＯＭＯロケットは高度一一七キロまで到達、一般的に宇宙空間と規定される高度一〇〇キロを越えることに成功しました。

民間の宇宙開発が官製のそれよりはるかに進みが早いのは、民間のスポンサーが遅すぎる現実に付き合ってられないと自分たちで歩き出したからです。アポロ月面着陸の時も、スペースシャトルの時も、宇宙時代が来るって言われたのに来なかったからなあ、はっきり覚えてるぞ。騙されてたって気付くのにずいぶん時間かかったけど。そして、みんな気付いたから自分ではじめたんじゃないかなあ。

現在執筆中の新シリーズは、本格的な宇宙時代が来た、その先のことを考えています。現実の宇宙開発の構想がやっと火星より内側の内惑星系まで拡がってきたんだから、こっちはもっと遠くへ行かないと。乞うご期待。

笹本祐一

この作品は一九九八年に『彗星狩り』（上中下）としてソノラマ文庫（朝日ソノラマ）より刊行され、二〇一三年に『彗星狩り』（上下）として朝日ノベルズ（朝日新聞出版）より刊行された。本書は朝日ノベルズ版の下巻を底本とし、加筆修正したものである。

検印
廃止

著者紹介　1963年東京生まれ。宇宙作家クラブ会員。84年『妖精作戦』でデビュー。99年『星のパイロット２　彗星狩り』、2005年『ARIEL』で星雲賞日本長編部門を、03年から07年にかけて『宇宙へのパスポート』３作すべてで星雲賞ノンフィクション部門を受賞。

彗星狩り 下
星のパイロット2

2021年12月10日　初版

著者　笹《ささ》本《もと》祐《ゆう》一《いち》

発行所（株）東京創元社
代表者　渋谷健太郎

162-0814/東京都新宿区新小川町1-5
電話　03·3268·8231-営業部
03·3268·8204-編集部
URL　http://www.tsogen.co.jp
晩印刷・本間製本

ISBN978-4-488-74111-2　C0193

前人未踏、3年連続ヒューゴー賞受賞の破滅SF

THE FIFTH SEASON◆N. K. Jemisin

第五の季節

N・K・ジェミシン
小野田和子 訳
カバーイラスト＝K, Kanehira
創元SF文庫

◆

数百年ごとに〈第五の季節〉と呼ばれる天変地異が勃発し、
そのつど文明を滅ぼす歴史がくりかえされてきた
超大陸スティルネス。
この世界には、地球と通じる特別な能力を持つがゆえに
激しく差別され、苛酷な人生を運命づけられた
“オロジェン”と呼ばれる人々がいた。
いま、あらたな〈季節〉が到来しようとする中、
息子を殺し娘を連れ去った夫を追う
オロジェン・ナッスンの旅がはじまる。
前人未踏、３年連続で三部作すべてが
ヒューゴー賞長編部門受賞のシリーズ開幕編！